U0153255

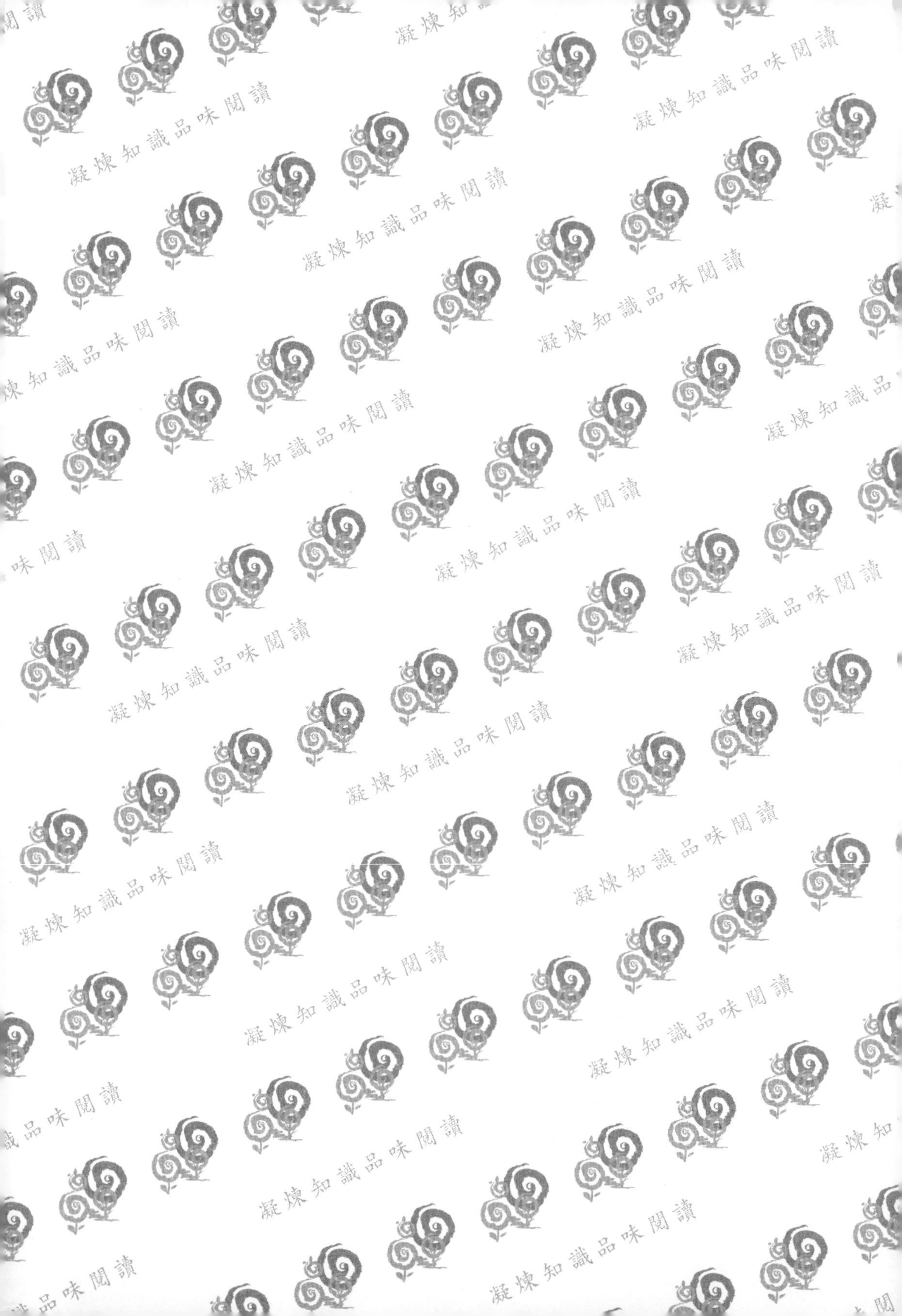
凝煉知識品味閱讀

凝煉知識品味閱讀

中文悅學堂

閱讀寫作雙導引

賴素玫 主編

林于盛、高美芸、陳猷青、蔡文彥、賴素玫 編著（依姓氏筆畫排列）

五南圖書出版公司 印行

編輯理念與體例

閱讀是一切知識學習的基礎，寫作則是知識的創造與應用。閱讀與寫作可說是中文教育的雙主核心。本書嘗試有機地結合閱讀與寫作兩大元素，以主題式的方式，以人為本，從個體生命出發，連結外在的世界與社會，依序擘劃出三大閱讀主軸：一、生命；二、世界；三、社會。再從中開展出九大主題：㈠生命敘事；㈡、情感關懷；㈢飲食文學；㈣旅行文學；㈤自然文學；㈥奇幻想像；㈦民間文學；㈧社會議題；㈨地方鄉土。前三個主題取自「生命」的三大課題，強調飲食男女的自我探索與情感關懷。四至六大主題，分別向外探索，從旅行文學、自然文學與奇幻想像作品中認識人與世界、環境的關係。主題七至九則從民間文學、地方鄉土文學及社會寫實文學的議題探討，發揮人的社會責任。各主題並依序規劃閱讀選文與寫作攻略，有系統的建立閱讀的

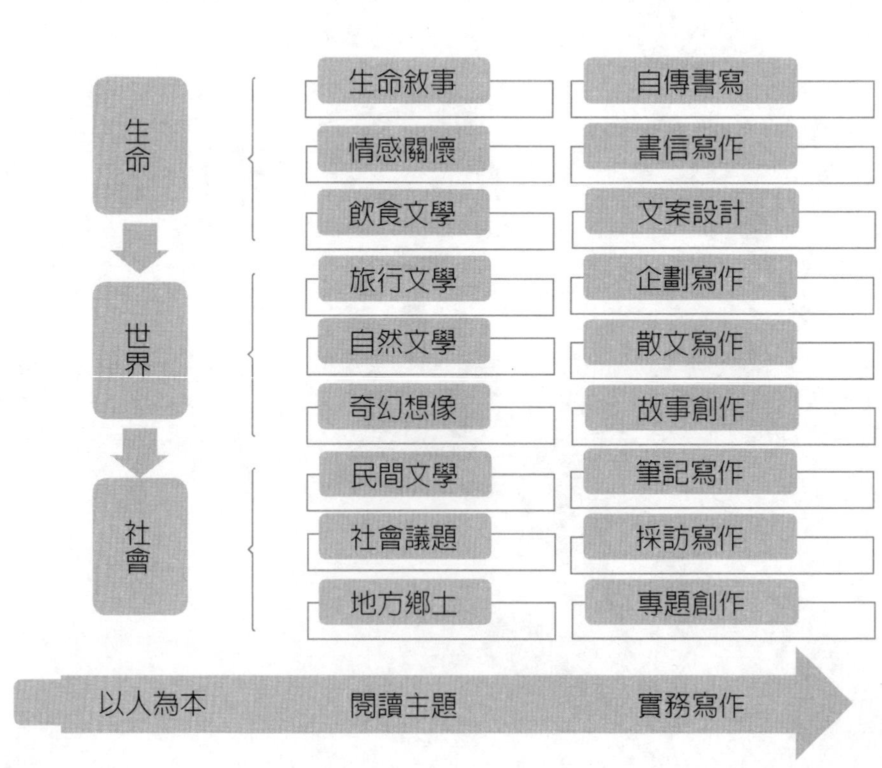

深度與廣度，同時從閱讀擴及實務寫作類型，使閱讀與寫作有機的融攝。

本書的每一主題皆規劃有「I書房選文」一至四篇作品。選文包羅古今。每篇選文分別以「正文」、「導引與賞析」、「問題與表達」依次編排，既強化閱讀鑑賞能力的培養，也深入論題，引導思考。「I書房選文」後，規劃有「進階I書房」。書房中典藏有近十篇（本）的核心主題作品，以簡練的摘要、說明，張顯該作品的重點，提供讀者於主題選文後，有效地延伸閱讀觸角，賦予主題式閱讀系統的建立。接著再為讀者擘劃「延伸閱讀地圖」，推薦近二十個與主題相關的文學、影音、網站等延伸閱讀書目，藉以拓廣主題式閱讀視野，建立富有知識、系統與脈絡的閱讀廣度。

另，本書並配合主題式閱讀，強化閱讀與寫作的連結，導引出自傳、書信、文案、企劃、散文、筆記、故事、專題報告等實用寫作類型，藉由各項實用寫作攻略之提示，強化從讀到寫，從涵養落實於應用的導引式學習歷程。

本書收有精緻的選文，精彩的導讀賞析，深度的閱讀延伸推薦，以及清晰易懂的寫作攻略說明。既有助於讀者開展閱讀的多元視野，亦有助於讀者實務寫作之入門或自學。可做為大專院校中文課程之基礎教材，或自學者提升中文能力之入門書籍。

本書之編撰者皆為年輕之大學教師，結合數十年的教學經驗心得與教學現場觀察，並配合校內深耕計畫滾動式調整教材之規劃，費時一年，不斷凝聚共識，蒐集資料，分別撰寫而成。唯教材草成之際，難免有疏漏之處，尚祈學界方家，不吝斧正，以供再版修正時參考。

目次

主題三：飲食文學與文案設計

世界篇

主題四：旅行文學與企劃寫作

主題五：自然文學與散文寫作

主題六：奇幻想像與故事創作

社會篇

主題七：民間文學與筆記寫作

生命篇

主題一：生命敘事與自傳書寫

主題二：情感關懷與書信寫作

主題三：飲食文學與文案設計

I 書房選文

《史記·項羽本紀》節選

司馬遷

正文

項王軍壁垓下[1]，兵少食盡，漢軍及諸侯兵[2]圍之數重。夜聞漢軍四面皆楚歌，項王乃大驚曰：「漢皆已得楚乎？是何楚人之多也！」項王則夜起，飲帳

1 軍壁垓下：壁，軍壘、軍營圍牆，營地周圍築土為垣以防外襲者；此用為動詞，即駐紮、駐守之意。垓下，地名，在安徽靈壁縣東南。

2 漢軍及諸侯兵：漢，指漢王劉邦。諸侯，指韓信、彭越、劉賈、黥布等等。

中。有美人名虞[3]，常幸從[4]；駿馬名騅，常騎之。於是項王乃悲歌忼慨[5]，自爲詩曰：「力拔山兮氣蓋世，時不利兮騅不逝[6]。騅不逝兮可奈何？虞兮虞兮奈若何[7]？」歌數闋[8]，美人和之[9]。項王泣數行下，左右皆泣，莫能仰視。

於是項王乃上馬騎[10]，麾下[11]壯士騎從者八百餘人，直夜潰圍[12]南出馳走。平明[13]，漢軍乃覺之，令騎將灌嬰以五千騎追之。項王渡淮，騎能屬[14]者百餘人

3 美人名虞：項羽美姬名字為虞。另說姓虞，蓋古婦人從夫姓，以己姓為名；如元代書畫家趙孟頫妻管道昇，稱名為「趙管」。

4 常幸從：得寵而一直跟隨在身邊。常，恆久不變。幸，寵愛、受寵、為君王所親愛。

5 忼慨：音ㄎㄤ ㄎㄞˇ，同「慷慨」，激昂、感慨。

6 時不利兮騅不逝：時運不好，騅馬不能再馳騁。逝，行、往。

7 奈若何：（我要）對你怎麼辦？（我要）怎樣安排你？若，你。

8 歌數闋：唱了好幾遍。闋，音ㄑㄩㄝˋ，曲終曰闋。故唱歌一首、一遍，稱為一闋。

9 和之：西漢陸賈《楚漢春秋》載虞姬和歌：「漢軍已略地，四方楚歌聲；大王意氣盡，賤妾何聊生。」按以文學史進程觀之，漢初五言詩尚未出現，故此殆後人依託之作。

10 上馬騎：一說，「騎」字衍，當刪。一說，騎，名詞，音ㄐㄧˋ，一人獨乘一馬曰「騎」，馬騎即馬匹。

11 麾下：軍旗之下，借指將帥之部下。麾，音ㄏㄨㄟ，旌旗，用以指揮。

12 直夜潰圍：直夜，正當夜晚，即半夜、中夜。潰圍，依當時情境推斷，應是指強力衝破嚴密之重重包圍。

13 平明：天剛亮、黎明。

14 屬：音ㄓㄨˇ，聯及、跟隨。

耳。項王至陰陵[15]，迷失道[16]，問一田父[17]。田父紿[18]曰：「左。」左，乃陷大澤中，以故漢追及之。

項王乃復引兵而東，至東城[19]，乃有二十八騎。漢騎追者數千人。項王自度[20]不得脫，謂其騎曰：「吾起兵至今八歲矣，身七十餘戰，所當者破，所擊者服，未嘗敗北[21]，遂霸有天下。然今卒[22]困於此。此天之亡我，非戰之罪也。今日固決死，願爲諸君快戰[23]，必三勝之，爲諸君潰圍、斬將、刈旗[24]，令諸君知天亡我，非戰之罪也。」乃分其騎以爲四隊，四嚮[25]。漢軍圍之數重。項王謂其騎曰：「吾爲公取彼一將。」令四面騎馳下，期山東爲三處[26]。於是項王大呼馳

15 陰陵：地名，在安徽定遠縣西北。
16 迷失道：迷路。
17 田父：農夫。父，音ㄈㄨˇ，古代對男子之美稱或對老年男子之尊稱。
18 紿：音ㄉㄞˋ，欺騙。
19 東城：地名，在安徽定遠縣東南。
20 度：音ㄉㄨㄛˋ，思量、推測。
21 敗北：敗走。軍敗曰北。北，乃「背」之古文。敗北，意即打敗仗轉背而逃。
22 卒：終於、終究、最後。
23 快戰：痛快打一仗。另版作「決戰」。
24 刈旗：砍倒（敵軍）軍旗。刈，音ㄧˋ，割、斷。
25 四嚮：朝向四面；即圍成圓陣，面向外。嚮，同「向」。
26 期山東為三處：約定在山的東邊分三處集合。期，約定。或謂山乃九頭山，位於安徽全椒縣西北。

下，漢軍皆披靡[27]，遂斬漢一將。是時，赤泉侯[28]爲騎將追項王，項王瞋目而叱之[29]，赤泉侯人馬俱驚，辟易[30]數里。與其騎會爲三處。漢軍不知項王所在，乃分軍爲三，復圍之。項王乃馳，復斬漢一都尉[31]，殺數十百人[32]。復聚其騎，亡其兩騎耳。乃謂其騎曰：「何如？」騎皆伏[33]曰：「如大王言！」

於是項王乃欲東渡烏江[34]。烏江亭長[35]檥船[36]待，謂項王曰：「江東雖小，地方千里，眾[37]數十萬人，亦足王[38]也。願大王急渡。今獨臣有船，漢軍至，無

27 披靡：本指草木不禁風而傾倒散亂貌，借以形容潰敗逃散。靡，音ㄇㄧˇ，散亂、順勢倒下。
28 赤泉侯：楊喜，劉邦部將，後來因搶得項羽屍塊而受封為赤泉侯。赤泉，地名，在河南淅川縣西。淅，音ㄒㄧ。
29 瞋目而叱之：瞋，音ㄔㄣ，張目。瞋目，瞪眼怒視。叱，音ㄔˋ，大聲呵斥。
30 辟易：驚退。辟，同「避」，逃避。易，易地、改變地點。
31 都尉：官名，次於將軍之中高級軍官。
32 數十百人：近百人。
33 伏：通「服」，佩服、信服。
34 東渡烏江：由烏江浦東渡長江。烏江，烏江浦，在安徽和縣東北之長江西岸。
35 亭長：秦制十里一亭，置亭長，掌治安，捕盜賊，理民事，管旅客，猶今之里正或派出所所長。
36 檥船：檥，音ㄧˇ，通「艤」，將船靠岸。
37 眾：民眾、人口。
38 王：音ㄨㄤˋ，稱王。

以渡。」項王笑曰：「天之亡我，我何渡為[39]？且籍[40]與江東子弟八千人渡江而西，今無一人還，縱[41]江東父兄憐而王我，我何面目見之？縱彼不言，籍獨[42]不愧於心乎？」乃謂亭長曰：「吾知公長者[43]。吾騎此馬五歲，所當無敵，嘗[44]一日行千里，不忍殺之，以賜公。」乃令騎皆下馬步行，持短兵[45]接戰。獨籍所殺漢軍數百人。項王身亦被十餘創[46]，顧[47]見漢騎司馬[48]呂馬童，曰：「若非吾故人[49]乎？」馬童面[50]之，指[51]王翳曰：「此項王也。」項王乃曰：「吾聞漢購我

39 為：音ㄨㄟˊ，用於句末，表示疑問、反詰之意。
40 籍：項籍，字羽。
41 縱：縱然、即使。
42 獨：豈、難道。
43 吾知公長者：我知道您是個好人。公，對男人之敬稱。長者，稱年輩尊者、有德行者。
44 嘗：通「常」。
45 短兵：短兵器，如刀、劍、斧之類。
46 被十餘創：被，音ㄅㄟˋ，受、蒙受、遭遇。創，音ㄔㄨㄤ，傷。
47 顧：回頭看。
48 騎司馬：官名，掌管騎兵法紀之軍官。
49 若非吾故人：若，你。故人，老朋友。
50 面：正面相對、對視。
51 指：指示。

頭千金[52]，邑萬户[53]，吾爲若德[54]。」乃自刎而死[55]。王翳取其頭，餘騎相蹂踐[56]爭項王，相殺者數十人。最其後，郎中騎[57]楊喜、騎司馬呂馬童、郎中[58]呂勝、楊武，各得其一體[59]。五人共會其體，皆是。故分其地[60]爲五：封呂馬童爲中水侯[61]，封王翳爲杜衍侯[62]，封楊喜爲赤泉侯，封楊武爲吳防侯[63]，封呂勝爲涅陽侯[64]。

52 千金：秦以黃金一鎰為一金，一鎰為二十兩，或說二十四兩。漢以黃金一斤為一金，值一萬錢。
53 邑萬戶：封為萬戶侯。邑，封地。
54 吾為若德：我就送你個人情；意謂我倆既係舊識，我將自殺，好讓你領賞。為，音ㄨㄟˊ，做。若，你。德，恩德。為德，意即施恩。另解，為，音ㄨㄟˋ；句謂我為了（回報）你（當年所施予我）的恩德。
55 自刎而死：刎，音ㄨㄣˇ，割頸。項羽生於始皇十五年（西元前二三二年），死於漢五年（西元前二〇二年）十二月，年三十一歲。
56 蹂踐：踐踏、踩踏。蹂，音ㄖㄡˊ，踐。
57 郎中騎：即郎中騎都尉，管理宮廷車騎門戶之武官。
58 郎中：官名，秦漢時為帝王之侍從官，掌宮廷侍衛，內充侍衛，外從作戰。
59 一體：一部分的屍體。另說，一體，一肢；頭及四肢為「五體」。
60 其地：非指項羽之楚地，而是當初所謂得項羽者封萬戶之邑，原無定處，今將其分成五份，各二千邑。
61 中水侯：中水，地名，在河北獻縣西北。
62 杜衍侯：杜衍，地名，在河南南陽市西南。
63 吳防侯：吳防，地名，今河南遂平縣。
64 涅陽侯：涅陽，地名，在河南鎮平縣南。涅，音ㄋㄧㄝˋ。

項王已死，楚地皆降漢，獨魯不下[65]。漢乃引天下兵，欲屠之。爲其守禮義，爲主死節，乃持項王頭視魯[66]，魯父兄乃降。始，楚懷王[67]初封項籍爲魯公，及其死，魯最後下，故以魯公禮葬項王穀城[68]。漢王爲發哀，泣之而去。

諸項氏枝屬[69]，漢王皆不誅，乃封項伯爲射陽侯[70]，桃侯[71]、平皋侯[72]、玄武侯[73]皆項氏，賜姓劉。

太史公曰：「吾聞之周生[74]曰：『舜目蓋重瞳子[75]』，又聞項羽亦重瞳子，

65 獨魯不下：只有魯縣不肯投降。魯，魯縣，在山東曲阜市。下，攻克。
66 視魯：展示給魯縣人看。視，同「示」。
67 楚懷王：熊心，楚懷王熊槐之後，另說為熊槐之孫；秦末時被項梁等人擁立為楚懷王。
68 穀城：地名，在山東東平縣。
69 枝屬：家族族人。
70 射陽侯：射陽，在江蘇淮安市東南。
71 桃侯：項襄。桃，桃縣，在河北邢台市一帶。
72 平皋侯：項佗。平皋，在河南溫縣東。
73 玄武侯：其人不詳。
74 周生：周先生，漢時儒者，其名不詳。生，「先生」之省稱，指年長有學問、有德行之人。
75 蓋重瞳子：蓋，表示傳疑之詞，據說、傳說之意。重瞳子，一眼中有兩個瞳孔。

羽豈其苗裔邪[76]？何興之暴[77]也！夫秦失其政[78]，陳涉首難[79]，豪傑蠭[80]起，相與並爭，不可勝數。然羽非有尺寸[81]，乘勢起隴畝[82]之中，三年，遂將五諸侯[83]滅秦，分裂天下而封王侯，政由羽出[84]，號爲『霸王[85]』，位雖不終，近古[86]以來，未嘗有也。及羽背關懷楚[87]，放逐義帝[88]而自立，怨王侯叛己，難矣。自矜

76 苗裔邪：苗裔，後代子孫。邪，音ㄧㄝˊ，同「耶」，表示疑問之語助詞。
77 暴：突然、急遽。
78 失其政：政治失當。
79 陳涉首難：陳勝，字涉，於秦二世元年（西元前二〇九年）與吳廣起兵，率先反抗暴秦苛政，不久自立為王，國號「張楚」，勢力頗大，終為秦將章邯所敗，遭其車夫莊賈反叛殺害，後劉邦追封為「隱王」。首難，首先發難反抗。
80 蠭：同「蜂」。
81 非有尺寸：無一尺一寸之封地作為基礎。
82 隴畝：田地，喻民間，指出身於平民。
83 將五諸侯：將，音ㄐㄧㄤˋ，率領。五諸侯，韓、趙、魏、燕、齊。
84 政由羽出：一切政令都由項羽發出。
85 霸王：項羽自封為「西楚霸王」。
86 近古：距今（指西漢）不遠的古代、最近幾百年來。
87 背關懷楚：背關，違背楚懷王熊心與諸將「先入定關中者王之」之盟約，不封劉邦為關中王。一說，背關乃「放棄建都於關中形勝之地」。懷楚，懷念楚國故鄉而建都彭城（今江蘇徐州市）。
88 義帝：項羽稱王，將楚懷王熊心改尊為義帝，後徙於湖南郴（音ㄔㄣ）縣，暗令英布等人中途擊殺之。

功伐[89]，奮其私智而不師古[90]，謂霸王之業，欲以力征[91]經營天下，五年卒[92]亡其國，身死東城，尚不覺寤[93]，而不自責，過矣[94]。乃引『天亡我，非用兵之罪也』，豈不謬哉！」

導引與賞析

司馬遷（約西元前一四五年至前八十六年左右），西漢史學家、文學家，字子長，龍門（今陝西韓城市）人，繼承父志，忍辱負重，終成《史記》。其〈報任安書〉中云：「欲以究天人之際，通古今之變，成一家之言」，可見是書旨趣之宏大精深。《史記》記錄上古黃帝至西漢武帝之史事，包含本紀、世家、列傳、書、表，共一百三十篇，五十二萬餘字，爲紀傳體通史之祖。其體例爲正史所宗，而內容文直事核，不虛美，不隱惡，遙體人情，懸想事勢，體現實錄精神。歷史價值之外，在文學上，又影響後世詩文與小說戲曲等等。

89 自矜功伐：矜，自誇、誇耀。功伐，功勳。伐，功勞。

90 奮其私智而不師古：奮，施展。奮其私智，仗著自己的見識、小聰明。師古，學習古人之經驗教訓。

91 力征：武力征服。

92 卒：終於、最後。

93 覺寤：即覺悟。寤，通「悟」。

94 過矣：這就錯誤了。過，錯誤。另說，應與上句連讀為「而不自責過矣」；過，意同「責」，怪罪、責難，句意為「而不自責」；或者仍將「過」釋為過錯，而將本句逕解為「而不自責其過失」。

本課節選自《史記‧項羽本紀》最末之部分，內容描述項羽困於垓下，終而自刎之過程，並對項羽做出全面性之總評。

在文學方面，司馬遷成功塑造一位動人心魄之悲劇英雄形象。文中大致可分成霸王別姬、潰圍斬將、烏江自刎三部分。霸王別姬一段，由四面楚歌寫起，在大驚之後，項王悲歌，一聲聲「可奈何」、「奈若何」所忼慨泣下者，並非一己之生死，而是對烏騅與虞姬之掛心。何等之拔山蓋世，自當使騅馬奔騰、美人含笑，而今竟不能照護，誠是不甘不服、情何以堪之至極失敗。再添上虞姬唱和、左右皆泣之畫面，突顯絕望之困境，博人同情。此其中，責任自攬，是霸王之眞心；憂愁牽纏，則見霸王之多情；的確是「忼慨激烈，有千載不平之餘憤」（南宋朱熹語），「一腔怒憤，萬種低回，地厚天高，托身無所，寫英雄失路之悲，至此極矣」（清朝吳見思語）。而後項羽化悲憤爲力量，率八百壯士直夜潰圍，卻問路遭騙，以致爲漢軍追及而終不得脫。此際項羽毫無懼色，率殘騎潰圍、斬將、刈旗，甚且怒目一叱而驚退來將，自負自信地印證「此天之亡我，非戰之罪」，將一切歸咎於天意，令人懾服於霸王之英武勇猛，更喟歎於命運之荒謬無情。最終烏江浦邊，項羽不做掙扎之困獸，連渡江倖存之一線生機亦予自斷，演出個人最精彩絕倫之告別秀：馬送亭長、殺敵數百、頭贈故舊、瀟灑自刎，充分展現其永不乞憐之英雄氣魄、不忘江東子弟之霸王豪情，以此對天意、命運做出最大之嘲諷與異議，令千古讀者蕩氣迴腸。

在史學方面，司馬遷不做前述之感性想像、文學渲染，而是以史家之慧眼卓識，提出客觀之評議。既不以成敗論英雄，肯定項羽滅秦之功，號令天下，成爲創新時代之關鍵，實質影響非比尋常，已達帝王層次，而擢列之於本紀；又復一針見血，直斥其違背政治倫理、戰略錯誤、不師古道、迷信武力、推諉時運之剛愎狂謬，精準而深刻地全面總結失敗之必然因素。

在人生方面，司馬遷則對「天人之際」予以提點，亦即：人生之成敗，取決於人之主動性，而非訴諸天意。項羽並非純屬命運不濟，實亦性格有所偏失、心態有所誤執。人唯有時時善於反躬內省，調整思想，修正行爲，始能終功。故孔子曰：「君子求諸己，小人求諸人」，曾子云：「吾日三省吾身」，豈可於困厄臨死之際，猶荒唐地不改「欲以力征經營天下」，而一味自詡善戰、怪罪老天呢？誠如中井積德所闡釋者：「天亡我，非用兵之罪，是羽矜勇武之言矣。言戰之彊如此而亡，是天亡我時至也。若夫天何故亡我？我有罪于天與否？羽未嘗言及也。乃以此爲不覺悟、不自責之事，可乎？」天視自我民視，天聽自我民聽，吾人觀此，當可體悟其啓示與借鏡，而對人生抱持正確之態度。

　　總之，《史記》此文，對項羽有強烈之同情，能深入描繪其內心世界，而又褒貶兼備，精闢中肯。情理俱揚，洵乃成功之傳記，敘事之典範。

【問題與表達】

一、項羽「虞兮虞兮奈若何」一語，是否可理解為男性主觀心態？如果你是項羽，要如何處理虞美人之事？

二、項羽失敗之原因為何？司馬遷評論是否正確？項羽臨死前之結論「天之亡我，非戰之罪」，是否荒謬？項羽為何自刎？是否應該聽從烏江亭長而東渡烏江？

三、劉邦在項羽葬禮上所流之眼淚，是真是假？其心態如何？其行為是否可取？劉邦不殺項氏枝屬，甚且封之為侯，其做法有何啓示？

四、楚漢相爭，結果項羽打天下而劉邦得天下。請由此一歷史事件與兩人之性格行為，書寫一篇評論或感言。

林于盛老師　編撰

〈刀疤老桂〉

桂文亞

正文

十八歲是少女一枝花的年齡，就在這一年，老天爺送給我一個長達十七年的馬拉松禮物。它改變了我對「美」的認知，成爲一生中最珍貴的財富。

那年，我十八歲，青春洋溢，很在意自己的容貌，不但衣著髮型力求「水水的」，也頗講究色彩款式的時尚搭配；辛苦賺來的稿費，並不都用來買書，也購置美麗的皮包、皮鞋和飾品。出門打扮免不了，嗯，鏡中的少女看起來蠻漂亮的：雙頰紅潤，直鼻梁，大眼睛，嘴唇線條優美，還加上一枚甜蜜酒窩哩！不忙，且取來「美容聖品」不透明膠紙，用小剪刀剪出彎細的月型，熟練的順著眼皮一貼，哇，變魔術似的，原本亮晶晶的單眼皮眼睛頓時成了迷人的雙眼皮，再抹上淡藍的眼影……。

坐上四十路公車，一個小男生指著我哈哈笑：「妳下巴那裡有塊原子筆油！」尷尬的看他一眼，我知道他在說什麼。

在我右臉頰靠嘴唇部位，出現了一片青藍，彷彿是被人猛揮一拳，皮下瘀血了。這塊藍印子初時淺淺的，然後慢慢地水墨畫似的往外擴散，顏色變綠，甚至成爲紅紫。同時在右口腔裡，出現了血塊，會腫脹、自行破裂、流血，暫時恢復正常，又開始腫脹、自行破裂、流血。這樣奇怪的症狀周而復始已有一段時間，初時不以爲意，遲遲不見改善愈來愈嚴重後，爸媽不但緊張起來，我更是感到害怕。難道，年紀輕輕，就得了不治之症？而我，十八歲，花樣年華才剛開始啊！

爲了皮膚上的這塊無名青腫，爸爸帶我跑了五家醫院驗血，又從內科、外科看到皮膚科，直到經由一位醫生朋友的指點門診口腔外科，才確定是血管瘤[1]，需由整型外科醫生動手術切除。

但是這第一次對我來說在口腔裡開刀的可怕手術，不但沒有治好，還使我原本完好的嘴唇受到損傷，而血管瘤也往下轉移了。之後十年，青腫的部位逐漸蔓延到頸部，翻開多年前的相本可以清楚看到，我多了一個十分「肥美」的雙下巴。尤其當冬季來臨的時候，影響血液循環，下巴至頸部顏色更加腫脹青紫，

1 血管瘤：起因於皮膚血管異常增生或擴張，導致皮膚出現不規則形狀的腫瘤。大部分的血管瘤不會造成生命危險，但易因外觀上的不同造成患者困擾；少部分若長在眼、臉、鼻子、嘴巴附近則可能造成嬰兒視覺、呼吸、吸吮等功能障礙。

口腔需用針刺放血，接著便是疼痛不適。我曾做針灸治療、試各種中藥、甚至密宗[2]作法，求神問卜，可惜都不見效，除了等待適當時機動手術切除，只能暗自內心憂懼及在希望中祈禱。

第二次手術換了另一家大醫院。這次手術花了八小時，傷口從右耳根沿頸部劃到左邊的顎下，長長的刀痕，有如上了一次斷頭台！然而病情依舊，血管瘤繼續生長，儘管醫生說是良性，但面對鏡子，我眞誠的祈求老天爺，一張臉醜點兒沒關係，但能否讓我少受點兒對未知恐懼的折磨？

第三次頸部手術是在三十五歲那年。第二次上「斷頭台」，同樣的部位再重複劃一刀，手術過後，我隱隱聽見媽媽在輕輕喚我，聲音似從山谷中吹來一陣微弱的冷風，當我清醒睜開眼睛，一眼看到兒子驚嚇的表情，接著放聲哭喊：「媽媽！」。事後，不改愛美天性的我從枕頭下取出小鏡子。鏡裡有一張水泥色的臉，雙下巴不見了，臉型改以不對襯的傾斜，彷彿刀削。但我由衷感謝老天爺，這一次是斬草除根，終結十七年來的病痛。

我今年六十歲，恢復健康以後，更珍惜生命中擁有的一切。朋友至今仍認爲

2 密宗：一類佛教修行教法。一般認為是七世紀以後的婆羅門教融入大乘佛教的產物。流行於中國唐代、西藏、臺灣、日本等地。

我很愛美，一點不錯，一個眞正對「美」有認知的人，是從「醜」和「痛苦」中淬鍊[3]出來的。只不過，很少人知道這之中的心情故事。

記得當年我在整型外科門診的時候，看到許多兔唇、裂顎[4]、顏面傷殘甚至畸型的病人，男女老幼都有，從外表看去，也幾乎個個是可憐的怪物，我當下膽戰心驚如當頭棒喝：「桂文亞啊你眞的要感謝上天，你得的不是絕症，難看的也只是半個下巴，你還有健全的四肢和腦袋！比起這些平日不敢出門見人的身心障礙者，是何等幸福！」

是的，我深切的理解及同情他們。在漫長的十七年中，我飽受精神和身體的雙重折磨，但至少，還擁有正常人的生活：一份合志趣的工作，一個和樂的家庭，讀書寫作、出外旅行、隨心所欲。我在意的不是外型變醜了，而是變得更堅強更能面對生命中各種艱難的挑戰。

外在的美眞有這麼重要嗎？不。當一個人經過眞實人生的考驗，當一個人體會了還有比外在形式更重要的東西以後，他的內在將更質樸豐富。

3 淬鍊：音ㄘㄨㄟˋ ㄌㄧㄢˋ。鍛造時將燒紅的金屬浸入水中，引申為磨鍊。

4 兔唇、裂顎：胚胎早期發育時，嘴唇在連結的過程未照預定進度達到連結，而產生不同部分的裂縫。若是單純上唇地方的裂縫稱為唇裂，俗稱兔唇；若是裂縫延伸至口內硬顎或軟顎，則稱為唇顎裂；若僅口腔內之上顎或軟顎裂開而外表正常，則稱顎裂。

就在不久前，途經忠孝東路捷運站，遇到一個不常見面的朋友，開門見山的說：「妳以前的臉很歪耶，現在好一些了。」

我對他點頭微笑，原想告訴他這已經不重要了，但隨之一想，也沒什麼，曾經還有一位不知情的同事，在我第三次手術後向我求證：「傳說你去日本美容啦？」一位醫生朋友更善意的建議我去做整型手術以改善缺陷。

我不會去整型。執意留下這明顯的缺陷是爲了時刻提醒自己：眞正的「美」，是透過不完美而來的，付出「美」的代價，讓我上了一堂生命教育課，這是更有價值的意義。

「刀疤老桂」，是我給自己取的一個性格外號。

導引與賞析

桂文亞於一九四九年出生於臺北，是臺灣重要的兒童文學作家之一，也是兒童文學發展的主力推手。除了爲兒童讀物建立嚴謹的評審制度，也開啓了兩岸兒童文學作品的交流，對兒童文學界貢獻甚深。桂文亞筆耕至今，除了出版多達五十餘冊的兒童文學作品，也發行了《橄欖的滋味》、《桂文亞散文集》等散文、小說、報導文學等一般創作，是個創作力豐沛的作家。

〈刀疤老桂〉收於歐銀釧主編《夢想起飛：勵志散文集》一書，是桂文亞描寫自己如何面對病變的自傳性散文。內容主要敘述了「我」於正值青春年華的十八歲罹患了血管瘤，該病症雖被診斷爲良性腫瘤，卻爲青春美麗的臉頰增添了突兀的青藍或紅紫的「水墨畫」。除了外觀上的尷尬，更令人恐懼的是，血管瘤會自行出現、破裂、流血後再復原。面對周而復始的病痛折磨，前後歷經無數次的治療與三次令人害怕的手術，在承受精神與身體雙重折磨的十七年間，「我」也學會了更珍惜生命中的一切。

就文章的布局來看，作者於開篇即賣了個關子，以老天送給「我」長達十七年的禮物，讓「我」改變了對美的認知。究竟是何禮物？作者略而不談，轉而描寫了「我」是個愛美的少女，非常重視自己的外貌，總是花了許多的時間打扮。接著才藉由一個公車上的小男孩，口無遮攔地以「妳下巴那裡有塊原子筆油」，揭曉了這所謂的「禮物」正是折磨「我」十七年的疾病。這禮物一點都不美，不但改變了「我」的外貌，也改寫了「我」對美的定義。

接下來作者層層推進，依序敘述了三次手術，及其如何改變「我」的外貌，也改變了「我」對於「美」的認知。首次手術爲「我」換來了「肥美」雙下巴；第二次手術使「我」多了道從右耳到左顎的長長刀疤；第三次手術則換來了傾斜的臉型。作者也透過三次手術後不同心理感受的描寫，逐一展現這十七年的抗病過程如何改變「我」對於外表的重視：第一次手術後，患處的疼痛不適，使我「只能暗自內心憂懼及在希望中祈禱」；第二次手術時，作者以「有如上了一次斷頭臺」，形容這長達八個小時的手術猶如在鬼門關前走一遭，讓人崩潰。術後面對鏡子時，「我」在意的並非那長長的刀痕，反倒是「眞誠的祈求老天爺，一張臉醜點兒沒關係，但能否讓我少受點兒對未知恐懼的折磨？」第三次手術後，與這個難纏的疾病搏鬥了十七年之久的「我」，不改愛美的天性，仍取出小鏡子，看到不對襯如同刀削的傾斜臉龐，卻由衷的感謝，因爲老天爺讓「我」得以終結十七年來的病痛。

作者細部且富於層次的描寫三次手術後外表及心境上的轉變。緊扣題旨，透過美／醜、健康／疾病、外在／內在等相對概念的彼此映襯，演示了從美的追求到醜的接受；從外貌的重視到內在的豐富；從不同病症的嚴重性比較，到檢視自身何等幸福等，層層遞進的歷程，重新建置了生命的價值與美的定義。

文末作者寫道：「一個眞正對『美』有認知的人，是從『醜』和『痛苦』中淬鍊出來的。」這段話回答了何以開篇時，作者以「禮物」稱呼這段與病共舞的歷程。其言字字珠璣，可謂是與病魔纏鬥後所收下的精髓。它透顯了「我」早已消解了昔日對於外在的執著，重新建構了美的定義。在這些體悟裡，「我」也透過自身的某些堅持來呼應這個道理，包括不去整容，留下明顯的缺陷；包括爲自己取一個性格的外號：「刀疤老桂」，接受這道生命中曾經不完美的疤痕，讓它化爲自身的一部分。

桂文亞以其切身的病痛經歷，在這篇短小卻精煉的自傳性散文中，帶著讀者走過一段病中歲月，也重新思考美的認知與生命的道理。她提醒了我們，當我們在埋怨著自己身材不夠好，臉蛋不夠漂亮時，別忘了，「刀疤老桂」已經示範了，眞正的『美』，是透過不完美而來的！

【問題與表達】

一、你是個追求美的人嗎？你如何追求美？你對美的定義為何？你心目中美的典範為何？或者，相對的，你覺得什麼樣子是醜呢？請舉出例證分享你的審美觀。

二、請找出一個你最不滿意的特徵，並說明何以它對你造成困擾？若是這個特徵可以經由整型手術消除，你會選擇整型嗎？請仔細評估，並說明為什麼？

三、桂文亞以昔日手術後的刀疤為自己取了「刀疤老桂」的外號。請你也找出一個你特有的特徵，為自己取一個特別且富有意義的外號，撰寫一篇介紹自己的短文。

賴素玫老師　編撰

〈窺夢人〉

顏崑陽

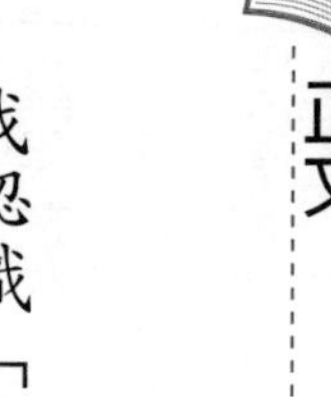

正文

1.

我認識「窺夢人」，這是眞的。

我並不打算寫一篇純屬虛構的小說，也不預備向你講個查無此事的寓言。我想告訴你的，都是平常發生在你我身邊的事。

這些事，全是眞的。或許，你不相信，硬說是假的。恐怕我們免不了要爭辯起來；但是，語言最靠不住了，人們從未曾拿它弄清過任何「眞象」呀！還不相信嗎？那麼，我們就活在快被如浪的語言溺斃的世界，誰又確實弄明白過，那些每天口沫橫飛的人，背地裡想的是什麼，幹的又是什麼！

這世界，任何一件事都只能各說各話，「眞象」就讓「自以爲是」的人去相信吧！假如，這世界果然事事都有「眞象」，許多人將無法活下去。坦白承認吧！我們之所以還能放心地吃飯睡覺，完全是因為這世界不會眞正的透明。

那麼，我說我眞的認識「窺夢人」，你根本無需與我爭辯，就當我在「癡人說夢」也罷；這世界向來是眞假難辨，因此聰明的人都學會沈默。

2.

我們都喊他爲「窺夢人」，至於「窺夢人」的姓名，竟已被遺忘而不可考。問他，他有時一手指天一手指地，沈默而不答；有時則隨便胡謅一個姓名給你，什麼「孔仲尼」、什麼「馬基督」、什麼「牛七力」、什麼「李王八」……，然後反問：「你非姓X不可嗎？」

「窺夢人」究竟從那兒來？有沒有父母兄弟、妻妾兒女？也同樣一片空白。曾經有人費了不少工夫，從各種管道調查他的身世，卻空白還是空白，就像一口不知隱藏何物的黑箱。他一向不回答任何有關他的問題，只是笑笑地重複兩句誰都聽不懂的話：

每個生命都是一口黑箱，而且必須是一口黑箱。

這句話，我開始也同樣聽不懂。後來，因爲幾個朋友的生命如黑箱被揭開蓋子而死亡；甚至「窺夢人」也在娶了妻子之後，由於某個與生命黑箱有關的事故而自戕；我才如禪修之頓悟。眞的，對任何生命而言，「幽暗」都是一種「必要」，被曝曬在陽光下而裡外透明的生命，都將在他人炯然的注視中枯萎。

對於「窺夢人」之死，我沒有悲傷，那不僅因爲他並非我的親人或相交莫逆的朋友，更因爲他只有死亡，才能驗證自己所說的至理名言：「每個生命都是一口黑箱，而且必須是一口黑箱。」這就讓人覺得，他的死亡有些滑稽；而滑稽之中又有些淚水悄悄地淌了下來。

從他身上，我們看到人生恍然是一場如眞似假而哭笑不得的遊戲。

3.

我之遇見「窺夢人」，起始就弄不清究竟是眞實或幻夢。

某個下雪的傍晚，我走進一間荒敗的澡堂，它的板壁朽壞而破了幾個大洞。從右前方的一處洞口，可以看到遠方積雪的山坳間，有一座紅瓦的寺廟。寬大的澡池裡，貯滿乳白色的浴湯；但卻空無一人。池面氤氳[1]的水氣，飄浮如輕盈的棉絮。

1 氤氳：煙雲瀰漫之狀。音 ㄧㄣ ㄩㄣ。

我赤裸著身子，斜靠池邊，坐進浴湯裡。熱騰騰的水溫，彷彿千萬隻手搔抓著靈敏的皮膚，我感覺到胯間有物暴漲。這時候，澡池中央，忽然冒出一顆光頭，接著便看到雙峰堅挺的乳房，是個姣好的尼姑！她嘴角粲著微笑，像一條肥腴的錦鯉向我游了過來。

忽然，我看見板壁的破洞間，露出一張非常蒼白的臉龐，圓睜睜的兩隻眼睛，沒有瞳仁，好似煮熟的魚目。我驚嚇地「啊」了一聲。

妻就躺在我身邊，和我一樣赤裸著身子，頭髮卻披散在籐枕上。她的臉色略顯酡紅，睜著眼睛注視著我，「作夢了！」她說。

我沒有告訴她關於澡池裡裸尼的事。她是個虔誠的佛教徒，準會呵責我如此的褻瀆。假如，我和她爭辯，只不過是個夢而已，怎麼能夠當眞；然而，在情慾與宗教上嚴重冒犯到她的這樣一個夢，她絕不會理智地去分辨眞假。說不定，還一口咬定：「夢比這現實更眞呀！」

我倒是向她說，看到一張沒有血色的臉龐、兩隻沒有瞳仁的眼睛。她直呼好可怕好可怕，並且安慰我，只是個夢而已，世界上不會眞有這樣的人。人們總是選擇他想相信的去相信，而不想相信的事物便認定是假的。

其實，我也如妻一般認爲，世界上不會眞有那樣的人，直到遇見「窺夢人」，才開始懷疑，澡堂裡裸尼以及那張臉龐、那雙眼睛，究竟只是一場夢或眞實發生過的事？甚至，當時自以爲醒來，妻躺在我身邊，說我作了夢，並與我談論這場夢，如此情境，究竟是在夢中或現實的世界？

我在都城一座壅塞著人潮的天橋上遇見他，一張沒有血色的臉龐，兩隻沒有瞳仁的眼睛。他就站在夕陽軟弱的橙光中，薄暮如紗的煙塵，讓他的身影恍然在大氣中飄浮著。這是在夢裡嗎？

「夢與非夢，怎麼分辨！」他說。

從前，有個樵夫到山野間去砍柴，遇到一隻驚慌的小鹿。樵夫將牠獵殺；但是，因爲他得繼續砍柴，就暫時把鹿藏在乾涸的窪池裡，並覆蓋幾片蕉葉。等樵夫砍完柴，卻已忘記而找不到藏鹿的地方。

「難道這只是一場夢嗎？」他眞的迷糊了。

回家途中，他將這件事說給人們聽。有個鄰人依照他所說，竟找到那隻覆蓋在蕉葉下的鹿，很高興地回家，告訴妻子說：「那個樵夫作夢獵得一隻鹿，而忘記藏在那兒；我卻把牠找到了。他的夢竟然是眞的！」妻子半信半疑，說：「說不定是你自己夢見樵夫得鹿吧！樵夫在哪裡呢？不過，你的確把鹿扛回家了，你的夢竟然是眞的呀！」那個鄰人說：「管他是誰在作夢，我得到一隻鹿卻是千眞萬確。」

樵夫回家之後，非常懊惱，晚上眞的作了一個夢，夢見藏鹿的地方，也夢見鹿被那個鄰人找到而扛走了。第二天醒來，依照夢境尋去，鹿果然就在鄰人家裡。他非常生氣，一狀告到官府去。

「寤夢人」說了這則《列子》裡的故事[2]，然後問我：「夢與非夢，怎麼分辨？」

此刻，我眞的迷惘了。「澡堂」與「天橋」，哪一個是夢，哪一個非夢？而我卻同樣看到這張臉、這雙眼睛。假如「澡堂」是現實，那就是「澡堂」中的我夢見「天橋」上的我；假如「天橋」是現實，那就是「天橋」上的我夢見「澡堂」中的我。而裸尼呢？妻子呢？哪一個才是現實中與我同在的女人？哪一個只是夢裡無明的幻象？我該相信什麼？我不該相信什麼？倘若曹雪芹感悟到的是「假作眞時眞亦假」[3]；那麼，此刻我感悟到的卻是「眞作假時假亦眞」；然

2 《列子》裡的故事：《列子》相傳為春秋戰國時期鄭人列禦寇所著，與《老子》、《莊子》等書被視為是道家重要經典。本文所提之《列子》的故事原載於《列子．周穆王篇》，後人稱為「蕉鹿之夢」。故事描寫樵夫告到官府後，官員士師以樵夫真的得鹿卻妄稱為夢，真的作夢卻找到鹿；鄰人以樵夫真的作夢卻得到鹿，鄰人妻卻覺得他是夢中得鹿。在只有一頭鹿的情況下，最後判決二人平分該鹿。鄭國國君聽聞此事，以為士師也是在作夢替人分鹿。問於國相，國相則以惟有黃帝、孔丘才能分辨醒夢，今無黃帝、孔丘，無人可辨，所以姑且就依士師之言。後人將「蕉鹿之夢」喻為是把真事看作夢幻之意。

3 「假作真時真亦假」：是曹雪芹所著《紅樓夢》第五回賈寶玉夢遊太虛幻境時在大石牌坊上看到的對聯的上句。意指把假的當真，則真的也會變成假的。

而，每一個人卻都自認爲在「眞象」之中而看到了「眞象」！

其實，這整個經過，最讓我害怕的還不是夢與非夢、眞實與虛幻之難以分辨；而是「窺夢人」竟然能夠在我這兩個世界中自由進出，「我在一個荒廢的澡堂裡看過你」！聽到他這句話，我不是訝異，而是驚恐。

我一向認爲，生命存在的眞假無從辨明，也不重要。重要的是彼此之間，允許自我「留白」；讓每個人在相互瞪視之外，也可以孤獨地躲進一個任何他者所無法侵入的世界。那也是我們可以安全地生活一輩子的理由。假如每個都是「窺夢人」，我不知道誰能放心地過完這一生？

4.

我和「窺夢人」坐在都城東北邊的山腰間的一棵白雞油樹下的磐石上。都城已在如墨的夜色中，變成一口巨大的黑箱。箱面上鑲嵌著熠耀的明珠與鑽石，那是可以照灼幽暗的燈火；但是，生命的幽暗處卻向來是任何亮光所照灼不到。它在光之外，像是永藏不露的山陰，與山陽共成無法分割的山之實體。

深夜裡的都城，是一口巨大的黑箱，即使通明的燈火也難以照灼這黑箱中許許多多生命的幽暗。我們所能看到的只是黑箱的外殼；然而，因爲如此，所以都城繼續存在，人們繼續存在。

「窺夢人」彷彿融進夜色中，變成沒有實體的靈魅。他的眼球不長瞳仁，在白天，看起來像顆煮熟的魚眼睛。這刻在夜裡，竟然泛著曖曖[4]的磷光[5]。他低俯身子，面對腳下如黑箱的都城。眼中的磷光像五月的螢火，閃爍不定。

「搭著我的肩膀，閉上眼睛；我帶你到幾個用眼睛看不到的地方。」他說。

請原諒我吧！我眞的無意去揭開任何一口生命的黑箱；然而，隨著「窺夢人」，我侵入了幾個生命的留白，看到了平常眼睛所看不到的景象。當時，我並不知道身在哪裡，只以爲那是眞眞切切發生在這現實世界中，卻叫人震驚而難以置信的事。之後，才知道我們進入了某人的夢境，窺視了連他最親暱的人都無以察知的祕密。

其中，有些我認識，有些我不認識。不認識的，我就不說了；認識的，我挑一個說說吧！但是，我必須姑隱其名，你千萬不要繼續追問，那個人究竟是誰？

天似黑鍋，頂空卻破了一個大洞，散落如血的光芒。大地是滾滾的濁流，什麼都被淹沒掉，只有一座金色的高樓聳立水面。頂層的陽台上，一把長背的

4 曖曖：昏暗不明的樣子。
5 磷光：特定特質受震動、摩擦或與光線、熱能接觸後發出的微光。

交椅，C君端坐，彷彿冰冷的石像。他的右手拿著酒杯，左手摟著一個妖冶的女人。

陽台前端有把鐵梯垂懸到水面上。水面上，一個肥胖而衰老的男人，正在滾滾濁流中載浮載沈。他赫然是C君的父親。他不停地揮手向C君求救；但是，C君卻只是冷漠地瞪視著他——這個C君叫他「父親」的男人。C父拚命地向自己金色的樓房泅泳，終於攀到了梯子。他疲倦而興奮地往上爬，眼看就要爬到梯子的頂端。C君站了起來，臉無表情，抬起右腳將梯子踹倒。

「窺夢人」在我身旁，漠然地看著這一幕悲劇，或許是他看多了，或許這些人這些事都與他無關；但是，我就不能那樣淡漠，C君是我最好的朋友，很知名的大學教授，向以孝悌爲我輩所敬重。C父則是一個擁有許多財富與女人的商賈，生了幾個不同母親的兒女。

C君怎麼可能做出這樣的事！但是，他卻在我眼前發生了。之後，我明白那是C君的一場夢，是C君生命黑箱中另一個幽暗的世界，我不應該侵入；然而，我卻已經侵入，揭開了黑箱蓋子的一個小縫。此後，每當見到溫文儒雅的C君，在眞假難辨中，竟感到一種奇異的陌生，甚至摻雜著些許的厭惡。

5.

昔者，有「狐疑」之國，王忌其弟謀反而苦無稽焉。某日，一士自西方來，自謂能窺人之夢，以伺心機。王遣之偵察其弟，果得叛變之夢，因以爲據而殺之。復疑其弟魂魄爲亂，懼而不能自解，終癲狂而死。

我並非在講一個查無此事的寓言，這是平常或至少可能發生在你我身上的事。

自從「窺夢人」在我們的群體中出現，這世界就忽然複雜了起來。許多傢伙開始在最親近的人身上貼問號，「窺祕」是一種心靈自體潛生的病毒，被誘發之後，便很快的擴散開來。很多人都想揭開所親者的生命黑箱，讓他成爲一個完全的透明體。因此，他們都以很昂貴的代價，請求「窺夢人」的幫助。有夫窺其妻者，有妻窺其夫者；有父窺其子者，有子窺其父者。有至交之相窺者……而人人自以爲已看清對方生命的「眞象」。

他們究竟看到了什麼？誰都沒有說明白；但是，據我所知，已有好幾個人，卻因此而夫妻、父子、朋友彼此離散或相殘。

「窺夢人」總是漠然地進出很多人的夢境，並以此異術而致富；於二十世紀末，在都城南區一座天主堂中，由安樂神父福證，而與鶯鶯小姐結婚。

婚後不到兩個月，「窺夢人」便開始酗酒，爲什麼會這樣？他始終沈默；但是，臉色明顯地堆積著層層的怨苦。後來，禁不住我的關心與追問。他終於吐露了實情：「鶯鶯的夢裡有好幾個男人！就是沒有我。」

他每個晚上，幾乎都在窺視鶯鶯的夢；而他再也無法如窺視他人之夢那樣漠然。

「你就別進入她的夢裡呀！」我勸他。

「既然是X光，能忍得住不透視嗎？」他搖搖頭。

終究，「窺夢人」無法忍受這樣的煎熬，於二〇〇〇年「愚人節」當夜，從鶯鶯的夢裡出來之後，服毒自殺，遺書只留下二句他曾經說過的名言：

每個生命都是一口黑箱，而且必須是一口黑箱。

他早就這樣說了，卻沒有做到，竟然必須滑稽而悲涼地以自己的生命去驗證斯言！

我得再強調，這不是一篇純屬虛構的小說，也不是一則查無此事的寓言，而是平常發生在你我身邊的事；但是，請別找我爭辯它的眞假。說不定你身邊就有一個「窺夢人」，只是你沒有察覺罷了。

導引與賞析

顏崑陽（一九四八年～），嘉義縣東石鄉人，臺灣師範大學博士。曾任中央大學、東華大學、淡江大學中文系教授，現爲輔仁大學中文系講座教授；是位博通古今，精通老莊思想、古典詩詞的學者，也是創作多元的作家。既寫古典詩，也寫現代散文、小說，又兼寫文學評論。作品曾獲聯合報短篇小說獎、中國時報散文獎、中興文藝獎章古典詩獎等。著有學術專書：《莊子藝術精神析論》等；文學創作集《顏崑陽古典詩集》、《窺夢人》、《龍欣之死》等二十餘種。融通古今的特色，使顏崑陽的創作在現代散文家中別具一格。

〈窺夢人〉一文曾獲九歌出版社八十九年度的散文獎。顏崑陽以此爲書名，於九十五年出版散文集《窺夢人》。該書分爲三輯，輯一：綿散文，以綿柔之筆寫人生過往的經驗與體悟；輯二：鐵散文，以鐵直之筆，批判、指陳世間的不公不義。輯三：「綿裡鐵」，顧名思義，即是剛柔相參，以綿裡藏針。〈窺夢人〉一文即收於輯三。顏崑陽於自序中稱此輯是他對於當代社會經驗現象的深沈感思，所運用的形式詭奇幻變，不定一體，超越了詩、散文、小說、寓言、神話的疆界，引領讀者從虛實交雜的幻境中各自想像、體會。

本文藉「我」之口，敘述了一個姓名不可考，身世一片空白，卻因擁有獨特窺夢能力，能窺見他人的夢境，探得每個人生命中的黑箱，因此異術而致富，卻也因此異術而使自己的婚姻破碎，進而自戕的「窺夢人」的故事。

作者獨具匠心地塑造了「窺夢人」這個富有寓意的象徵人物，象徵著人類好於窺伺他人私密的本性。夢，是私我的神話，蘊含著人的欲念與想望，猶如一口神祕的黑箱，潛藏著潛意識中諸多神祕且不可告人的祕密。「窺夢人」的出現，恰好應和了人類生性喜好窺視他人私密情事的本性。文中提到「窺祕」就像「心靈自體潛生的病毒，被誘發之後，便很快的擴散開來」。許多人都想揭開所親者的生命黑箱，窺探對方生命的「眞象」。從此世界變得複雜了起來，許多人因窺祕而離散、相殘。而因窺夢的異術致富，且總能漠然於一切的窺夢人，在婚後卻也無可自拔地步上這些人的後塵，忍不住窺視了妻子的夢，發現妻子的夢中有好幾個男人，就是沒有他，自此揭開了潘朵拉的盒子，最後在痛楚中自取滅亡。

就敘述手法來看，作者安排了敘述者「我」以旁觀者、好友的角度講述了窺夢人的故事。在敘述「窺夢人」故事的同時，也呼應主旨，展開了一連串關於眞／假、實／虛、醒／夢等事如何界定的扣問與辯證。作者還在文中加入「蕉鹿之夢」與「狐疑之國」兩則寓言：「蕉鹿之夢」寓示世人以夢為眞，以眞為夢，夢與眞難以分辨。「狐疑之國」則寓示著世人喜好猜忌，並以猜忌之心去印證自以為眞相的眞相，則眞相更加難以辨明。兩則寓言相繼強化了論旨的強度，揭示世人總是惑於眞／假、實／虛、醒／夢等相對性的表象，落入語言符號的二元相對框架中，無以自拔，難以超然。

著名的哲學家莊子曾以夢幻想像為藝術手法，在〈齊物論〉中藉「莊周夢蝶」之栩然自在，扣問了究竟是「莊周夢蝶」還是「蝶夢莊周」，藉以顚覆眞／假、實／虛、醒／夢的界線，揭示萬物本是平等齊一的哲理。顏崑陽深諳莊子義理，延續了莊子哲學中對於現實／幻夢、眞實／虛假等相對概念的辯證手法，揉寓言之體，寓夢幻虛實齊物之道於其中，藉「窺夢人」這個獨富特色的象徵及其經歷，點化出人性好於窺伺、獵奇的陋習。卻也以「黑箱」象徵生命的本質，說明人性即如天地有陰／陽、世間有白晝／黑夜，生活有醒、有夢一般，無法總是黑白分明，二元對立，總會雜揉著灰色與陰暗，此即為「人」。若是全然讓它曝露在太陽底下，也將使生命因過於透明而凋萎。此即何以窺夢人的至理名言是：「每個生命都是一口黑箱，而且必須是一口黑箱。」

誠如學者李瑞騰於《窺夢人》序言所述，顏崑陽以「窺夢人」張顯了全文的特色，既突出了「窺祕」的禍害，又允許自我「留白」，猶如智者，深知人性，「讓每個人『可以孤獨地躲進一個任何他者所無法侵入的世界』，安全地、放心地生活。」凡此皆揭示出顏崑陽筆下的窺夢人，可說就是一個個擁著好奇心，喜好窺祕，如你我一般的凡夫俗子的寫照。恰如本文最後所言，說不定我們的身邊，早就有一個「窺夢人」，只是我們沒有察覺罷了。

【問題與表達】

一、你覺得窺祕是人的本性嗎？人何以會有窺祕的欲望呢？如果你是窺夢人，你會窺視妻子的夢境嗎？請申論之。

二、如果可以選擇當「窺夢人」，或是擁有窺探他人內心的窺心術，你是否願意呢？為什麼？請申論之。

三、窺夢人所留下來的名言：「每個生命都是一口黑箱，而且必須是一口黑箱」，你如何詮釋這句話呢？

四、你作過夢嗎？你是否曾經對夢境感到困惑呢？請嘗試記下你的夢，說說你對於夢境的看法，或舉出你曾聽過的夢故事，分析這些夢境所要表達的意義。

賴素玫老師　編撰

進階I書房

1. 唐．李復言〈杜子春〉

面對三次的贈金該如何報恩？「愼勿語」是惟一的條件。紈褲子弟杜子春將如何經歷這場心性的試煉？

2. 宋．蘇軾〈定風波〉

面對生命的困厄，如何層層遞進，逐步超脫於心緒起伏，進入「也無風雨也無晴」的精神歷程。

3. 林海音〈我們看海去〉

誰是好人？誰是壞人？猶如海天相連，難以區分。關於生命成長歷程中，面對世俗價值的困惑與探索。

4. 鹿橋〈人子〉

誰是善？誰是惡？面對世間常有的善惡二元區分法則，如果這「惡」發生在親近之人身上，該如何判斷？

5. 簡媜《誰在銀閃閃的地方，等你：老年書寫與凋零幻想》

關於老、病、死等人生終老問題的思考。

6. 余華《活著》

書名爲「活著」，寫的是「死去」。人是爲了活著本身而活著。

7. 林文月〈林文月論林文月〉

以第三人稱的角度客觀檢視自我特質，成就一篇關於「我」的速寫。

8. （美）沙林傑《麥田捕手》

面對成人世界的虛僞與失眞，期許能在懸崖邊當個「麥田捕手」，守護住跟我一樣即將墜落的孩子。

9.（日）太宰治《人間失格》

何以失去做人的資格？是過於敗壞，還是學不會人的敗壞？是害怕被幸福所傷？還是找不到自己要的幸福？

10.（英）威廉・薩默塞特・毛姆《月亮與六便士》

他賭上家庭、事業與經濟，一心一意追求那動人的夢想。月亮與六便士，你的選擇是什麼？

延伸閱讀地圖

1. 春秋・左丘明《左傳・重耳出亡》
2. 晉・陶淵明〈五柳先生傳〉
3. 沈從文《沈從文自傳》
4. 余華〈最初的歲月〉（又名〈余華自傳：我的靈感在海鹽〉）
5. 王鼎鈞《碎琉璃》
6. 齊邦媛《巨流河》
7. 蕭麗紅《桂花巷》
8. 周芬伶〈汝身〉
9. 張默〈豹〉
10. 袁瓊瓊〈自我介紹〉
11. 楊索《我那賭徒阿爸》
12. 西西《哀悼乳房》

13. 鹿橋《人子》
14. 易智言《藍色大門》
15. 蕭建華〈在生命的幽谷，看見人生的幸福〉
16. （日）芥川龍之介《羅生門》
17. （日）村上春樹《關於跑步，我說的其實是……》
18. （英）威廉．高汀（William Golding）《蒼蠅王》
19. （法）阿爾貝．卡繆（Albert Camus）《異鄉人》
20. （捷克）法蘭茲．卡夫卡(Franz Kafka)《變形記》

賴素玫老師　編撰

寫作攻略：自傳書寫

「自傳」簡單來說，就是個人生命的書寫，它既有助於外人認識自己，也有益於自我的理解與剖析。自傳的用途甚廣，本文依實用特質，鎖定以求職爲主的自傳加以說明。

求職自傳可謂細節化的個人廣告，是求職前重要的敲門磚，用來輔助說明履歷表無法呈現的細節。依人力銀行資料顯示，人資單位花在每份履歷自傳的時間平均約三十秒，如何在三十秒內脫穎而出是致勝的關鍵。一般而言，自傳寫作並沒有標準樣式，它會因應不同人的風格，或不同工作職務的需求而有所不同。不過，一份好的求職自傳，大抵還是有一些關鍵攻略可以加以掌握，提示如下：

㈠從老闆、面試官的角度思考

寫作的三要素爲：作者、作品與讀者。求職用的自傳（作品）是爲了應徵某項工作而寫，很明顯的就是一份以讀者爲導向的作品。因此，自傳寫作的核心必須從讀者（即老闆、面試者）的角度來思考。求職者在下筆前可以先想想，公司老闆或面試官希望看到什麼，切中核心，才能精準的扣緊致勝關鍵。

㈡因應不同工作，客制化作品

求職自傳既是讀者導向作品，則也要因應不同工作的特質而予以客制化。求職者可以依據個人學經歷特點先草擬一份自傳底稿，再根據不同應徵職務所需的能力與特質，強化個人與工作職務密切符合的地方，如此才能突顯這份自傳的個人廣告效能。

㈢綱舉目張，段落清楚

資料審查者往往沒有過多的時間細讀求職者的自傳，故自傳應避免冗長敘述；段落應清楚，內容力求簡要，每個段落都要有清楚的綱目、標題突顯該段落所提列的能力或特質如何呼應職務的需求。也可以用不同粗細或字體區分，突顯重點；或以量化數字、圖表等呈現能力。

㈣內容精要，但句句呼應職務需求

一般而言，求職自傳的字數大約在一千字左右，內容大抵會談及家庭、學經歷、工作經驗、未來展望等。因強烈的目的性導向，故求職自傳敘述的重心在於所述之事與所應徵之職務間的關聯性。換句話說，自傳所述的個人家庭背景、學經歷等敘事是「因」（如曾修習某個科目，曾擔任某個職務等），是爲了帶出指向目的性的「果」（如因修習科目而習得某能力、因某工作經驗而突顯某種個人特質等），而這些能力和特質皆是所應徵職務須具備的條件。以下再針對自傳內容的敘事核心簡要說明：

1. **家庭背景**：許多求職者在撰寫自傳時，可能會依序從家庭背景開始談起，但建議除非家庭背景對個人工作上的優勢（能力或特質的養成）有著強烈的影響，否則僅須擷取其中重要的連結（如家庭對個人正向性格的影響），甚至簡略帶過即可。
2. **求學經歷**：以大學、研究所等較高學歷爲主，扣緊應徵職務所需的專業，舉出求學期間曾修習的課程、專題、學程、輔系等足以突顯個人學習成效的學習事蹟或突出表現。從中再具體舉出事例、成績、數據、證照或作品，以增加說服力。另外，也可以藉由社團、工讀、實習等學習經驗所學習到的應對進退事例，強調團隊合作、溝通表達等企業重視的軟實力。
3. **工作經驗**：工作經驗及成果是體現個人工作能力最具體的證據。求職者可以具體寫出個人曾經參與的工作項目，透過事證或量化數據突顯個人在此工作上的出色表現，強調求職者具有勝任未來工作的能力。
4. **未來的展望**：綜整全文的重點，再次言簡意賅的強調個人足以勝任工作的能力與優勢。強調對於新工作的強烈意願；對新公司的認同與嚮往等。（也可以略提更換工作的動機或原因），最後再談及對於未來工作的規劃或展望。

自傳的核心目標無非是告訴面試官：我就是你要找的人！不管是新鮮人或有工作經驗的人，都要在撰寫前好好梳理、分析個人的特質，找出個人亮點。整體而言，求職自傳的用語可以活潑但不能隨便；可以揚長避短，強調個人優勢，但不能造假或誇大。用謹慎的態度，梳理出各段落的重點，明確地牽起這些亮點與應徵職務間的連結，向老闆強調你就是對的人！

賴素玫老師　編撰

I書房選文

《詩經》選讀

《詩經》是中國最早的詩歌總集，也是純文學的鼻祖，收錄西周初年到春秋中葉五百多年間的詩歌作品，現存三百一十一篇，有六篇有名無詞，實際共有三百零五篇，故又稱為《詩三百》。到了漢武帝時罷黜百家，獨尊儒術，把《詩三百》列為「五經」（詩、書、易、禮、春秋）之一，從此就有了《詩經》這個名稱。

孔子對《詩經》的評價極高，曾說：「《詩三百》，一言以蔽之，思無邪。」因為《詩經》中表達的情感自然，真實飽滿，哀而不傷，樂而不淫，學生吟詠《詩經》作品，能得「性情之正」。又說：「不學《詩》，無以言；不學《詩》，無以立。」足見《詩經》對於為人處世的影響。更說：「小子何莫學夫《詩》？《詩》可以興，可以觀，可以群，可以怨。邇之事父，遠之事君，多識於鳥獸草木之名。」顯現《詩經》具有陶冶情操與經世致用的雙重作用。

《詩經》中各篇作者多已不可考證。其中民歌作品多屬先秦民間集體創作，口耳相傳，幾經刪改修正，已不知作者為何。

《詩經》的句子長短不一，由二言至八言都有，但以整齊的四言體為主，是古代四言詩的濫觴。句法活潑，修辭多變，尤其多疊詠複沓的形式，一唱三嘆、回還往復，呈現民歌純樸的風味。

《詩．大序》合稱「風、雅、頌、賦、比、興」為《詩經》的「六義」。

《詩經》的內容有「風、雅、頌」三類：

「風」：是民間歌謠。《詩．大序》：「風也，教也。風以動之，教以化之。」「上以風化下，下以風刺上，言之者無罪，聞之者足以戒，故曰風。」《詩經》收有周南、召南、邶、鄘、衛、王、鄭、檜、齊、魏、唐、秦、豳、陳、曹等十五國「風」，共一百六十篇作品，大部分是民間歌謠，具濃厚的地方色彩。

「雅」：指雅樂，宮廷樂歌。《詩．大序》：「雅者，正也。」「政有小大，故有小雅焉，有大雅焉。」「大雅」是朝會樂歌，計三十一篇；「小雅」是宴饗樂歌，計七十四篇。多為士大夫的作品。

「頌」：是王侯廟堂祭祀的樂歌。《詩．大序》：「頌者，美盛德之形容，以其成功，告於神明者也。」由當時王朝中的史官或巫祝等人所創作的。包括「周頌」三十一篇、「魯頌」四篇和「商頌」五篇。

《詩經》的作法分為「賦、比、興」三種：

朱熹《詩集傳》云：「賦者，敷陳其事而直言之者也。比者，以彼物比此物也。興者，先言他物，以引起所詠之詞也。」所謂「賦」，就是鋪陳直述，直接表達所要陳述的思想感情。如《詩經．邶風．擊鼓》所言「執子之手，與子偕老。」就是很直接地將愛情誓言表達出來。所謂「比」，就是比方譬喻，拿一件事物來比擬另一件事物，使其特徵顯著，形象鮮明。如《詩經．衛風．碩人》中形容美人是「手如柔荑，膚如凝脂，領如蝤蠐，齒如瓠犀。」所謂「興」，就是觸發聯想，由一件事感悟到另一件事，借題發揮。如《詩經．周南．關雎》開篇就說：「關關雎鳩，在河之洲。窈窕淑女，君子好逑。」前兩句即為起興，作用在於引出君子追求窈窕淑女這件事。

《詩・大序》有云：「詩者，志之所之也，在心爲志，發言爲詩。情動於中而形於言，言之不足，故嗟嘆之；嗟嘆之不足，故詠歌之；詠歌之不足，不知手之舞之，足之蹈之也。」朱熹《詩集傳・序》亦云：「吾聞之，凡詩之所謂風者，多出於里巷歌謠之作，所謂男女相與詠歌，各言其情者也。」《詩經》反映先民生活，「國風」中的情詩，表現男女之間情感的糾葛與企盼，或爲情所苦，或爲愛所傷，即使相隔千年，仍與現代世情巧然相合。

〈漢廣〉和〈擊鼓〉這兩首作品即是寫人世間的繫念之情。一首是求而不可得的單戀情歌，即使內心惆悵，卻帶有終生守護的珍貴情愫；另一首寫戍守邊防，久而不得歸鄉的庶民，在大時代的戰亂中，惟願與妻白首偕老終其一生的想望。

〈漢廣〉

正文

南有喬木[1]，不可休思[2]。漢[3]有游女[4]，不可求[5]思。

漢之廣[6]矣，不可泳[7]思。江之永矣[8]，不可方[9]思。

1 喬木：高大的樹木。朱熹《詩集傳》：「上竦無枝曰喬。」

2 不可休思：休，止息也；思，語尾助詞，沒有實質意義。高大之樹枝葉往上長，無法周延，故不能遮蔭。

3 漢：指漢水，長江支流之一，東流至今湖北省漢口市注入長江。

4 游女：出遊的女子。朱熹《詩集傳》：「江漢之俗，其女好遊，漢、魏以後猶然，如大堤之曲可見也。」

5 求：追求。

6 廣：廣闊。

7 泳：漾、游過去。

8 江之永矣：江，指長江；永，綿長。

9 方：筏，編竹木以渡水者。此作動詞用，乘坐木筏划過去。

翹翹錯薪[10][11]，言[12]刈[13]其楚[14]。之子[15]于歸[16]，言秣其馬[17]。
漢之廣矣，不可泳思。江之永矣，不可方思。
翹翹錯薪，言刈其蔞[18]。之子于歸，言秣其駒[19]。
漢之廣矣，不可泳思。江之永矣，不可方思。

10 翹翹：音ㄑㄧㄠˊ，眾多而傑出。
11 錯薪：叢生交錯的柴草。
12 言：置於句首的語助詞，無義。以下各句的「言」皆做此解。
13 刈：音ㄧˋ，割取、砍伐。
14 楚：木名，荊屬，荊棘一類的植物。翹楚，指荊樹叢中最高大挺拔的樹。
15 之子：這個女子，指游女。
16 于歸：出嫁，女子以結婚為歸宿。
17 言秣其馬：秣，草料，作動詞用，餵飽。言秣其馬，為希冀之辭，餵飽妳的馬，做妳的馬車夫，也心甘情願，即「雖為之執鞭亦欣慕焉」之意。
18 蔞：音ㄌㄡˊ，生在水邊的草，今名蔞蒿，可以飼馬。馬瑞辰云：「（蔞）當是蘆字之假借」。
19 言秣其駒：駒，良馬、駿馬。意謂我將餵飽良駒，執鞭以隨。

導引與賞析

這是一首愛情詩，選自《詩經．國風．周南》，採錄的地點應該是在周代的江、漢地區，描寫漢水邊的樵夫傾慕一位江畔游女，即使無法如願相守，卻仍嚮往能常伴左右的心聲，在面對浩瀚的江水時，唱出這首單戀卻帶有一絲奢望的情歌。

關於本篇的詩旨，〈詩序〉言此詩：「德廣所及也。文王之道被於南國，美化行乎江漢之域，無思犯禮，求而不得也。」「德廣所及」、「無思犯禮」，都是作〈詩序〉者藉古事來諷諭時政的附會。朱熹《詩集傳》則解釋爲：「文王之化，自近而遠，先及於江漢之間，而有以變淫亂之俗。故其出遊之女，人望見之而知其端莊靜一，非復前日之可求矣。因以喬木起興，江漢爲比，而反覆詠嘆也。」文王之時，注重教化民眾，風俗漸次好轉，當地出遊之女子，秀美端莊，讓人悅而敬之。此就江、漢地方的民俗風氣而論，對「游女」的描述似較貼近人情。

細品本詩，主旨實距〈詩序〉所說甚遠。方玉潤《詩經原始》云：「此詩即爲刈楚、刈蔞而作，所謂樵唱是也。近世楚、粵、滇、黔間，樵子入山唱山謳，響應林谷。蓋勞者善歌，所以忘勞耳。其詞大抵男女相贈答，私心愛慕之情。」屈萬里《詩經詮釋》云：「此詩當是愛慕游女，而不能得者之作。」裴普賢云：「這是愛慕漢水游女，而自歎無從追求的戀歌。」王靜芝《詩經通釋》云：「此爲山中樵人戀歌。」故可將此詩視爲一首樵夫愛慕游女而不得的單戀之歌。

「漢有游女，不可求思」，是展現詩旨的核心詩句，「不可」二字貫串全詩。「漢之廣矣，不可泳思；江之永矣，不可方思」，一唱三嘆，反覆表現男子對在水一方的「游女」，瞻望而不可及，企慕難求的感傷之情。清陳啓源《毛詩稽古編》曰：「夫說（悅）之必求之，然唯可見而不可求，則慕說（悅）益至。」「可見而不可求」，精準掌握了本詩主旨。

本詩共分三章，首章以南方有喬木卻無法遮蔭作爲起興，暗示此一南方游女的高尚出眾，不可求得，恰如漢水、長江的寬廣綿長，無法泅泳或以舟楫渡過。「不可」二字反覆出現，預示這註定要幻滅的愛情，雖然無可奈何，卻仍無限嚮往。

二章從砍伐江邊錯雜叢生的柴草言起，藉刈薪以言志，明鍾惺《評點詩經》引古諺云：「刈薪刈長，娶婦娶良。」高大而眾多的柴木，我只想砍伐最高的荊木；眾多女子之中，我只愛最出色的那一位。樵夫的鍾情專一，眼光獨特，表露無遺。樵夫遙想著即使這位女子出嫁，自己若能爲她秣馬執鞭以隨，也足堪安慰，但這也只是奢望罷了。畫面隨即從幻想落入殘酷現實，江水仍然寬廣綿長，無法泅泳或以舟楫渡過。

三章與二章結構相同，只是變換了兩個字，「楚」換爲「蔞」，「馬」換爲「駒」，除了表達層層遞進的失落詠嘆，更退而求其次，如果這女子出嫁，自己只要能爲心中暗戀的女子刈草餵駒，終生隨侍在側，也無怨無悔。

在形式上，此詩每章重複末四句，非常特殊。是作者才思不足，還是有意的安排呢？〈漢廣〉全詩其實充滿了「壓抑」的情懷。表示眷戀之意的句子，僅見於二、三章的前四句，藉由養馬表現對愛慕女子的愛戀（古代親迎必須用馬），其餘都是「不可」的殘酷現實。在文字的排列上，正好表現了眷戀且備受壓抑的「心」被眾多「不可」包圍的情狀，形成圖像詩，饒富意趣。

「漢廣」這個詞，實可引伸爲一種無法逾越的距離，也許是身分、地位、年齡、貧富等的懸殊，面對愛悅的女子，念及這遙不可及的距離，即使有熱切的情感卻也不衝動，在謹慎衡量過後依舊堅持，這是對情感的尊重，不強取豪奪。傾慕之情正因其不易得，所以不離不棄；因其求不得苦，所以永生難忘。這種愛而不得的壓抑永無止盡，卻仍願以溫柔而堅定的情感陪伴一生，可見樵夫用情之深，愛慕之至，正所謂「情到深處無怨尤」，更見其情意之深長。

在情詩中，有兩情相悅的圓滿，也有情深緣淺的失望。〈漢廣〉這首詩，把傾慕的單相思昇華爲一種情愫，呈現的是開放而積極向上的境界。人生的境界，何止愛情？現實人生中，我們所渴慕的事物或對象永遠在遠方、在對岸，可望而不可及，如生命中那道無法跨越的鴻溝，然這份嚮往追求的精神，卻可留下不可磨滅的光彩。這種境界，在人生中也是有的。〈漢廣〉雖是單戀小詩，卻可擴大解讀。

【問題與表達】

一、喬木底下為何不可休息？江漢為何不可方泳？其衍伸的意義為何？

二、子曰：「可與言而不與之言，失人；不可與言而與之言，失言。知者不失人，亦不失言。」如果你有暗戀的對象，會如詩中樵夫把愛藏在心中？還是勇於表達來爭取所愛呢？〈漢廣〉詩中的樵夫最後決定無怨無悔的守候在傾慕的人身邊，你是否贊同這樣的愛情觀？

三、有關「單戀」或「暗戀」的情詩和情歌很多，請找出一首現代情詩及一首現代歌曲呼應〈漢廣〉這首詩，同時請賞析所選現代詩及歌曲中歌詞的意境或象徵意涵。

高美芸老師　編撰

〈擊鼓〉

正文

擊鼓其鏜1，踊2躍用兵3。土國4城漕5，我獨南行6。

1 鏜：音ㄊㄤ，鼓聲；其鏜，猶「鏜然」，擊鼓聲。
2 踊躍：跳躍奮起。踊，音ㄩㄥˇ，通「踴」，跳也。
3 用兵：操練刀槍武術。兵，指兵器。
4 土國：役土功於國都，指於國都做水土工事。土，壘土砌牆，名詞作動詞用。國，本義是城邑，後來既指城市也指國家，此指都城。
5 城漕：城，修築城池，名詞作動詞用；漕，衛國的城邑，在今河南省滑縣。城漕：修治漕城，為漕城修築城池。故土國與城漕實係同一事。
6 南行：指出兵前往陳、宋二國，兩國皆在衛國之南，故曰南行。

從孫子仲[7]，平陳與宋[8]。不我以歸[9]，憂心有忡[10]。
爰居爰處[11]，爰喪其馬[12]。于以[13]求之，于林之下。
死生契闊[14]，與子成說[15]。執[16]子之手，與子偕老[17]。

7 從孫子仲：從，跟隨。音ㄘㄨㄥˊ。孫子仲，人名，為詩中戰役領兵的將帥。《毛傳》指為公孫文仲。
8 平陳與宋：平，平定禍亂。陳、宋，國名。陳國在今河南開封以東及安徽北部之地；宋在今河南商丘以東及江蘇銅山以西之地。衛國在黃河之北，邶又在衛國之北，衛欲征伐陳、宋，須渡河南行。
9 不我以歸：即「不以我歸」的倒裝，不讓我解甲歸鄉之意。以，與也，使也。
10 有忡：猶言忡然、忡忡，憂慮的樣子。忡，音ㄔㄨㄥ，《說文》：「忡，憂也。」
11 爰居爰處：於何坐？於何臥？爰，「於焉」二字的合音，於何處、在哪裡之意。居：坐，引申為休息、停留；處：臥，引申為逗留、住宿。
12 爰喪其馬：於何處丟失了馬。喪，丟失。
13 于以：於何，指「在哪裡」。
14 死生契闊：死生合離，意謂不管死生聚散都要在一起。契，聚合；闊，離散。孫奕〈示兒編〉云：「契，合也；闊，離也；謂死生離合。」
15 與子成說：我曾和妳許下諾言。與，和。子，妳，指妻子。成說，指定下誓約，有言在先。
16 執：拿著、握著。
17 偕老：相偕、相伴到老。此即約誓之辭。偕，俱也。

于嗟闊[18]兮，不我活[20]兮。于嗟洵[21]兮，不我信[22]兮。

導引與賞析

本詩選自《詩經．國風．邶風》，描寫衛國的戍卒跟隨主將平定陳、宋戰事之後，卻仍須戍守邊防，久而不得歸鄉，念及妻子家室，憶及白首偕老的誓約，發而為喟歎嗟怨之詩。全詩充滿抑鬱感傷及無奈絕望的心情，令人同感悲悽。

〈擊鼓〉一詩共分五章，每章四句，每句四字，句法整齊。內容在平易中見轉折，雖為先民詩歌，卻道出了千古共有之情感，放在大時代來看，依舊令人動容，一掬同情淚，與其同歌哭。方玉潤即言：「夫國家大役，無過土功城漕，然尚為境內事，即征伐敵國，亦尚有凱旋時。惟此邊防戍遠，永斷歸期，言念室家，能不愴懷？未免咨嗟涕洟而不能自已。此戍卒思歸不得詩也。」

首章言征人不得已而南征之故。士卒們在國都構築城牆，做防禦工事，加固城池，並非不勞苦，但至少仍處於國境之內；而今征人卻須操練兵器，跟隨領兵的將領，伴著戰鼓聲，南行遠征，死生未卜之苦，

18 于嗟：感嘆詞。于，吁也。
19 闊：分開、遠離。
20 不我活：不和我相聚。活，通「佸」，相聚。一說「活」指生活，無法與我共同生活。
21 洵：遙遠。指相距、分離之遠。《毛傳》：「洵，遠也。」
22 不我信：無法信守「與子偕老」的誓約。意謂當時所立的誓約，何時能實踐呢？信，守約。

遠甚於勞役。二章言遠戍不得歸之愁苦。隨著統帥平定陳、宋戰事，結束後卻被留下戍守，苦悶憂心溢於言表。三章言征戍的勞苦。南行的士兵四處征戰，居無定所，坐騎亦不知亡失何處。以戰場上的紛亂、徬徨與死傷，帶出厭戰思歸之情。四章時空轉換，追憶誓約。離家時曾與妻子盟誓：「執子之手，與子偕老」，孰料歸鄉之日遙遙無期，曩昔闊別，竟成訣別。五章回到現實，怨嘆至極。征夫絕望之餘，發出慨嘆：夫妻相隔遙遠，歸鄉無望，如何信守當初承諾？此情看似平凡，想望卑微，但離亂之際，勢難圓夢。

本詩依次第而寫，脈絡分明，情感層層遞進。詩人以白描手法，透過衛國的戍卒以第一人稱立場，透露在戰火的阻隔下，夫妻離散的苦楚。遣詞看似平易，卻見其匠心獨運之處。「我獨南行」的「獨」字，見出人物內心的不平，突顯其幽怨之深，與土國城漕的眾卒成強烈對比。三章「于以求之？于林之下」，含蓄表達戍卒不得歸鄉的淒苦之情。歐陽脩云：「王肅以下三章，衛人從軍者與其室家訣別之詞，云我此行未有歸期，亦未知於何居處，於何喪其馬。若求我與馬，當於林下求之。蓋爲必敗之計也。」無心戀棧的戍卒跟著部隊行動，儼然失去意識知覺，在哪兒停歇，於何處紮營，甚至連戰場上隨身的馬匹都丟失了，也漫不經心。在戍卒渙散悲苦徬徨郊野無助之時，隔空跳開追憶夫妻離別時的誓言，映襯其事與願違的錐心之痛，「死生契闊」四字，有異常悲酸之感。心裡只惦記著出征前夕與伊人的誓約：「執子之手，與子偕老」，悲莫悲兮生別離，此去經年，已爲生命際遇的無常預留伏筆；但旋即樂觀地連用三個「子」字，纏綿悽惻，共許凱旋回歸後執手相看、白首偕老的幸福願景。回憶中斷，回到現實中，只能連用「于嗟」、「不我」的無奈與辛酸，唱出戰亂時代的悲歌，個人的生命何其渺小，生離死別都是大事，不由我們支配，個人如何與大環境抗衡？其悲壯哀怨的情緒迭然而出。

愛情的背後往往有海誓山盟—「死生契闊，與子成說。執子之手，與子偕老。」動人的想望，將「白首偕老」視爲愛情的依歸，但中間的過程，是否能保證愛的眞諦與永恆？離亂動盪的環境易使人失去理想，現實生活無法擺脫的悲歡離合卻仍無奈而持續上演；然而患難中的眞情，如地底潛流，無法抵擋地化爲聲聲吶喊─「不我活兮？不我信兮？」無法實現的夢想，使這份情感彌足珍貴，藉由實踐過去的盟誓與承諾，將圓夢的渴望，化而爲夢境永恆的延伸。因爲「最美的情境都在想像、願景之中，天堂永遠在河的彼岸。」珍貴的不在誓言的動人與否，多少人「執子之手」卻有貳心；多少人「死生契闊」卻言不由衷？又有多少人在婚禮中深情相許，卻在婚後平凡瑣碎的柴米油鹽醬醋茶中，轉而嚮往外界的風花雪月？在人生路上，能由相識、相知、相愛而相惜，白頭偕老，面對風雨冰霜，步履也許蹣跚，能牽手走過歲月，這種平實堅定的情感，應該是萬金不易的幸福吧─即使並不轟轟烈烈，也不刻骨銘心。〈擊鼓〉詩中所描述的愛情，固然屬於不同的時代，情感面貌多樣，本質終究未變。若能深加咀嚼玩味，當懂得珍惜身邊的幸福，學會知足，而後圓滿。

高美芸老師　編撰

【問題與表達】

一、「執子之手，與子偕老」，是對和平的渴望，又何嘗不是和相愛的人白頭到老、共度一生的美好願望呢？所以這句話常出現在不少婚宴和求婚的場合，被用來表達男女之間最浪漫、最真摯的情愛。處於現代社會，個人必須如何經營情感與婚姻，方能白首偕老呢？

二、有關愛情或婚姻的誓言很多，試蒐集三則，在課堂上與朋友分享，並報告你對這些誓言的感受。

三、現代的婚禮，往往溫馨熱鬧而感人。如果你是婚禮執行總監，你將決定用哪一首歌曲在婚禮中播放以符合婚禮氛圍？而其中的歌詞又有甚麼象徵意義？

〈異鄉人〉

陳義芝

正文

種在窗台的三顆柚樹籽，陸續抽芽長成小樹秧，前幾天我把它們移植到陽台的瓦盆裡，兩棵的葉子油綠綠如銅錢大，成品字形，另一棵則長了五枚如指甲蓋大小的葉片，個頭稍小，很像一對父母帶了一個小孩。

這三顆柚樹籽是年前在山上從心道師父[1]手中拜領的福田善種。當天去到山上已經黃昏，師父斜披暗紅袈裟，頭戴呢[2]帽，在面海的露台講了一些生死、皈依[3]的話，我和紅媛含淚聆聽。已在教會受洗的康兒也恭敬地向師父行禮，在腕

---

1 心道師父：釋心道，俗名楊小生，祖籍中國雲南，一九四八年出生於緬甸，一九七三年於佛光山出家。一九八三年於新北市福隆創建靈鷲山無生道場，二〇〇一年於新北市永和區成立世界宗教博物館。

2 呢：音ㄋㄧˊ，一種毛織物。

3 皈依：歸信佛教。歸順依附佛、法、僧三寶，亦稱「三皈依」。皈，音ㄍㄨㄟ。

間繫上師父送的硨磲[4]。下山時，師父用裝了土的小玻璃杯送一人一顆柚樹籽。柚爲嘉木，古詞賦裡常與橘樹並稱。

我用心地澆水，放在窗台，接受陽光空氣，不必刻意就看得到它，從長出白色的根鬚、發出綠芽、破土，一棵、兩棵、三棵，時有目睹生長的欣喜，但更多時候望著三棵綠苗卻有忍抑不住的傷心，原來應有四棵才對啊，應該是一對父母帶著一雙兒子，但如今邦兒卻已先離去，才二十一歲的一個大孩子，魂留異國，以至於我們能收下的種籽就只能是三顆了。

邦兒之意外，強烈衝擊到和他一起在國外念書的哥哥康兒。他半夜從艾德蒙頓打電話回來，聲音顫抖：「爸爸，你趕快來！」一向堅強的他，那一刻脆弱得亟需一根支柱，只因弟弟剛從高速公路事故現場被送到醫院，經電擊回復心跳，昏迷指數三，正在瀕死掙扎。

我越洋趕去，直奔醫院。紅媛從洛磯山脈西邊友人處早我一步到達。邦兒躺在加護病房床上，沒有知覺，他一百八十三公分，兩隻長腳頂住了床尾。病房

4 硨磲：音ㄔㄜ ㄑㄩˊ，為一種蛤類，係海洋貝殼中最大者，直徑可達一點八公尺，可食，殼可作飾品。佛教將其殼視為聖物，與金、銀、琉璃、瑪瑙、珊瑚、珍珠，合稱為七寶。此指佛教硨磲手珠、手鍊之類，據說具有擋煞、驅邪、保平安之神奇功用，又能淨化人心，化解貪瞋癡，消除業障。

只有呼吸器幫浦的聲音，每隔一至五秒不規則重重喘氣一次，床頭右邊的儀表顯示心跳、血壓的數字與曲線圖，我捏揉他手腳時，數字一度上升，指針突然劇烈跳動兩下，像是心情激動，我猜他是作了噩夢，在一個不醒的噩夢中作的噩夢。邦兒的腦子還運轉嗎？我凝望著失去知覺的他，脆弱地相信他如同電腦修補程式一樣，現在，正潛心爲自己受傷的腦子進行修補，雖然極爲艱辛，但有不死的腦幹，他會活回來，活回活蹦亂跳的樣子。

護士在他兩脅之下放了冰袋，體溫緩緩從三十八點六度降了零點三，雖只零點三，總是降了。護士說，腦子失去控制，體溫因而無法調節。邦兒閉著的眼皮有時會往上翻，露出一線眼白，一會兒又自行閉上。我在他耳邊繼續輕呼他的小名「邦邦」，講他小時候的事，講他到加拿大以後感興趣的事，也講他自行打工完成買車的壯舉。

當年我要送他們兄弟倆到艾德蒙頓念書之前，選在嚴冬全家預先走了一趟。艾德蒙頓在洛磯山脈以東，是亞伯達省的省會，從溫哥華轉機需一個半小時，一年有近半年的時間下雪，最冷可以冷到攝氏零下四十度。一九九六年初，我們一家人的初旅就碰上零下三十九度嚴寒，地面結冰，不小心會打滑，室內有暖氣不成問題，但室外即使戴了手套、毛帽、圍巾，裹著厚厚的衣物，仍感鼻息凍住，血液遲滯，眼珠發麻，頭顱隱隱作痛，待不了十分鐘就會變成冰人似的。

照道理，溫哥華從台北直飛就到，不須轉機，氣候怡人，應是首選。相較之下，艾德蒙頓酷烈得多。但聽朋友說，小孩若送到溫哥華，父母不在身邊，容易與華人子女群聚貪玩，好逸樂而學不好英文。

「可以嗎？」我問孩子，半年後就要送他們來「自謀生活」，如不能適應還可以另作考慮。

「可以。」他們回答得十分沉穩。那時邦兒才十四歲。

暑假過後，兩兄弟住進了住宿家庭。康兒讀過高中，英語能力較強，邦兒只是初中生，沒有經過ESL課程（English as a Second Language）訓練就坐進加拿大中學教室，環境陌生、規矩陌生，起初很難聽懂什麼，想說又無法表達，眞不能想像這「起初」到底多久？我和紅媛回返台灣，投入忙碌的工作，只靠電話問詢，其實並不太了解他的心理。

邦兒是晚發育的，他離開台灣時只有一百六十一公分，在艾德蒙頓正式生活的第一個冬天，有一次他的單車絞鍊，拖不動，他扛著它走回家。又一次上生態環境課，他脫隊，在雪林中迷了路，幸好天黑前爬上一座小山頭才沒有闖禍。孤單的他適逢teen-age生理狂飆期，一定有滿肚子鬱結難解，否則不會在學校電腦課將開機密碼嵌入fuck這字。獅子座的他爲一個更廣闊的天地，必須先忍受異鄉拘禁的牢籠，每一扇門都要靠自己打開。我很慚愧只給了他物質的需求，並沒有給他心靈的依靠，任他自己摸索。而今我與他貼身相處，已然是在醫院。他健美的身體躺在白色病床上，頭身成黃金比例，天哪，多強壯的一個男孩竟招來了死亡的覬覦[5]！

他的床頭掛著康兒胸前摘下的十字架，我把自己脖子上的天珠[6]取下來放他手中，連日喃喃在他耳邊講著毫無頭緒似乎只爲自己打氣的話。醫生說七十二小時是昏迷者的關鍵時刻，如果七十二小時未醒來，情形就不樂觀。翻過六月六日那晚，就是他與死神正面遭遇的七十二小時關口。我覺得他好累，好累，躺著一動不動，像一尊石化的獻體。

很久沒有這麼近距離凝視他，多肉的耳垂，筆畫工整的雙眉，豐腴的面頰，平時略嫌瞇起的眼睛現在閉住，睫毛像一排小草反顯得特別密長。春天雪猶未融時，我曾來探望過他，那是三月，學校功課正忙之際。臨別前一晚，我們在住家附近的日本館子用晚餐，以往用過餐後，會轉往校園附近那家小酒館喝點啤酒，繼續天南地北地聊。兩兄弟都是大學生了，可聊之事眞多，有時不談什麼特

5 覬覦：音ㄐㄧˋ ㄩˊ，非分之希望或企圖。

6 天珠：藏族寶石，傳說是神佛創造的超自然之物，含有十多種地球上不存在的天然元素，做為吉祥物護身符，可以消災、招財、轉運、納福。然而另外的說法是，其最早由海螺化石打磨而成，後來改由含玉質及瑪瑙和晶體礦的沉積岩琢磨製成，今則因藏傳佛教之流行而大量生產，多係由化學藥劑蝕刻再以含鉛塗料勾畫的工藝瑪瑙珠。

定話題，只開開玩笑東拉西扯一番。但那天邦兒有一電腦程式的作業尚未解答，他顯然遇到困難，午後從學校回家坐在電腦桌前兩三個鐘頭無解，那餐飯他吃得悶悶的。我與康兒相偕去小酒館時，他猶豫了一會兒，決定一人先回家。站在積雪盈尺的空地他和我揮手，我有點不忍，有幫不上忙的悵然。自從他有了方向，就有了人生的負擔，我感覺他已收起玩心，確知自己要走的路。我在雪地望著他決然的背影，為前一年沒去參加他的高中畢業典禮而暗嘆了一聲。連他自己為畢業典禮添置西裝領帶、拍照，我也沒多讚美兩句，想來那時對他在高中多蹉跎了兩年是耿耿於懷的。邦兒交過好幾個洋女孩，歷練過一齣齣不被祝福的愛情戲，他自己可能並不明白個中緣由，也無意獲取別人的認同，脾氣好的時候他的口頭禪是：「是喔？」性子拗起來則說：「我有自己的想法。」也許太小就出去獨立面對世界，適應的艱辛點滴在心頭，他特別同情弱勢者、失敗的人，以至於我老懷疑那些不再升學的朋友是不是好的朋友，「你交的朋友是什麼朋友？」當年我皺著眉質問過。我想他一定曾經輕視很多父母所代表的主流價值，他形諸於外的叛逆一直要到進了大學才緩和下來。

也是我最後與他交談的去年春天，他跟我談了多年來唯一的一本文學作品，卡繆的《異鄉人》[7]。他念的是英文本*The Outsider*。有一次，他想去一家離家近的咖啡館打工，但咖啡館並不缺人，無意中與店家聊起閱讀，對方問最喜愛的小說是什麼，他回答說《異鄉人》：莫梭、母親死了、與女友約會、阿拉伯人、太陽、連開四槍……等等，兩人越談越投契，對方是個卡繆迷，最後改口願多雇一個人。那是邦兒高中階段的第一個工作。他怎會讀懂那書而且成爲最喜愛的書？是異鄉的孤獨體會、索然無味的生活感覺？還是對荒謬、疏離的抵抗？我竟然沒多花點時間追問，而今已來不及了，來不及了解他的生活圈子究竟有什麼否定、有多少失落。

高中畢業那年，他輕描淡寫提過買車的願望。「住在校園區，到城裡有地鐵，哪需要買車？」我說。全不知車子在當地年輕人心目中會是獨立的象徵。等他自己省吃儉用加倍打工，買下一部破舊的車子，他才告訴我：「買車是我的夢。」

早晨五點天亮，我看著透過窗簾縫隙斜射進病房的陽光，一吋吋從邦兒的床頭移向床尾，在「南無觀世音菩薩」的唱誦聲裡，我向菩薩叩求：「救救頎眞，

7 《異鄉人》：法國作家卡繆（Albert Camus）一九四二年所出版之小說，一九五七年諾貝爾文學獎得獎作品，主題在於表達生活之荒謬與人際之孤立疏離，為存在主義文學經典之作。

救救Russell，救救邦邦！」這三個名字都是邦兒的名字，菩薩您要救哪一個？

上午八時許，台北來電話，說有通靈者言，九時邦兒會醒來，數字具體，家人一時皆陷入忐忑不安焦心的等待。他的手腳有點冰冷，我和紅媛一直去握去搓揉：「邦邦，一定要加油，一定要好起來……」邦兒偶爾會張一張眼，但眼珠子一動不動，像靜止住的夢魘。我用吸管把他口腔中含著的口涎吸乾，突然看到他翕張[8]的嘴露出一抹笑意，極爲瞬間卻至爲明顯。我抬頭看心搏的儀表九十四，血壓器舒張壓一百二十，收縮壓六十一。這是他要醒來的前兆嗎？他爲什麼而笑，是身體得到片刻的舒適或是夢見了什麼？也許正開著築夢的紅色跑車奔馳在熟悉的路上？

但九時邦兒未醒。十時邦兒未醒。其間雖然眼皮動過，醫生說只是我們揉捏他身體的反射動作。我到病房外給在台灣的大弟打電話：

「奇蹟沒有發生……」

「唉。」大弟也很頹喪，他給了另一個說法：「師父說邦邦原是玄天大帝身旁手持七星杖的龍天護法，前來塵世歷桃花劫，現在時辰已到，又要回玄天大帝座前……」

8 翕張：一合一張。翕，音ㄒㄧˋ，收斂、收縮。

是這樣嗎？那爲什麼要來騙我們一遭，一騙騙了二十一年？紅媛哭了。我跟邦兒說，等一會兒他很親的二姨媽要來，他胸口抽動，左眼角溢出了一滴淚。他果然聽得到我說的話，知道紅媛——他的母親的難過嗎？兩年前他原想讀建築，並且許諾，也給我們建一棟房子。他說：「我已經想好了設計圖。」

「我們隔一個block住就好。」紅媛說。

「不行，那樣太近了。」邦兒說。

「離遠了，家裡很多東西壞了，我們不會修怎麼辦？」邦兒擅長修理家用器具，前次回台北修過咕咕鐘、電腦、錄放影機，沒有難得倒他的事。

「我就住隔壁城市，」他調皮地說：「你們只要打一通電話，我就過來。」

那是母子共擁的憧憬，未來的藍圖，互不干擾而能關心照應的光景。

奇蹟未能發生的第二天，情況轉壞了，邦兒每隔兩三小時即劇烈抽搐一次。我們極爲驚慌，不知怎麼一回事。名叫Shirley的男護士婉轉解釋，之前一直使用鎮定劑以免病人抽搐，前一晚刻意停藥，不再強力壓制抽搐，讓家屬知道病人的痛苦。我問一度上升至七的昏迷指數難道也是假的？Shirley說那是醫療團隊安慰家屬的「慷慨指數」。我們求見醫院的腦科權威，腦科醫生說：「如果我是他，我不要你們再救！」我說，他也許會像在英國火車撞擊中受傷的劉海若[9]那樣醒來。醫生說：「情況不一樣，希望低於百分之零點一。」邦兒腦部缺氧超過一小時，醫學救治一般只容許在十五分鐘之內。「如果不是他年輕，身體很好，心肺極強，當天就走了，不可能再恢復心跳。現在，他每抽搐一次，腦就受極度煎熬一次，」醫生露出悲傷的眼神說：「情況越來越差，腎臟已經開始壞死，接下去一個個器官都會出問題。」

從祈求邦兒康復，到只要求他活著能料理基本生活，到終於不得不思索天意爲何，做父母的節節敗退。困憊至極時我打了一個盹，夢見在街上遇見邦兒，相偕回家，心中竊喜：誰說邦兒出事了，這不是好好的？我不敢多問，小心翼翼地和他一路走一路聊，他聽說媽媽想挑一個PDA，就從包包裡拿了一個說給媽媽，我說這不是你用的嗎？他說沒關係，他還有一個舊的。我看了一眼說，舊的給我，新的你用。邦兒說不要不要，一直推讓，說著說著已走到家。他想洗澡，我說好。他去了一個像是公共浴室的地方，不久卻見人急跑來叫我說邦邦倒在浴室，我心想要來的還是來了終於躲不過。邦兒裸身躺在地上，眼睛閉著，我

9 劉海若：前TVBS新聞主播、前鳳凰衛視女主播，二○○二年在英國因火車出軌意外而重傷昏迷，轉往北京宣武醫院，結合中西醫治療，兩個多月後甦醒，一年多後重新坐上主播台。

靠上去喊他，他低聲說：「爸爸，我好累喔！」我說：「好，好，邦邦好好睡睡……」驚醒時我說與紅媛聽，會不會是邦兒藉夢境來告訴我們：本來在出事當時就該走了的他，怕父母驟然失去愛兒難以承受，多陪了這麼一段路、多留了這幾天，但現在實在太累，他要離去了。我摟住紅媛，眼淚嘩嘩嘩直流，決定讓玄天大帝座前的龍天護法回駕去吧。原來昨日的歡喜等待只是空歡喜，就像前一日還晴陽普照，六月八日一早卻溫度急降，飄灑起雨。原來人生的歡會，也是假相一場。

醫生說若不再做侵入性治療，按照邦兒目前的身體狀況，呼吸穩定，可能拖三天、一個星期，也可能一兩個月，但他提醒需預做後事準備。由於邦兒沒有自己的宗教信仰，我說依母親的信仰，醫生點頭，登記在紙上，並同意我們可以待在加護病房至最終。踩著沉重的步子回到病房，面對日益茫然的未來，正想商量長期陪病的安排，突聽到一縷樂音，縹緲似自遙遠傳來，卻又清晰就在耳畔，遙遙襲來的哀傷中透露著慈悲寧和的禮讚，啊，是梵唄[10]，我納罕：「外國醫院眞體貼啊，才聽說信佛，就播放佛樂。」抬頭四下張望擴音器在哪？白牆白頂的病房，沒有任何擴音設備，然而聲音究竟從何而來？我問紅媛。她先是說沒聽到，

10 梵唄：佛教念誦經文、唱頌短偈或歌贊之聲。唄，音ㄅㄞˋ。

約半分鐘後低聲驚呼：「我也聽到了！」我不是會生幻覺的人，此梵唄太不可思議，紅媛二姊也在床邊，卻絲毫無聞，她露出訝異的神情。我們相信這是佛菩薩要來接引邦兒了。

難捨而必須捨，是人生艱辛的功課，對邦兒尤其是。他有摯愛著他的親人，還有一大群好同學，華裔的以及白人、黑人，大約二十位放下了手邊的課業與工作，David更剃了光頭許願，大家一起排班在病房守護。加護病房通常只容許兩人進入，這群大孩子盡量把時間讓給我們，他們在外頭的休息室等候，日以繼夜，沒事打打橋牌，睏極了身體就歪七扭八地掛在座椅上。

一度他們十分錯愕，哭紅了眼，以爲我們聯絡慈濟的師兄師姊，是準備提早放棄救治，一群人數度派代表，聽過醫生的病情分析後，才無奈地接受邦兒可能永遠不再醒來的現實。他們抱頭痛哭，打電話通知已去溫哥華、芝加哥念書的同學也趕來。我對他們鞠躬致謝，他們總靠上來抱一抱，拍拍背，幾乎異口同聲地說：「叔叔不用謝，應該的，Russell是我們最好的朋友。」David說他夢見邦邦，在他們常去的那家酒吧，光線昏暗，同學坐在一張張高腳椅上，邦邦推門進來，David說：「我們很想你。」邦邦說：「我也很想你們！」

最後兩日。護士如常給邦兒打針、注射不教血液凝固的藥劑，以導管餵食，擦洗、翻身，邦兒仍如常地呼吸，只胸口顫動的頻率加劇，排出的尿色愈見深禍，怵目驚心。陽光如常地從窗縫透進一細縷，先照他頭臉，再照他肚臍、腳。邦兒並沒有要離去的徵象，他仍然用力地呼吸著。明知即將去而未能遽即捨去，邦兒撐得十分辛苦。他是有什麼未了的心願嗎？我去他的住處，房間整理得清清爽爽，桌上攤開的是我無從理解的數理方面的課本與作業，比較不尋常的是抽屜裡藏著許多姿態各異的龍畫。不知邦兒是在什麼情況下畫的龍，我想到大弟講的龍天護法下凡，龍是他的本命嗎？闖禍的紅色跑車停在大樓旁邊空地上，車身無損，車子主人呢，還能不能健在？

朋友帶我去看幾處喪禮的場地。我急匆匆趕回醫院時，紅媛已和邦兒說了，我們決定替他捐贈器官，但她一說完話，看到邦兒眼角流下淚來，又震懾住了：「對不起，邦邦，不是爸媽不要你了，爸爸媽媽希望你放心跟著菩薩走。如果邦邦不願意，沒關係，等一會兒叫爸爸再和邦邦商量。」紅媛要我與兒子說過，再去會晤醫生。我於是在邦兒床頭輕聲道：

「我們知道邦邦非常愛朋友，邦邦一定願意把愛朋友的心轉而再去愛更多的人。爸媽求菩薩保佑邦邦活下來，不管情況多糟，爸媽願意一輩子陪伴邦邦、照顧邦邦。但倘若菩薩一定要把邦邦接走，邦邦現在就要把自己的身體保護好，這樣才能把有用的器官留下來，捐出來。不管邦邦怎麼決定，爸媽都全力支持。」

我和紅媛去見醫生前，邦兒原本暗紫的肌膚回復正常顏色，冰冷的手腳變軟變暖，一副放心放下的樣子。我們去簽捐贈器官的同意書，病房只留康兒一人守護。

醫生說邦兒停止過心跳、呼吸，因此能捐的只剩下眼角膜和皮膚組織。剛溝通定細節，突然就見康兒疾奔而來，氣促地喊叫：

「弟弟要走了！」

我們趕回病房，把守在醫院的邦兒的同學也都找齊了，美玉師姊祭出法器，引導大家長音唱念「南無阿彌陀佛」的佛號，邦兒的呼吸漸弱漸緩，但始終和暢，我全神注意他胸部的起伏。艾德蒙頓時間六月十日下午五時三十分，兩位生養他的白髮人爲他覆上往生被。他呼吸何時停止，圍繞床邊的人都不甚清楚，但大家親眼望著他平靜地走完最後一程，距離我與他最後溝通捐贈器官時，不到一個鐘頭。他終於放下塵世的父母，放下一群死生好友，跟著菩薩去了。四天後我親手按下火葬的按鈕，轟一聲，目送他形體化去像紅蓮被接引到西方。

紅媛在艾德蒙頓的佛光講堂爲他立了一個長生牌位[11]，康兒寫了一張「與君

11 長生牌位：一般設立在寺廟中，約有兩種，一是「在生祈福」，為在世之人祈福延生；一是「往生祈福」，為已亡之人祈福懺罪。此指後者。

世世爲兄弟，更結人間未了因」[12]的卡片燒掉。做完頭七後我捧著他的骨灰罈回台灣，帶他回到他讚嘆過的無生道場[13]，安厝[14]在聖山寺[15]的生命紀念館。他的眼睛仍然注視著這世界，他的肌膚仍然體貼著這世界，他的生命慈悲歡喜並未中止。唉，今生做不成的父子，來生再做！許多次，我黯然開車在台北街頭漫無目的地逛，車裡大聲播放邦兒喪禮上同學演唱的那首〈天堂之淚〉（Tears In Heaven）

Would You Know My Name
If I Saw You In Heaven
Would You Be The Same
If I Saw You In Heaven

---

12 與君世世為兄弟，更結人間未了因：語出蘇軾〈獄中示子由〉：「聖主如天萬物春，小臣愚暗自亡身。百年未滿先償債，十口無歸更累人。是處青山可埋骨，他年夜雨獨傷神。與君世世為兄弟，更結人間未了因。」

13 無生道場：此指福隆靈鷲山無生道場，位在新北市貢寮區福連里香蘭街七之一號，係由心道法師於民國七十三年所創立。因山上隨處可見巨石如鷲首，遂名為靈鷲山；因地形居高臨下，面向太平洋，終日梵音不斷，故取名為「無生道場」，即「不生不滅」之意。

14 安厝：安葬、埋葬。厝，音ㄘㄨㄛˋ，停柩或淺埋以待葬。

15 聖山寺：地址在新北市貢寮區東興街三十之一號，為心道法師靈鷲山系統下的新建廟宇。

我知道我眞實的悲哀才正要展開。少掉的永遠少掉了！窗台上的三棵柚樹不可能變成四棵，少掉的那一棵怎能忘記，但只能種在黑夜點著燈的心裡，種在遙遙思念著的天涯。天涯，那是更遠的異鄉啊！

——寫於二〇〇四年邦兒逝世週年前夕

導引與賞析

陳義芝，一九五三年生，曾任中小學教師，《聯合報》副刊編輯、主任，中華民國筆會秘書長，現爲大學教授。其以新詩與散文聞名，風格以古典爲根柢，兼取西方，融合傳統與現代。曾獲中山文藝創作獎、金鼎獎、時報文學推薦獎、中興文藝獎章等等。

〈異鄉人〉寫於二〇〇四年其年僅二十一歲的次子邦兒逝世週年前夕，表達中年喪子之痛。內容主要描述邦兒在加拿大艾德蒙頓遭逢車禍意外，作者聞訊越洋趕至，與其妻及長子在加護病房內陪伴數日，最終因傷勢過重，放棄侵入性治療，決定替他捐贈器官，終至往生一事。文章開頭以三顆柚樹籽發芽而非四顆，猶如失去一人的家庭，末尾亦以柚樹不可能變成四棵做結，首尾呼應；文中則不斷交錯在加護病房的現實情景和對往事的遺憾追憶裡，於寫實之中，藉由描繪渲染、對比反襯、意境營造，將身爲人父的種種悲傷剖露無遺。全文直抒本心，情意眞切深細，語言典雅溫柔，讀來哀戚催淚，令人動容。

閱讀〈異鄉人〉，至少有三個面向可予反思：父母之愛、子女教養、死亡悲傷。

文中最鮮明的主題，莫過於白髮人送黑髮人的難分難捨。「異鄉人」一語有兩層涵義，一是父親在臺灣而孩子在外國求學，故邦兒乃是遙遠的異鄉人；一是父母活在現實而孩子已在死後世界，故邦兒遠在「天涯，那是更遠的異鄉啊」！前者是父母對於子女生活的關心，後者是父母對於子女永遠的繫念，這兩層都體現出父母之愛的深刻緜長，值得身爲子女者長記於心。

其次，作者於邦兒彌留之際，驚覺邦兒在十四歲就被送至加拿大，獨自面對陌生的環境與語言，懺悔地訴說：「我很慚愧只給了他物質的需求，並沒有給他心靈的依靠，任他自己摸索」，「連他自己爲畢業典禮添置西裝領帶、拍照，我也沒多讚美兩句」，「他怎會讀懂那書（卡繆的《異鄉人》）而且成爲最喜愛的書？是異鄉的孤獨體會，索然無味的生活感覺？還是對荒謬、疏離的抵抗？我竟然沒有多花點時間追問，而今已來不及了，來不及了解他的生活圈子究竟有什麼否定、有多少失落」。這在在提醒父母教養子女，或者說是我們與周遭親友的相處相待，不僅只留意於課業、生活、職涯表現的物質問題層面，也要落實精神情意層面的互動、溝通與經營，不要等到失去，才來自責、才知後悔、才要珍惜、才想從頭來過。

另外，這篇文章亦反映出面對至親死亡的悲傷過程，可供我們預做想像，更圓融地處理生命難免的天人永隔。一九六九年精神科醫師Elisabeth Kübler-Ross提出人們面對悲傷、災難性事件，通常經歷五階段：「否認／隔離(Denial & Isolation)」、「憤怒(Anger)」、「懇求(Bargaining)」、「沮喪(Depression)」、「接受(Acceptance)」，〈異鄉人〉一文亦可與此互相發明。

作者面對病房裡失去知覺的邦兒，起初是「我猜他是做了噩夢……雖然極爲艱辛，但有不死的腦幹，他會活回來，活回活蹦亂跳的樣子」，後來又「夢見在街上遇見邦兒，相偕回家，心中竊喜：誰說邦兒出事了，這不是好好的？」這是自我防衛、不願承認現實的「否認／隔離」。

作者在病房裡回憶往昔未能關心邦兒的悔恨，並想著「他健美的身體躺在白色病床上，頭身成黃金比例，天哪，多麼強壯的一個男孩竟招來了死亡的覬覦」，「師父說邦邦原是玄天大帝身旁手持七星杖的龍天護法……又要回玄天大帝座前……那爲什麼要來騙我們一遭，一騙騙了二十一年」，這是怨天尤己的「憤怒」。

至於「我在他耳邊繼續輕呼他的小名『邦邦』，講他小時候的事，講他到加拿大以後感興趣的事，也講他自行打工完成買車的壯舉」，「邦邦，一定要加油，一定要好起來」，藉此接納、肯定邦兒多年來的表現，不再責備其高中延畢與交女友的種種叛逆，以減輕自心愧負。「他的床頭掛著康兒胸前摘下的十字架，我把自己脖子上的天珠取下來放他手中」，「在『南無觀世音菩薩』的唱誦聲裡，我向菩薩叩求：『救救頎眞，救救Russell，救救邦邦』」，則努力尋求宗教顯靈的奇蹟。這是討價還價企盼好轉的「懇求」。

然而卻「從祈求邦兒康復，到只要求他活著能料理基本生活，到終於不得不思索天意爲何，做父母的節節敗退」，「但現在實在太累，他要離去了……原來人生的歡會，也是假相一場」，這是意識到事情的不可轉圜，陷入消沉放棄的「沮喪」。

最後「明知即將去而未能逕即捨去，邦兒撐得十分辛苦」，「爸爸媽媽希望你放心跟著菩薩走」，這是體悟生命的終局，坦然放下的「接受」。這裡頭不是無奈地被迫承受無常的事實，也不是如釋重負的舒暢，而是時間永遠無法沖淡的情執，深埋心中：「唉，今生做不成的父子，來生再做」，「我知道我眞實的悲哀才正要展開」。亦即面對生死，因悟彼此情深，故不忍對方受苦而放手；而兩情既深，則於生命流轉中此情將無有間斷，遂教生死兩安。

除卻〈異鄉人〉，陳義芝《爲了下一次的重逢》一書中尙收錄有關邦兒逝世的三篇文章：〈運河邊上〉、〈再別艾城〉、〈爲了下一次的重逢〉，一併參看，可更完整認識其數年來調適轉化的心路歷程。

【問題與表達】

一、人生無常，你會如何安慰或對待驟失親人的親友？

二、面對心愛的親友或寵物即將離世，你的感受會是如何？你會想對他說些什麼？做些什麼？當其已經逝世，又會如何調適？

三、在外地求學，除了慶幸能脫離父母的掌控獨立自主，另一方面是否也產生思念父母關懷照顧的情愫？請觀看電影《羅倫佐的油》，體會片中父母對子女的竭心盡力，反思自己的成長過程，寫一封信給父母，訴說心裡的話。

林千盛老師　編撰

〈驚情〉

鍾怡雯

正文

那是一個尷尬的記憶。一封情書，它始於浪漫的想像，而終於戲謔[1]的結局。至今我仍記得它笨笨傻傻的氣味，令人想起帶點油垢味的木料地板，肥滾滾的小黑狗沒命地搖尾示好，或是企鵝走路的滑稽。這樣的形容未免污蔑情書的浪漫，褻瀆[2]了它的唯美[3]，可卻絕對忠於當時的感受。

回想起來，那眞是一段荒涼的歲月。同年齡的友伴臉上，或多或少都有忍不住的青春爆裂，光潤的痘子那麼飽滿瑩亮，甚至紅得有些刺眼，像在嘲諷我徒有品學兼優的虛榮，內涵卻如此貧瘠，一年下來竟然孵不出幾顆像樣的青春之籽。

1 戲謔：開玩笑。《詩經．衛風．淇奧》：「善戲謔兮，不為虐兮。」
2 褻瀆：輕視怠慢。
3 唯美：一種以美為中心，而厭棄物質與現實境況、蔑視一切社會道德的思想。

好不容易額頭有點小小的騷動，那膽小的幼芽卻畏畏縮縮的躲在瀏海[4]後面，似乎深以炫耀年輕爲罪。

也許是青春的力量太龐沛，我特別喜歡耗費大量體力的運動，尤其是打羽球。只要逮到機會，我總不會放過殺球，刷！快、狠、準。瘋狂的力道。球不偏不倚，恰好落在邊界上！漂亮！好像幹掉一個世仇大敵。當然，最好對方被那突如其來的狠勁嚇一跳，我便因此得到類似惡作劇的滿足，一種復仇的快感。因爲無法忍受那種殺氣騰騰，欲置人於死地的揮拍方式，女隊友後來紛紛離我遠去。我更樂得和精力過剩的男隊友廝殺[5]，他們回我以更強悍而有力的反擊，挑戰我源源不絕的鬥志，充分滿足我的暴力美學[6]。球場成了我的殺戮戰地，每一次的殺球都十分愉悦，好像處決演算不完的數學習題。我在汗水裡揮霍過剩的青春和躁鬱[7]。

4 瀏海：垂在額前的短髮。亦作「留海」。
5 廝殺：交戰。
6 美學：研究人對藝術品的欣賞與創作能力及藝術品本身組織法則與內容，更進一步探討藝術品間關係的一種學問。
7 躁鬱：躁動和鬱悶。躁鬱症，病名。為一種情感性精神疾病，病人發病時情緒可由高度憂鬱轉變為極端興奮，憂鬱期患者對任何事物都失去興趣、失眠、記憶減退，嚴重時甚至可能自殺。轉入躁狂期，病人即刻變得激動興奮，常有攻擊行為，又有誇大妄想，嚴重時可能做出極端暴力行為。此兩期可能混合存在或交替出現。

鬱悶的青春期，人像活在沼澤裡。鏡子裡的自己渾身散發出一股帶著體制和規矩的呆板氣息，那樣聽話的髮長，那麼不逾矩的乖巧表情，正派善良的眼神，和絕對不敢短過膝蓋的裙長。該死的白衣白裙，讓整個人形如學校的零件，和硬體契合無間。

沒有人陪我廝殺時，我便游泳。因爲早早回到家的我，總有說不出的焦慮。無論有多少積累的功課，都制止不了泡水的強烈慾望。也不知道從哪兒來的精力，我可以從赤道如火的夕照游到星光滿天，從躁熱到平靜，泳池吸納了我的憂鬱，難怪池水藍得那麼美麗。

就在這樣枯淡的日子裡，我發現了那封情書。

它的空降令我不知所措。受了驚嚇似地在尋找一個可靠的藏匿處時，我的心情充塞前所未有的慌亂和狂喜。我不知它如何潛入我的書包，事先沒有任何預兆，我的眼皮沒有跳，耳朵沒有癢，也無沒來由的打噴嚏，游泳時既沒抽筋，打羽球時也沒擊傷自己。週六整理書包時，啪！它就這樣掉出來了。我從來沒有想到，當自己的名字以「情書」收信人的姿態出現時，會讓自己如此飽受驚嚇。信未細讀，匆匆便把它塞入數學課本裡。至於要學松鼠儲藏糧食那樣日後再細嘗，或是如埋葬屍體之後再不出土，我尚來不及想。

闔上課本，又覺不妥，於是取出，置入書套和封面之間的夾縫。嗯！還是不對，遂又塞入華文課本裡，數學太不人性，還是華文比較溫暖。轉念一想，我又何必那麼善待它，說不定是個討人憎的傢伙。最後決定把它安置在馬來文課本，它是中性的，一科我既不討厭也不喜歡的科目。這樣即使是封令人不悅的信，我也沒因待它太厚而吃虧。千迴百轉的折騰之後，我自認找到了一個讓自己較滿意的處理方式。但是，更重要的事情是，到底署名「仰慕者」的鬼祟傢伙是誰？整晚課本對著我傻笑，我對著課本發呆。

下午打球時，那個平常小球打得極刁鑽的高個兒演出有些失水準，挑那麼高的小球，差點被我凌厲的殺球擊中「重要部位」，瞧他那副元神[8]出竅，剛從深淵被撈起來的落魄表情，嗯！有點可疑。開學以來坐在我後面的那個轉學生？總是藉故借筆借筆記，要不就問那麼簡單的字，說話時老盯著自己的手，我的臉有那麼莊嚴讓他不敢直視嗎？剛才匆匆一瞥，很難判斷那字跡究竟是不是班上的男生。我希望是，那就不必考慮，一把火毀屍滅跡。那些「哥兒們」個個粗枝大葉兼口無遮攔，何況根據我反覆修訂的理想版本，夢中情人的標準早已超乎凡人的境界。

但我其實更希望不是。那封情書充滿青春的誘惑，它是一顆碩大無比的青春

8 元神：道家稱人的靈魂為「元神」。

痘，儘管被藏起，我仍然可以感覺到它的熱度穿透書本，射出灼眼的光芒。整晚我的視覺遲滯[9]在同一頁課文，思緒遊走迷宮。腦海裡盡是密密麻麻的痘子在滾動，好不容易熬到家人相繼睡去，暗夜中我再度與它相見。

我不得不承認自己的失望。當然那是一封貨眞價實的情書，但是天底下竟有人用鉛筆來糟蹋它。那張素白的信紙，不知怎麼，它讓我聯想到一副愚蠢的表情。白紙上有擦了又擦的痕跡，顯然是個拘謹又沒自信的人。這封情書讓我的綺思[10]大受打擊，白白的信紙和灰灰的字跡，沒有生氣沒有活力，像我們的校服，一絲不苟的校規，它嚴重冒犯了我當時的色彩美學。好吧！即使我可以不在乎這些不得體的「面子」問題，它的內涵也嚴重貧血，措辭捉襟見肘[11]，我一向迷信並且臣服虛榮的「才氣」，那封信連「聰明」的起碼標準也沒有，甚至還瀰漫著一股令人不悅的笨拙氣息。

我十分沮喪，有些被騙的受傷，但卻沒有扔掉它。一個月來，我懷著微弱的期待，揹著一封不明的「情書」上下課，好像藏著一個令人痛苦的秘密。或許我

9 遲滯：緩慢不前、停滯不動。
10 綺思：美妙的情思。
11 捉襟見肘：比喻生活極為窮困，或是無法顧及整體，照顧不周的窘態。

還妄想印證那不悅的直覺是一個錯誤，或者，只是不甘心青春如此惡劣的對待。我做過千百種不同的假設，幾乎身邊所有的男生都成了嫌疑犯。那封情書，它就在我持續的猜謎中周遊各科課本，也和我的筆記相伴。一次不小心，它竟然伴隨我的日記親密地度過一晚，第二天發現時，簡直痛不欲生。

這樣的朝夕相處卻讓我對它發生了莫名的情感。也許是一種類似自我解嘲的自救本能，我試圖說服自己，那直覺是錯覺，或許是一種與「笨拙」性質相近的「羞赧」，就像鄰家男孩的羞澀微笑，帶有幾分可愛的稚拙。

黃昏從學校回來，我總是與那帶著足球的鄰家男孩不期而遇。巴基斯坦和華人的混血兒，深邃[12]的五官充滿耐人尋味的繁複，裹著陽光的黝黑皮膚，T恤、短褲，騎著腳踏車的身影，和微笑一起閃過，連從他身後吹來的風，也有一股不羈的狂野，那是由汗水、泥土、青草調配出來的青春氣味，像剛從樹上摘下的青芒果。剛讀完《安娜．卡列尼娜》[13]和《飄》[14]，我把滿腦子的浪漫幻想投射[15]到

12 深邃：幽深。邃，音ㄙㄨㄟˋ。

13 《安娜．卡列尼娜》：書名。俄托爾斯泰所著小說。敘述女子安娜背夫與一青年相戀，最後慘死車輪下的故事。為托氏代表作品之一。

14 《飄》：書名。美國女作家宓西爾的小說名著。以美國南北戰爭為背景，以女主角郝思嘉的感情事件為經緯，其間穿插種族間的矛盾糾葛，頗能反映當時社會狀況。西元一九三九年拍成電影，譯名為「亂世佳人」。

15 投射：個體不自覺的把自認為不為社會接受的動機或行為加諸他人，以減輕內心焦慮的心理歷程。

現實裡。男孩的野性美，是和呆板體制相抗衡的力量，而我小心呵護的情書，或許也有一絲那樣的意味，它和小說一起爲我覓得一個遁逃的空間，讓叛逆的我，得以倨傲[16]地藐視世人所稱頌的正面價值。

第二封「情書」出現，卻把我從幻想的雲端摔到殘酷的現實。這回倒是有名有姓——我寧願他隱姓埋名，就當是做善事，製造一種假相的幸福給我寄居。是隔壁班那個連續兩年保持第一名的男生。眼神凝滯[17]，一副癡呆模樣，好像隨時要流口水的那種。因爲架了超越負荷的眼鏡，鼻子呈現半崩塌的狀態。我很懷疑他的第一名要用多少個無眠的夜晚才能換來。每次在走廊上相遇，我都忍不住想告訴他，除了書本以外，世間所有的東西都十分有趣。他該不會誤讀我的憐憫爲憐愛，一如我把他的癡情誤解爲癡呆吧！

很長一段日子，我忍住想把他的頭扭下來的衝動。憑我殺球練就的腕力，兩下，我相信，只要兩下，就可以輕易把他塡滿課文和考試的頭顱扭下來。他永遠不知道，在我的想像裡，他已經被謀殺了不下千次，以一種乾淨，迅速，不流血的死亡方式。我在腦海裡演練了各種不同的場景，想像他適得其所[18]的死法。那

16 倨傲：傲慢不恭。倨，音ㄐㄩˋ。
17 凝滯：停滯不動。
18 適得其所：形容與所住的處所或所得職位恰好如願、相稱。

種死亡的力量是青春的暴力，來自少女強烈的自尊，以及被愚弄的憤怒，或許在某種程度上，認定他亦謀殺了我青春的夢幻吧！

然而，也僅止於此。我依然和他擦身而過，假裝甚麼都沒發生。只是生活裡確實有了一些變異，譬如那種笨笨的氣味從此長存記憶；終於不再害羞的青春痘，勇敢的長在臉頰和眉梢。那是青春的不安與騷動。我領略過。我記得。

導引與賞析

作者鍾怡雯，一九六九年生於馬來西亞霹靂州金寶市（怡保人），臺灣師範大學文學博士，現任元智大學中語系教授。鍾怡雯融理性與感性於一身，作品題材常取自日常生活，散文風格眞誠獨特，能從平常事物之中抒發獨具一格的體會。作品兼有文學創作及文學評論，著有散文集《河宴》、《垂釣睡眠》、《聽說》、《我和我豢養的宇宙》、《飄浮書房》等，論文集《莫言小說：「歷史」的重構》、《亞洲華文散文的中國圖象》、《無盡的追尋：當代散文的詮釋與批評》等。作家余光中稱許她為新世紀女散文家代表，特別為文推薦：「鍾怡雯的語言之美兼具流暢與細緻，大體上生動而自然，並不怎麼刻意求工。說她是一流的散文家，該無異議。」散文曾獲中國時報文學獎首獎、聯合報文學獎首獎、星洲日報文學獎首獎及推薦獎等。

〈驚情〉緣起於一封匿名的情書，以回憶的方式訴說情感的驚動：從收信時內心的驚嚇慌亂、呵護情書的敏感莊重、懸疑揣測的心情起伏，到愛慕者揭曉後的驚訝失望。全文充滿了戲謔與自嘲，呈現的幾乎全是誇張而非理性的反應。然而若非如此，又如何表現青春時期的青澀、不安、寂寞與純眞？

情書是導火線，青春痘、打羽球雖爲陪襯，卻是青春的表徵。這兩個素材在文中的分量不輕，甚至不比情書少。青春痘是青春期最具代表性的外在表徵，起初痘子既騷動又內斂，處於欲萌未萌的狀態，蘊藏於體內，畏畏縮縮的，是自己性格的投射，也潛藏著對愛情的期待。收到情書後，藏起的「一顆顆碩大無比的青春痘」，即將從表面鑽出來，無所遁形。文末，作者對情書的幻想徹底破滅，青春痘也「終於不再害羞」，「勇敢的長在臉頰和眉梢」。作者領略了青春的不安與躁動，走過那段青澀尷尬的歲月，青春痘的由隱到揚，象徵一場幽祕事件的結束，也揭示了心靈的成長。「打羽球」，是理解作者內心特質的另一個媒介，是在眾人之前的顯性表徵。殺球的「快、狠、準」，暗示內心一股向現實挑戰的反抗力量，想奮力掙脫制式苦悶的生活重圍。所以只能在汗水裡揮霍過剩的青春與躁鬱，用運動發洩壓抑的精力，以排遣生活中的枯淡與難耐。

情竇初開的少女，對愛情充滿憧憬，但是當意味著愛情降臨的情書眞正出現時，又顯得措手不及而驚懼慌亂。尤其那段收藏情書的動作，將情書一會兒放在數學課本，一會兒塞在華文課本，一會兒置在馬來文課本，少女緊張、慌亂的心情畢現，讓人彷彿也身歷其境跟著焦慮，照應了「我的心情充塞前所未有的慌亂與狂喜」。

文末仰慕者眞實身分揭曉時，女孩的失望與憤怒之情溢於言表，只能透過「殺球」動作呈現：「憑我殺球練就的腕力，兩下，我相信，只要兩下，就可以輕易把他塡滿課文和考試的頭顱扭下來」，青春期少女夢想的幻滅，內心潛藏的一股憤怒力量，藉由殺球的毫不留情，表達自己的愛恨分明以及精神上的潔癖。「期待的幻滅」最足以說明作者想將對方謀殺千百次的「青春暴力」所源動的失落情緒。

「青春的躁動與不安」才是文章主旨。雖是情書故事，全文卻未在情書內容及戀愛情節上多所著墨，反而大肆渲染收到情書之後個人與情書的互動，所激盪出來的對「情」的驚動，透過心理狀態、精神感覺及外在動作的描繪，多角度臆測想像，使情書籠罩在一種撲朔迷離的氛圍當中。作者並未被愛慕沖昏頭，仍理性判斷情書拙劣的字跡、貧血的內涵與捉襟見肘的措辭，瀰漫著一股令人不悅的笨拙氣息，讓作者沮喪且感到一股被騙的受傷之感。直到第二封具名的情書出現，情況急轉直下，讓作者從幻想的雲端摔落殘酷的現實當中，相對於愛慕者的「癡呆模樣」，自己的這場青春夢幻，又何嘗不「笨傻」呢？

此外，本文的修辭文采亦粲然可觀。作者喜歡用聲音、氣味去挖掘記憶的沃土，開闢冥想的樂園。在本文的開始，作者將「尷尬的記憶」用「笨笨傻傻的氣味」及「帶點油垢味的木料地板」等嗅覺、味覺印象來描繪，非常別緻。用一連串排比的句子堆高「如常」及「無預警」：「我不知它如何潛入我的書包，事先沒有任何預兆，我的眼皮沒有跳，耳朵沒有癢，也無沒來由的打噴嚏，游泳時既沒抽筋，打羽球時也沒擊傷自己。」藉以凸顯週六整理書包時，那「啪」的一聲掉出來的情書所造成的「驚」嚇。彷彿平地起驚雷，開啓了一段青春期的驚情。

這不僅是一段青春記事，作者借事抒情，書寫的是一個表面乖巧聽話，內在卻叛逆不馴的女孩。所有青春時期不同形式的迷惘、摸索、莽撞、叛逆及堅持，皆在本文呈現。鍾怡雯曾在〈時間的焰舞〉一文中說自己：「重閱國小到國中的日記，那些稚氣羞澀的情感令人赧然，現在對以前那個極度神經質、對人對事都過分潔癖的『我』，只能嘆息。」經歷過這些不安、騷動與尷尬的歲月，生活裡確實有了一些改變，那種癡傻的過往即使難以忘懷，卻因自己如實領略，反而成為生命成長的印記，永不磨滅。

作者文字流露出一種機智幽默，是對無奈人事的一種開脫。文中女孩夢想的幻滅，卻是成長的開始，作者選擇幽默以對。余光中認為〈驚情〉一篇的幽默正是浪漫的解藥。激情、純情有如甜食，若要解膩，就需加一點酸。作者善於調味，浪漫的憧憬被一封神祕的情書挑起，卻因追求者現身而告破滅，自醉淪爲自嘲，舌頭上空留酸澀，反而比甜膩更有餘味。

【問題與表達】

一、為什麼這封情書「一次不小心，它竟然伴隨我的日記親密地度過一晚」，而第二天發現時，作者會感到「簡直痛不欲生」？

二、試從文中尋繹出作者的色彩美學及暴力美學觀。

三、作者說：「根據我反覆修訂的理想版本，夢中情人的標準早已超乎凡人的境界。」請問作者的夢中情人的理想版本為何？也請你試擬自己夢中情人的理想版本。

四、感官描摹：

〈驚情〉作者鍾怡雯在描述「尷尬的記憶」時用了「嗅覺」、「味覺」、「視覺」等感官摹寫，將抽象感覺化為具體：

「至今我仍記得它笨笨傻傻的氣味，令人想起帶點油垢味的木料地板，肥滾滾的小黑狗沒命的搖尾示好，或是企鵝走路的滑稽。」

用「笨笨傻傻的氣味」，自嘲自己的「笨傻」；「帶點油垢味的木料地板」，訴說這段黏膩的記憶無法完全擺脫；「肥滾滾的小黑狗沒命的搖尾示好」，象徵青春期的笨拙懵懂但熱切追尋；「企鵝走路的滑稽」，說明情感一路走來的搖搖晃晃。這樣的表達方式可以使抽象的情感形象化，讓文辭更加靈動活化。

提示：

1. 使用兩種以上的感官描摹，例如：聽覺+視覺、視覺+嗅覺+味覺、視覺+聽覺+觸覺……等組合。
2. 請用具體事物呈現。
3. 寫完感官描摹後，試用心覺寫你的心靈感受。

題目(1)：燠熱的夏日午後，無聊的情緒環繞著我。……

題目(2)：一直難以忘記那無人的海邊。……

五、感覺的摹寫轉化與譬喻：

讓抽象感覺形象化的方法，除了形象的描摹，還有「譬喻」的方式。〈驚情〉一文中，作者這麼描述心目中的浪漫幻想對象：

「黃昏從學校回來，我總是與那帶著足球的鄰家男孩不期而遇。巴基斯坦和華人的混血兒，深邃的五官充滿耐人尋味的繁複，裹著陽光的黝黑皮膚，T恤、短褲，騎著腳踏車的身影，和微笑一起閃過，連從他身後吹來的風，也有一股不羈的狂野，那是由汗水、泥土、青草調配出來的青春氣味，像剛從樹上摘下的青芒果。」

作者將心儀的陽光男孩形象，細膩的勾勒出來：「巴基斯坦和華人的混血兒」預示了五官的深邃，「裹著陽光的黝黑皮膚」，用轉化法呈現出陽光男孩的健康形象，「T恤、短褲」配合運動形象，「騎著腳踏車的身影，和微笑一起閃過」，巧妙將男孩的魅力顯現出來，甚而誇張地認為「連從他身後吹來的風，也有一股不羈的狂野」，是由「汗水、泥土、青草調配出來的青春氣味」，而這種青春氣息，「像剛從樹上摘下的青芒果」，「青芒果」象徵青澀的青春，但剛從樹上摘下的樹頭鮮，令人躍躍欲試地想馬上品嚐。這一段靈活運用了摹寫、轉化、譬喻的技巧，就能清晰的將人物形象勾勒出來。

現在請你模仿這樣的寫作方式，將人物形象及情感以摹寫、轉化、譬喻的技巧具體呈現。

題目⑴：接到你的分手信，我的心好痛……

題目⑵：一看見他（她）暗戀的那個女（男）孩，他（她）的神情頓時緊張起來……

高美芸老師　編撰

進階I書房

1. 漢．樂府詩〈孔雀東南飛〉
擁有眞愛卻被迫分離，寄託戀愛自主與幸福生活的強烈願望。

2. 唐．張若虛〈春江花月夜〉
在春江月夜圖中，描繪遊子思婦眞摯動人的離情別緒，興發富有哲理意味的人生感慨。

3. 陳義芝〈為了下一次的重逢〉
愛是有生命而延續的，即使天人永隔，也要做好今生功課，爲了下一次的重逢。

4. 龍應台〈目送〉
有些事，只能一個人做；有些關，只能一個人過；有些路啊，只能一個人走。

5. 簡媜〈水經〉
愛情是一部水經，從發源地開始已然註定了流程與消逝。因而，奔流途中所遇到的驚喜與悲哀，都是不得不的心願。

6. 張愛玲〈愛〉
與幸福擦肩而過，不詳寫，是芸芸眾生的故事。

7. 鄭愁予〈賦別〉
分手的情詩，寫離別後的心情，雖然對方結束了戀情，自己仍無限眷戀，不帶任何詛咒憤懣地給予對方祝福。

8. 簡媜〈愛情是我在這世上唯一懂得的事情〉

從兩情相悅到夢醒時分，過程遍嘗愛情的酸甜苦辣。

9. 胡淑雯〈界線〉

每個人都有獨特的價值，不需要爲了階級不同而自卑，甚或瞧不起自己的父母或原生家庭。

10. 林婉瑜《愛的24則運算》

輕盈好讀的情詩，是日常也是愛的想像，充滿各種遇合運算的可能。

延伸閱讀地圖

1. 《楚辭．少司命》
2. 明．馮夢龍〈羊角哀捨命全交〉（《喻世明言》卷七）
3. 清．納蘭性德〈木蘭花．擬古決絕詞〉
4. 張愛玲〈傾城之戀〉
5. 鍾理和〈貧賤夫妻〉
6. 洛夫〈愛的辯證（一題二式）〉
7. 林文月〈白髮與臍帶〉
8. 黃春明〈國峻不回來吃飯〉（《2004臺灣詩選》）
9. 簡媜〈母者〉、〈漁父〉
10. 張曼娟〈海水正藍〉

11. 許正平〈煙火旅館〉
12. 劉梓潔〈父後七日〉
13. 鍾怡雯編《因為玫瑰：當代愛情散文選》
14. 不朽《想把餘生的溫柔都給你》
15. 百瀨忍／沖浦啓之《給小桃的信》ももへの手紙
16. 史帝芬．褚威格《一位陌生女子的來信》
17. 電影：岩井俊二《情書》（Love Letter）
18. 電影：吉賽佩托納托雷《愛情天文學》（La corrispondenza / The Correspondence）
19. 電影：理察．拉格文斯《P.S.我愛你》（P.S. I Love You）
20. 電影：李勇周《初戀築夢101》（《建築學概論》건축학개론 / Architecture 101）

高美芸老師　編撰

寫作攻略：書信寫作

往昔書信應用不少，但現代社會因通訊設備創新，親友間已罕用，多只見於職場環境。正因如此，其寫作尤須得體，以免影響他人觀感與事業拓展。

傳統書信頗多格式與用語，今日在實務上則已傾向簡化，唯若干久遠之習慣，仍保留不變。以下針對現行信封與箋文，扼要言之。

一、信封

現行書信大多採用郵寄而非託帶方式傳遞。郵寄之信封，其書寫範例可參考中華郵政全球資訊網（https://www.post.gov.tw/post/internet/Postal/index.jsp?ID=21001與https://www.post.gov.tw/post/internet/Postal/index.jsp?ID=21002）。不論直式、橫式，皆包含三部分：

㈠受信人地址

㈡受信人姓名、稱呼、啓封詞

㈢發信人地址、姓名

書寫時務須注意兩種地址之位置不可弄錯。直式信封受信人地址第一字不可超過框內欄第一字（通常是「姓」）；地址如有受信人之服務機關或公司行號，必須抬頭，另行書寫，與框內欄第一字同高或稍低。

另外，「受信人姓名、稱呼」係發信人對郵差（陌生外人）所說，而非發信人對受信人之稱呼。其約有四種寫法，如：

趙胖虎先生賜啓

趙胖虎醫師賜啓

趙醫師胖虎賜啓

趙醫師 胖虎 賜啓

其中，信封側書（寫小寫偏）以示尊敬，只能用在受信人之「名」，且須依「姓、職務、名」之順序組合。

常用之啓封詞列舉如下，可注意其中決無「敬啓」一種，若使用「敬啓」，殆爲嚴重之錯誤：

對長輩	「福啓」：用於祖父輩的親戚。 「安啓」：用於父輩的親戚。 「鈞啓」：用於直接、有地位之長輩、長官、上級。 「道啓」：用於老師、出家僧人、道士或道德學問極高之人。 「賜啓」：用於普通長輩。
對平輩	「勛啓」：用於有功勛地位、服公職之平輩（或長輩）。 「台啓」：用於普通平輩。 「大啓」：用於任何平輩。 「文啓」：用於執文教業的平輩。
對晚輩	「收啓」：用於晚輩。
其他	「親啓」：不論長、平、晚輩，要收信人親自拆閱時用。但因具命令性，除涉及機密外，宜少用。 「芳啓」：用於女士。 「禮啓」：用於居喪之人。 「素啓」：用於居喪之人。 「公啓」：用於機關團體、公司行號。

茲虛擬一信封之例供參。

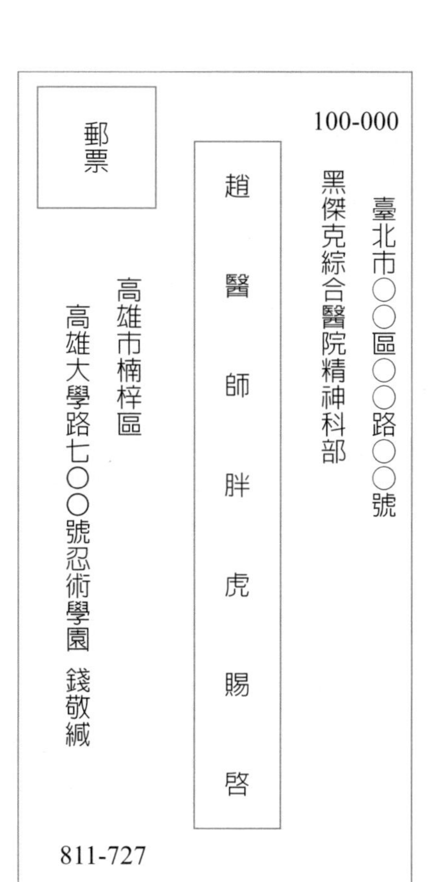

二、箋文

現今箋文內容省去傳統俗套，最爲簡便可行之作法主要包括：

(一)稱謂

係對受信人之稱呼，在信箋第一行最高位置書寫。寫法爲「名（字號）＋公職位＋私關係＋尊詞」，如「國強校長吾師大人」。宜依實際狀況，省略其中部分，一般只需使用其中一、二成分，並非都要四者全備。而傳統上稱名不敬，故今亦可採「姓＋公職位」、「姓＋私關係」、「姓＋尊詞」之方式。

(二)提稱語

係請受信人察閱箋文之語，應緊接稱謂書寫，下加冒號。依對方身分、職業等等，可有很多不同之專屬用語。現行書信大多可予省略，或者對長輩、平輩改代以「您好」，對平輩、晚輩改代以「你好」。常見之提稱語如下：

對「祖父母、父母」	膝下、膝前
對「其他長輩」	尊前、尊鑒、賜鑒、鈞鑒、崇鑒、尊右、侍右、勛鑒
對「老師」	函丈、壇席、講座、尊前、尊鑒、道鑒
對「平輩」	台鑒、大鑒、惠鑒、左右、足下
對「晚輩」	青鑒、青覽、英覽、如晤、如握、如面、收覽、知悉、知之、鑒

(三)正文

述說正事時，可視狀況於其前後，酌加客套話或應酬語，更富情意或敬意，避免文氣突兀。基本上，一般文章寫得好，正文方能寫得好，而其與一般文章不同處，尤在針對事情，條理清楚，使人明白意思；用語視乎對象，切合彼此身分地位，注意禮貌與風度；字跡端正，標點正確，避免錯別字與過多塗改。行文中，可使用「抬頭」以示尊敬，常用者爲「挪抬」（空一格書寫）與「平抬」（換行且與開頭稱謂等高書寫）。

(四)結尾敬語

係箋文結束時向受信人表示禮貌，包括「敬語」和「問候語」。敬語可省略不寫，大概對長輩用「敬此」或「謹此」之類即可；而問候語中之祝福語則須平抬。傳統問候語大抵依對方身分、職業、狀況等等，有固定詞語可資選用（如對師長用「敬請□道安、恭請□誨安」，其他請自行參考應用文書籍或網路）。今日除非是公務文件或對方性格古板，否則可不套用，改以日常語彙或發揮創意，比如健康快樂、福慧增長、有個愉快的假期等等。

(五)自稱、署名、末啓詞

自稱與署名之高度以不超過信箋二分之一爲原則。自稱依相互關係而定，箋文直書時側右略小以示謙遜，橫寫時亦宜縮小。關係親近者署名不必寫姓。對平輩或晚輩，自稱與署名有時可略其一，末啓詞亦可省略。常用之末啓詞如下：

對「(祖)父母」	敬稟、叩稟、謹叩、叩上
對「其他長輩」	謹上、敬上、拜上、謹肅、鞠躬
對「平輩」	謹啓、敬啓、拜啓、頓首
對「晚輩」	手書、手示、手諭、字、示、草、手啓、手泐

(六)寫信日期

信末須寫上日期，日後易於查證、參考或回想。

茲擬一箋文之例供參。

> 趙醫師崇鑒：
>
> 素仰　先生專精於精神醫學與心理諮商領域，蜚聲杏林，更且投身公益講座，宣導衛教不遺餘力，令人感佩！

近年科技日新與商業蓬勃，網路資訊及電玩遊戲五光十色，致使本校學生頗有沉溺於虛擬世界者，因而荒廢課業、損害健康、疏離人際。故欲邀請　先生蒞臨本校，為師生講演網路成癮之相關知能，以助學子遠離其危害，邁向光明之人生坦途。

至於演講費與具體日期、地點、時間、題目等等細節，皆可再予商定。若有任何問題歡迎來信，亦可逕洽本組電話07-000000。不知　尊意如何？千祈

賜覆，恭候佳音。謹此，敬請

春安

忍術學園諮商輔導組組長　錢小夫敬上

一一一年二月八日

林于盛老師　編撰

I 書房選文

《紅樓夢》選

清・曹雪芹

正文

第四十一回　賈寶玉品茶櫳翠庵　劉姥姥醉臥怡紅院（節選）

話說劉姥姥兩隻手比著說道：「花兒落了結個大倭瓜。」眾人聽了，鬨堂大笑起來。於是吃過門杯[1]，因又鬥趣，笑道：「今兒實說罷，我的手腳子粗，又

1 門杯：酒席時，在每人面前各擺上一杯酒。

喝了酒，仔細失手打了這磁杯，有木頭的杯取個來，我就失了手，掉了地下也無礙。」眾人聽了，又笑起來。鳳姐兒聽如此說，便忙笑道：「果眞要木頭的，我就取了來，可有一句話先說下，這木頭的可比不得磁的，它都是一套，定要吃偏一套纔算呢。」

劉姥姥聽了，心下敁掇[2]道：「我方纔不過是趣話取笑兒，誰知他果眞竟有。我時常在鄉紳大家也赴過席，金杯銀杯倒都也見過，從沒見過有木頭杯的。哦！是了！想必是小孩子們使的木碗兒，不過誆我多喝兩碗。別管它，橫豎這酒蜜水兒似的，多喝點子也無妨。」想畢，便說：「取來再商量。」

鳳姐乃命豐兒：「前面裏間書架子上有十個竹根套杯，取來。」豐兒聽了，纔要去取。鴛鴦笑道：「我知道，你那十個杯還小。況且你纔說木頭的，這會子又拿了竹根的來，倒不好看，不如把我們那裏的黃楊根子整刓[3]的十個大套杯拿來，灌他十下子。」鳳姐兒笑道：「更好了。」

鴛鴦果命人取來。劉姥姥一看，又驚又喜，驚的是一連十個挨次大小分下來，那大的足足的像個小盆子，極小的還有手裏的杯子兩個大。喜的是雕鏤奇

2 敁掇：本意為以手估測物體重量，後常引申用於在心中衡量事態的情況。敁掇，音˙ㄉㄧㄢ ㄉㄨㄛ。

3 刓：刻削、雕鏤之意。刓，音ㄨㄢˊ。

絕，一色山水樹木人物，並有草字以及圖印。因忙說道：「拿了那小的來就是了。」鳳姐兒笑道：「這個杯沒有這大量的，所以沒人敢使他。姥姥既要，好容易找出來，必定要挨次吃一遍纔使得。」劉姥姥嚇的忙道：「這個不敢！好姑奶奶，饒了我罷！」賈母、薛姨媽、王夫人知道他有年紀的人，禁不起，忙笑道：「說是說，笑是笑，不可多吃了，只吃這頭一杯罷！」劉姥姥道：「阿彌陀佛！我還是小杯吃罷，把這大杯收著，我帶了家去，慢慢的吃罷。」說的眾人又笑起來。

鴛鴦無法，只得命人滿斟了一大杯。劉姥姥兩手捧著喝。賈母、薛姨媽都道：「慢些！別嗆了。」薛姨媽又命鳳姐兒佈個菜兒。鳳姐兒笑道：「姥姥要吃什麼，說出名兒來，我夾了喂你。」劉姥姥道：「我知道什麼名兒，樣樣都是好的。」賈母笑道：「把茄鯗[4]來些喂他。」鳳姐兒聽說，依言夾些茄鯗，送入劉姥姥口中。因笑道：「你們天天吃茄子，也嚐嚐我們這茄子弄的可口不可口。」劉姥姥笑道：「別哄我了！茄子跑出這個味兒來了，我們也不用種糧食，只種茄子了。」眾人笑道：「真是茄子，我們再不哄你。」劉姥姥詫異道：「真是茄

4 茄鯗：按文意應是以茄子與魚乾料理而成，或即今日的魚香茄子這道菜；但因為料理方式傳承有別，也不一定都加入魚乾。鯗，音ㄒㄧㄤˇ，魚乾。

子？我白吃了半日！姑奶奶，再喂我些，這一口，細嚼嚼。」鳳姐兒果又夾了些放入他口內。劉姥姥細嚼了半日，笑道：「雖有一點茄子香，只是還不像是茄子。告訴我是什麼法子弄，我也弄著吃去。」鳳姐兒笑道：「這也不難。你把纔下來的茄子，把皮鐋了，只要淨肉，切成碎釘子，用雞油炸了；再用雞肉脯子合香菌、新筍、蘑菇、五香豆腐乾子、各色乾菓子，都切成釘兒，拿雞湯煨乾了，拿香油一收，外加糟油一拌，盛在磁罐子裏封嚴了。要吃的時候兒拿出來，用炒的雞瓜子一拌就是了。」劉姥姥聽了，搖頭吐舌說：「我的佛祖！倒得多少隻雞配他？怪道這個味兒！」一面笑，一面慢慢的吃完了酒，還只管細玩那杯子。

鳳姐兒笑道：「還不足興！再吃一杯罷！」劉姥姥忙道：「了不得！那就醉死了！我因爲愛這樣兒好看，虧他怎麼做來著！」鴛鴦笑道：「酒喝完了，到底這杯子是什麼木頭的？」劉姥姥笑道：「怨不得姑娘不認得，你們在這金門繡戶[5]裡，哪裡認的木頭？我們成日家和樹林子做街坊，睏了枕著他睡，乏了靠著他坐，荒年間餓了還吃他；眼睛裏天天見他，耳朵裏天天聽他，嘴兒裏天天說他。所以好歹眞假，我是認得的，讓我認認。」一面說，一面細細端詳了半日，道：「你們這樣人家，斷沒有那賤東西。那容易得的木頭，你們也不收著了。

5 金門繡戶：富貴人家。

我掂著這麼體沉[6]，這再不是楊木，一定是黃松做的。」眾人聽了，鬨堂大笑起來。

只見一個婆子走來請問賈母說：「姑娘們都到了藕香榭。請示下：就演罷，還是再等一會兒呢？」賈母忙笑道：「可是倒忘了，就叫他們演罷！」那個婆子答應去了。不一時，只聽得簫管悠揚，笙笛並發。正值風清氣爽之時，那樂聲穿林度水而來，自然使人神怡心曠。寶玉先禁不住，拿起壺來斟了一杯，一口飲盡，復又斟上；纔要飲，只見王夫人也要飲，命人換暖酒，寶玉連忙將自己的杯捧了過來，送到王夫人口邊，王夫人便就他手內吃了兩口。一時，暖酒來了，寶玉仍歸舊坐。王夫人提了暖壺下席來，眾人都出了席，薛姨媽也站起來。賈母忙命李、鳳二人接過壺來：「讓你姑媽坐了，大家纔便。」王夫人見如此說，方將壺遞與鳳姐兒，自己歸坐。賈母笑道：「大家吃上兩杯，今日實在有趣！」說著，擎杯讓薛姨媽，又向湘雲、寶釵道：「你姐妹兩個也吃一杯。你林妹妹不大會吃，也別饒他。」說著，自己也乾了。湘雲、寶釵、黛玉也都吃了。

當下劉姥姥聽見這般音樂，且又有了酒，越發喜的手舞足蹈起來。寶玉因下席，過來向黛玉笑道：「你瞧劉姥姥的樣子。」黛玉笑道：「當日聖樂一奏，百

6 體沉：物體富有重量感。

獸率舞，如今纔一牛耳。」眾姐妹都笑了。

須臾樂止，薛姨媽笑道：「大家的酒也都有了，且出去散散再坐罷。」賈母也正要散散，於是大家出席，都隨著賈母遊玩。賈母因要帶著劉姥姥散悶，遂攜了劉姥姥至山前樹下盤桓了半晌，又說與他這是什麼樹，這是什麼石，這是什麼花。劉姥姥一一領會，又向賈母道：「誰知城裏不但人尊貴，連雀兒也是尊貴的。偏這雀兒到了你們這裏，他也變俊了，也會說話了。」眾人不解，因問：「什麼雀兒變俊了，會說話？」劉姥姥道：「那廊上金架子上站的綠毛紅嘴是鸚哥兒，我是認得的。那籠子裏的黑老鴰子[7]，又長出鳳頭兒[8]來，也會說話呢！」眾人聽了，又都笑起來。

一時，只見丫頭們來請用點心。賈母道：「吃了兩杯酒，倒也不餓。也罷，就拿了來這裏，大家隨便吃些罷。」丫頭聽說，便去抬了兩張几來，又端了兩個小捧盒來。揭開看時，每個盒內兩樣。這盒內是兩樣蒸食：一樣是藕粉桂花糖糕，一樣是松瓤鵝油捲。那盒內是兩樣炸的：一樣是只有一寸來大的小餃兒。賈母因問：「什麼餡子？」婆子們忙回：「是螃蟹的。」賈母聽了，皺眉說道：

7 黑老鴰子：烏鴉的俗稱。鴰，音ㄍㄨㄚ。

8 鳳頭兒：鳥類頭上的羽冠。

「這會子油膩膩的，誰吃這個？」又看那一樣，是奶油炸的各色小麵菓子，也不喜歡。因讓薛姨媽吃，薛姨媽只揀了一塊糕；賈母揀了一個捲子，只嚐了一嚐，剩的半個，遞與丫頭了。

劉姥姥因見那小麵菓子都玲瓏剔透，各式各樣，又揀了一朵牡丹花樣的，笑道：「我們鄉裏最巧的姐兒們，剪子也不能鉸出這麼個紙的來！我又愛吃，又捨不得吃！包些家去給他們做花樣子去倒好。」眾人都笑了。賈母笑道：「家去我送你一磁罈子，你先趁熱吃罷。」別人不過揀各人愛吃的揀了一兩樣就算了，劉姥姥原不曾吃過這些東西，且都做的小巧，不顯堆垛[9]兒，他和板兒每樣吃了些個，就去了半盤子。剩的，鳳姐又命攢了兩盤，並一個攢盒，與文官等吃去。

忽見奶子抱了大姐兒來，大家哄他玩了一會，那大姐兒因抱著一個大柚子玩，忽見板兒抱著一個佛手，大姐便要，丫鬟哄他取去，大姐兒等不得，便哭了。眾人忙把柚子給了板兒，將板兒的佛手哄過來給他纔罷。那板兒因玩了半日佛手，此刻又兩手抓著些果子吃，又見這個柚子又香又圓，更覺好玩，且當球踢著玩去，也就不要佛手了。

當下賈母等吃過了茶，又帶了劉姥姥至櫳翠庵來。妙玉相迎進去。眾人至

9 堆垛：堆積，堆砌。

院中，見花木繁盛。賈母笑道：「到底是他們修行的人沒事，常常修理，比別處越發好看！」一面說，一面便往東禪堂來。妙玉笑往裏讓。賈母道：「我們纔都吃了酒肉，你這裏頭有菩薩，沖了罪過。我們這裏坐坐，把你的好茶拿來，我們吃一杯就去了。」寶玉留神看他是怎麼行事。只見妙玉親自捧了一個海棠花式雕漆填金雲龍獻壽的小茶盤，裏面放一個成窯[10]五彩小蓋鍾，捧與賈母。賈母道：「我不吃六安茶[11]。」妙玉笑說：「知道。這是『老君眉[12]』。」賈母接了，又問：「是什麼水？」妙玉道：「是舊年蠲[13]的雨水。」賈母便吃了半盞，笑著遞與劉姥姥，說：「你嚐嚐這個茶。」劉姥姥便一口吃盡，笑道：「好是好，就是淡些，再熬濃些更好了。」賈母眾人都笑起來。然後眾人都是一色的官窯脫胎填白蓋碗。

那妙玉便把寶釵、黛玉的衣襟一拉，二人隨他出去。寶玉悄悄的隨後跟了

10 成窯：明代成化年間官窯燒製的瓷器，成品中最名貴的為小件與五彩。

11 六安茶：清代貢茶；是一種未經過熟製的生茶，產於長江以北、合肥以西的六安一帶。一般認為不利脾胃虛弱，或也不大適合老年人飲用。

12 葉形似眉，為發酵或半發酵熟茶，茶湯色金黃透亮、香氣清純，飲之有消食解膩的效果，產自福建省武夷山一帶。

13 蠲：本意為免除、去除，這裡應該是積存之後剩下的。蠲，音ㄐㄩㄢ。

來。只見妙玉讓他二人在耳房內，寶釵便坐在榻上，黛玉便坐在妙玉的蒲團上。妙玉自向風爐上煽滾了水，另泡了一壺茶。寶玉便走了進來，笑道：「偏你們吃體己茶呢！」二人都笑道：「你又趕了來趁[14]茶吃？這裏並沒你吃的。」妙玉剛要去取杯，只見道婆收了上面茶盞來。妙玉忙命：「將那成窯的茶杯別收了，擱在外頭去罷。」寶玉會意，知爲劉姥姥吃了，他嫌腌臢，不要了。又見妙玉另拿出兩隻杯來，一個旁邊有一耳，杯上鐫著「𤓰瓟斝[15]」三個隸字，後有一行小眞字，是「晉王愷珍玩」；又有「宋元豐五年四月眉山蘇軾見於秘府」一行小字。妙玉斟了一斝遞與寶釵。那一隻形似缽而小，也有三個垂珠篆字，鐫著「點犀盉[16]」，妙玉斟了一盉與黛玉，仍將前番自己常日吃茶的那隻綠玉斗來斟與寶玉。寶玉笑道：「常言『世法平等』，他兩個就用那樣古玩奇珍，我就是個俗器了？」妙玉道：「這是俗器？不是我說狂話，只怕你家裏未必找的出這麼一個俗器來呢！」寶玉笑道：「俗語說『隨鄉入鄉』，到了你這裏，自然把這金珠玉寶一概貶爲俗器了。」

14 趁：即現在流行的蹭，即未得對方同意前即自以為是使用其所有物或權利。
15 𤓰瓟斝：葫蘆製的仿銅酒器。𤓰瓟斝，音ㄅㄢ ㄆㄠˊ ㄐㄧㄚˇ。
16 盉：碗一類的容器。盉，音ㄑㄧㄠˊ。

妙玉聽如此說，十分歡喜，遂又尋出一隻九曲十環，一百二十節，蟠虬整雕竹根的一個大盞[17]出來，笑道：「就剩了這一個。你可吃的了這一海？」寶玉喜的忙道：「吃的了。」妙玉笑道：「你雖吃的了，也沒這些茶你糟蹋！豈不聞『一杯爲品，二杯即是解渴的蠢物，三杯便是飲驢』了？你吃這一海，更成什麼？」說的寶釵、黛玉、寶玉都笑了。妙玉執壺，只向海內斟了約有一杯，寶玉細細吃了，果覺輕醇無比，賞讚不絕。妙玉正色道：「你這遭吃茶是託他兩個的福，獨你來了，我是不能給你吃的。」寶玉笑道：「我深知道！我也不領你的情，只謝他二人便了。」妙玉聽了，方說：「這話明白。」

黛玉因問：「這也是舊年的雨水？」妙玉冷笑道：「你這麼個人，竟是大俗人，連水也嘗不出來！這是五年前我在玄墓蟠香寺[18]住著收的梅花上的雪，統共得了那一鬼臉青[19]的花甕一甕，總捨不得吃，埋在地下，今年夏天纔開了。我只吃過一回，這是第二回了。你怎麼嚐不出來？隔年蠲的雨水，哪有這樣清醇？如何吃得？」

17 盞：淺杯。盞，音ㄓㄢˇ。
18 玄墓蟠香寺：妙玉出家處，在鄧尉山北峰妙高峰。
19 鬼臉青：宋、元時鈞窯窯變釉瓷器，因燒製時溫度控制及釉料厚薄問題，常呈五顏六色；瓷器上的斑塊有如鬼臉一般，得名即由此而來。

寶釵知他天性怪僻，不好多話，亦不好多坐，吃過茶，便約著黛玉走了出來。寶玉和妙玉陪笑說道：「那茶杯雖然腌臢了，白撩了豈不可惜？依我說，不如就給了那貧婆子罷？他賣了也可以度日。你說使得麼？」妙玉聽了，想了一想，點頭說道：「這也罷了。幸而那杯子是我沒吃過的；若是我吃過的，我就砸碎了也不能給他。你要給他，我也不管。你只繳給他，快拿了去罷。」寶玉道：「自然如此。你哪裏和他說話去？越發連你都腌臢了。只繳與我就是了。」

妙玉便命人拿來，遞與寶玉。寶玉接了，又道：「等我們出去了，我叫幾個小么兒來，河裏打幾桶水來洗地如何？」妙玉笑道：「這更好了。只是你囑咐他們，抬了水，只擱在山門外頭牆根下，別進門來。」寶玉道：「這是自然的。」說著，便袖著那杯，遞與賈母房中的小丫頭子拿著，說：「明日劉姥姥家去，給他帶去罷。」交代明白，賈母已經出來要回去，妙玉亦不甚留，送出山門，回身便將門閉了。不在話下。

導引與賞析

《紅樓夢》是曹雪芹創作於清代的長篇章回小說，本文選自第四十一回。該書故事從女媧補天剩下的一塊石頭開啓，因此也名《石頭記》，別名尚有《情僧錄》、《風月寶鑑》、《金陵十二釵》。現流傳的通行本爲一百二十回，一般認爲前八十回來自作者未寫畢的舊稿，後四十回則是程偉元蒐得《紅樓夢》殘稿，經高鶚手補綴整理而成，但學界對此猶有部分爭議未決。

魯迅評《紅樓夢》時曾說：「一部《紅樓夢》，經學家看見《易》，道學家看見淫，才子看見纏綿，革命家看見排滿，流言家看見宮闈祕事。」已經爲《紅樓夢》這部小說豐富而多元的內容下了很好的註腳，事實上，環繞著《紅樓夢》這本書的各式主題研究，很大一部分就是建立在這樣的基礎上；但在此同時，這種可能性也同樣指出了在閱讀活動進行時，讀者觀點及閱讀角度等各種先在預設，其實都可能早已經對於文本的解讀預設了各種偏見、誤讀。

但無論對於該小說的解釋上存在多大的模糊空間以及誤區，《紅樓夢》裡各個章節層出不窮的飲食活動，恐怕在閱讀該作品時是很難視而不見的？在《孟子．告子上》裡告子曾提醒過我們：「食色，性也。」按照魯迅先生的邏輯，在面對《紅樓夢》裡近兩百種各式特色美食、飲品時，讀者既身爲天生的美食家，閱讀時滿眼又盡是令人目不暇給的美食，或者也該是近於本性而已？

《紅樓夢》爲章回體巨製，節選雖是幫助理解長篇的一種方法，不免容易流於以偏概全、以管窺天之憾。但劉姥姥一角在小說中零星的幾次出場，恰巧見證了賈府由盛轉衰的歷程，對於小說內容與結構的推動頗具點睛之妙，作爲選讀篇章的重要意義不言而喻。其中第四十一回「賈寶玉品茶櫳翠庵　劉姥姥醉臥怡紅院」，透過劉姥姥此番進賈府所遇見的種種，作者精心安排了各式美味佳餚、精緻飲品與名貴食器先後出場，又巧妙以劉姥姥和賈府不同角色之間的互動關係，極盡細膩的予以鋪陳，其費心描繪表現出的正是賈府極盛之貌；惟水滿則溢，細心的讀者，當也不難預料，這或許也是小說的劇情轉折的關鍵伏筆。當然，對於這些細節所隱含深意的推敲，以一部情節豐富細緻的長篇小說而言，只選其中的幾回來研讀，恐怕稍嫌不足；希望透過本章節的節選與引導，能有對《紅樓夢》小說感到興趣的人，進一步對該小說進行更全面性的閱讀。

【問題與表達】

一、本文所提到的「茄鮝」，是《紅樓夢》一書中將作法描述得最詳細，也最廣為人知的一道菜，後人復刻該書美食的各式宴席中也經常出現；有沒有哪一道菜，你自己就會做或者是曾經品嚐過，可以透過一篇短文試著描述出品嚐心得嗎？

二、飲食的本質在求溫飽，但是實際上卻因為每個人所處的地域、文化、社會背景不同，以及貧富、階級等差異，以至於產生各種天差地別的飲食習慣，其中包括了各種珍稀食材、飲食忌諱、料理方式等，本文即以貧富差距對於飲食的不同理解作為其中一條敘述主軸。請問，你可知道有什麼食材、料理，即便在今日裡也與貧富階級有著強烈的關聯感？對於這樣的差異，你有些怎樣的想法？

三、如果你是劉姥姥？親身經歷過本文描述的境遇之後，對於身邊人、事、物之間的互動及理解，可有什麼新的想法與體悟？

陳猷青老師　編撰

〈那一碗苦甜什錦麵〉

吳念真

正文

大概是遺傳了媽媽的基因吧，過了五十五歲之後，我也開始慢慢失去嗅覺，一如她當年。

沒嗅覺，不說旁人不知道，唯獨自己清楚，身體接受「感覺」的某一根天線已經硬生生地被折斷。

從此，你聞不到夏天西北雨剛落時，空氣裡濃烈的泥土氣味，聞不到草地剛割的清新，當然更聞不到夏秋交替時，涼風裡那種隱約的哀愁。

沒嗅覺，最大的失落在於日常吃喝，因爲色、香、味少了中間那個重要的樞紐。

比如青蔥與韭黃、菠菜和芥藍，各自的氣味不一樣，可是入口之後對我來說卻沒什麼不同，唯一的感覺是老或嫩、鹹或淡。喝茶、喝咖啡也只成了單純的提神需求或習慣，因爲無論平價或極品，喝進嘴裡都只剩下熱或涼，苦或甘。

有人說，生理上哪一部分有缺陷，另一部分的功能就會自動補強，比如失明的人聽覺就特別敏銳（想起一部日本的老電影《盲劍客》），或者鼻子特別靈（又想起另一部電影，艾爾帕西諾的《女人香》）。

累積幾年「失聞」的經驗，發現上帝眞的公平，拿走你身上某一部分功能的同時，眞的會補上另一部分給你。

一碗「照起工[1]」的什錦麵

沒了嗅覺之後，祂補償我的是「記憶」，祂讓我從過往某些情境裡去拼湊或還原食物原有、應有的氣味和感覺。舉個例，說說大家都熟悉的什錦麵。

人生對什錦麵的第一個印象，是五十幾年前，九份昇平戲院旁邊的老麵攤。那時候九份正繁盛，村子裡的礦工們三不五時會相約去那兒稍作「解放」。父親和他的朋友們習慣看完電影之後在隔壁的麵攤吃碗什錦麵，然後續攤去小酒家喝酒尋樂。

麵攤樸素、雅氣，沒招牌，不過好像也多餘，因爲終年冒著白煙和香氣的高

1 照起工：閩南語詞彙。按部就班、照規矩做事的意思，常引申為老實誠懇行為。

湯鍋，加上掛在「見本櫥[2]」上頭那把白綠分明的青蔥，讓人一聞、一看就難忍飢餓。

老麵攤的什錦麵很有名，因爲「照起工」。老闆是這樣煮的：厚切豬肉、豬肝各兩片，魚板一片，蝦子兩隻，蝦殼下鍋前才現剝，不過保留尾巴最後一截的殼。油熱之後落蔥段爆香，下作料快速翻炒幾下即澆入熱騰騰的大骨高湯。湯稍滾就把作料撈起，放一旁讓餘熱逼熟，接著下油麵和豆芽，湯滾調味試鹹淡，麵、湯盛碗之後才把原先撈起的作料細心地擺在上頭。

現在想起來，上桌的什錦麵根本就是個藝術創作。淡黃的油麵上依序擺著白色的肉片、帶花的魚板以及顏色厚重的豬肝，而旁邊則是身體淡紅而殼和尾巴呈現深紅色的蝦，淡綠的蔥段則在麵裡怯怯地冒出頭來當點綴。

冒煙的大碗旁擱上一個土色的小碟子，裡頭裝的是蘸作料的醬油膏。老闆一聲「趁燒[3]」之後大家開始吃，先喝湯，一片嘖嘖聲，或許是湯頭鮮

2 見本：來自日語外來語源的閩南語詞彙，樣品的意思。見本櫥，意謂樣品的展示櫃。
3 趁燒：閩南語詞彙。趁熱、趁新鮮食用的意思。

又燙，更有可能是讚嘆。然後一口作料兩口麵，除了咻咻的吸麵聲之外沒有人交談，整個畫面有如一種儀式，那頭師傅煮得虔敬，這邊客人吃得感恩。

父親是業餘的「總鋪師[4]」，極挑嘴，聽他說才知道那些細節都有必要，比如豬肉、豬肝一定要厚切，才不會一下鍋就老。蝦子留尾巴「色水[5]」才好看。配菜只用豆芽是因爲它有口感而沒雜色、沒雜味，不欺不搶主角的光彩。

要死，也要先吃一頓飽

礦業衰落之後，生活難，父親連九份都少去了，更別說什麼什錦麵，即便去，也不是去解放，而是家裡有急需，拿東西去典當。其實家裡少數有典當價值的也就他手上那只精工錶。

有一年我中耳炎，硬拖幾天後，不但發燒，連走路都失平衡。父親下工後拿牙膏磨錶面，說：「帶你去九份看醫生。磨錶面是爲了讓錶看起來新，能當多一點錢。」

4 總鋪師：臺灣餐飲業的一種職稱，外燴服務時的掌廚廚師。。
5 色水：閩南語常用詞彙。即顏色、氣味。

那個傍晚我等在當鋪外，卻聽見裡頭有爭吵聲。沒多久父親走出來，臉色鐵青，一邊套著手錶一邊朝裡頭罵，說：「我是押東西跟你周轉，又不是乞丐討錢不還，你講話不必這麼侮辱人！」

之後父親沒帶我去看醫生，而是帶我去麵攤，叫了兩碗什錦麵。我看著他，心裡想：有錢嗎？父親好像看懂我意思，低聲說：「要死，也要先吃一頓飽。」

那天我們吃得安靜，一如往昔。

記得父親把肉和豬肝往我碗裡夾，大口吃完麵，然後點起菸，抬頭時，我看到的是他模糊的臉。

回程時天很暗了，父親走在我後面，一路沉默，好久之後才聽見他說：「回去……我們用虎耳草[6]絞汁灌灌看……可能會很痛……你要忍一忍。」

這之後到現在，走遍臺灣各地，我好像再也沒吃過一碗及格的什錦麵，無論是色水、氣味或是氛圍。

6 虎耳草：臺灣常見景觀植物，原生於中國、日本。傳統藥用於治療中耳炎、下痢、水腫等疾病。

導引與賞析

吳念眞（一九五二年～），臺灣新北市人，本名吳文欽，著名導演、演員、編劇、劇場工作者、作詞人、小說家，是身分很多元的創作者。他的作品，並不刻意於文字雕琢，但極擅於表達人與土地、人與人之間的情感連結；不少他從小在礦村生活時熟識的叔伯阿姨、左鄰右舍，以及後來到臺北與臺灣各地討生活時遇到的朋友們，幾乎一點一滴全都融入了他的小說和劇本中。

本文選自吳念眞《念念時光眞味》一書，雖然書寫的故事仍是來自於成長經驗，有著「臺灣最會說故事的歐吉桑」桂冠的他，這次書寫的是他自己的故事，在字裡行間他刻劃的是過往的人生，但文中流露出的卻是一種時代的共同眼淚，或許這也是很多臺灣人記憶中的眞切情感滋味吧？

視覺、聽覺、味覺、嗅覺與觸覺等五感，是人與天地萬物接觸互動時所以能表述、形容的媒介，也是我們透過文字描述能大致看得懂另一個人感受之所以可能的基礎；即使中年以後失去「嗅覺」的作者，提到他感覺一種食物的色、香、味是缺失的，卻幸運的仍可靠著深刻的「記憶」進行相關印象的拼湊、組合，來還原食物應有的氣味感覺。但記憶裡所遺留的印象，之所以能以文字傳達給另一個人，實際上還是得透過感官經驗，最多，再加上與這些記憶片段密切關聯的情境。因此，作者文中所謂的「走遍臺灣各地，我好像再也沒吃過一碗及格的什錦麵，無論是色水、氣味或是氛圍」，恐怕什錦麵及格的標準，並不眞在於這碗麵的顏色、氣味、氛圍，而在於那已經不能再次重現的記憶情境。

作者年幼時，從事礦業的父輩們下工後，總是相約在有著「終年冒著白煙和香氣的高湯鍋」氣味、氛圍，九份昇平戲院旁那家「樸素、雅氣、沒招牌的」小麵攤，「解放」高壓又危險的工作壓力，但隨著礦業沒落，短暫的歡樂聚會也成爲奢侈而雲消霧散；但那裡的一碗什錦麵，依舊是後來貧病生活困境裡，無助的父親唯一能拿得出手安慰兒子的溫暖美食，身為「總鋪師」的父親應該是本著那是一碗「照起工」又解壓美味的心意，但他一定不知道，此後作者心中再無另一碗眞正及格的什錦麵，在父親將自己碗中的肉與豬肝夾入作者碗中那一刻，已註定這是印刻在作者心中深處無可重現情境。然而，這樣的世代與貧窮困境，確確實實是上一代臺灣人眞實足跡所共同走過的，要說是時代眼淚也無可厚非，雖然裡頭有淚，顯然亦有喜！

【問題與表達】

一、可以試著以一段文字（短文）描述任意一道菜的作法嗎？

二、文中這樣寫著：「生理上哪一部分有缺陷，另一部分的功能就會自動補強，比如失明的人聽覺就特別敏銳（想起一部日本的老電影《盲劍客》），或者鼻子特別靈（又想起另一部電影，艾爾帕西諾的《女人香》）。」在你的記憶中是否有任何一部作品，講的是關於某個生理上五感缺失的故事，可以分享一下這個故事嗎？如果可以，在分享之後也請嘗試分析一下故事中的主角，到底是透過怎樣的方式來描述他所理解的世界？

三、吳念真〈那一碗苦甜什錦麵〉裡的那一碗此生再也遇不見的及格什錦麵，一如朱自清曾經在〈背影〉一文中只在回憶裡存在的橘子，與作者透過食物緊緊相繫的另一端，其實都是父親這個角色表達得可能稍微顯得拙劣的情感。在我們的生活日常，離不開五穀雜糧、茶米油鹽，也離不開人與人之間的互動關係，在你成長的過程中，有沒有哪一道菜？一壺香茗、一杯醇酒？每當午夜夢迴時，時刻令你念茲在茲，它可能極其平凡，在大街小巷裡隨處可見，當然也可能是只屬於你且獨一無二，但它是什麼呢？透過它與你緊密相連的另一端，又是怎樣的一個（群）人？

陳猷青老師　編撰

〈蛤蜊的氣味〉

柯裕棻

正文

有這樣一種聲音，這樣一種味道，這樣一種場所，我決不錯識，我掩目遊走依舊瞭然於胸，我幾乎可以鐵口直斷那裡面一切的隱私與危難，直言無諱那爆裂或滌淨，那庸碌與勞動，那紛亂，那秩序，與傳承。

廚房。極其私密宛若魔術師的大箱子。赤手走進去，搖一搖，跑出一些原本不存在於那時空的物品，也許是薑絲蛤蜊湯，也可以是一盤蛤蜊義大利麵。廚房也極其危險，宛若魔術師的大箱子。身處其中，隨時有六把刀子的血光之災，也有一把火的焚身之虞，更有可能碎碎平安許多物品，使他們從那空間裡憑空消失。

廚房裡的活動多半不可遲疑，仰賴既快且準的刀法和火候，剔淨，割離，切斷，剁碎，拍軟，炒散，蒸透，燉爛。人說灶王爺是被派來觀察每戶人家的駐地單位，我總覺得他有點像是被下放前線，隨時得提防著被潑一身水，或被濺得滿臉油。我想像中，他是有點憊懶，油光滿面，身上淨是油煙味，無可奈何覥著臉笑，一肚子委屈和閒話，也難怪他回報天庭時非得嘗點甜頭封嘴不可。長年蹲在緊湊的廚房裡，水裡來火裡去，他說窺探到的生猛人世，應該和供在巍巍大堂裡的那些莊嚴的神祇大不相同吧。

我小時候很少進廚房，與那陰暗潮濕的小空間長期絕緣。這也許出自我母親的某一種不切實際的期盼，或者是她更深切的另一種疲憊使然，她會說：「妳還進來幹什麼？妳不知道女人在廚房裡已經幾千年了嗎？」母親將我與廚房的勞動做了明確的隔離，一方面是夢想的縱容，一方面是嚴厲的養成訓練。她始終處於一種亙古的兩難，她不希望女兒留在廚房裡，但她也不希望女兒離廚房太遠。

這一進一出拉扯的力量最後以太極的方法解決，母親控制火，我負責簡單的水。廚房不外乎水火。

因此，於我而言廚房一開始是個洗東西的地方，我除了洗米洗菜洗碗之外，不曾眞的學過任何一種進階烹調。我只玩水不碰火。

但母親喜歡我站在廚房邊看她做菜陪她說話，我們的對話總在排油煙機轟隆隆的聲音，菜葉快炒時清脆的爆裂聲中進行。鍋鏟刮過鼎鑊，大同電鍋熱切冒著白泡沫，剁雞鴨時砧板發出悶響，水龍頭的水俐落沖洗小白菜，大蒜在熱油裡刻不容緩地蹦跳著，而且，永遠有一小鍋生蛤蜊，泡在水裡，發出些微的腥味，總在幾分鐘之內變成薑絲蛤蜊湯。

母親的矛盾以及廚房的徵結，於是以一種極微妙的形態貯存在我的記憶裡，那是火的聲音和水的氣味。還有不可或缺的一幕景象—緊閉的蛤蜊靜靜地躺在水裡吐沙。

我的問題從蛤蜊開始。

它是我第一道學會的熱食。配料極簡，米酒，鹽，薑，蔥花，痲油。

我不知道爲什麼家裡固定要有薑絲蛤蜊湯。即使已經有了別的湯了，這薑絲蛤蜊湯也從不缺席，他的等級和米飯一樣不可或缺。晚餐有兩道湯可食幾乎被我視爲理所當然。因爲它如此密合於我的生活與記憶，長大後，我將之視爲感情的試紙，可以一起從鍋裡舀一杓薑絲蛤蜊湯來試濃淡的人，必定是眞心的人。

然而蛤蜊湯雖然簡便，蛤蜊卻是個難侍候的東西。狀態好，色澤豐美的健康蛤蜊，好好洗淨靜置，則吐沙的速度奇快，鍋中水的流動歷歷可見，旁觀者可以感到它們也和人一樣，想把悶積在肚子裡的沙粒清除，誰也不願磨出一顆眞珠。有些時候，蛤蜊們鬧脾氣，緊閉著殼不放，堅不吐沙，完全抵抗自來水和鐵刀，這時就得在冰箱裡鎭個一兩天。因此，我自幼對於「含沙射影」這個成語有個無法抹去的成見，以爲它若非指涉某種廚房動作，則必定是與貝類生物有所關聯。

更不能忘的是一些偶然的不測。蛤蜊自暴自棄地死了，大剌剌打開貝殼，露出一切的內容，並且散發腐敗、癱軟的異味，聞著像收攤後的傳統市場。這個令人神經質的味道簡直繞樑數日，它等於是廚房最黑暗最不堪的代表，蟑螂等輩都還不足以與之抗衡。這個味道每每直驅我對廚房最不能忍受的部分，那些匍匐的危險與錯誤，吞噬與嚼食的慾望，不能饜足的饕餮，周而復始的掏空與填滿，洗不完的碗和米，冬天凍裂的雙手。

蛤蜊提前死亡，來不及變成食物，更加點明它原來不只是食物的事實。

我始終覺得一道菜買回來不能立刻下鍋，而得養它一兩天，等它心情好了，髒東西吐淨了，只需三分鐘即可取其性命，眞是人心叵測。

後來，我離開了家到異地求學，如母親所期盼地完成所謂的將來。由於孤獨使然，離家那些年裡我竟然天天下廚，而且我竟然只喜歡做菜而不喜歡洗碗。我還是向火那一邊靠攏，怕了水。

我簡直是以廚房作爲離家的開端，我一度離得非常遠。我似乎一踏出家門就進入了廚房，就進入一個孤獨的魔術世界，我學會將許多物質與氣味召喚到世間，又讓許多物質與氣味消弭無蹤。我辛勤演練我的魔法，收集並修訂我的食譜，作菜除了殺時間之外，還可以將北國空闊的孤獨一併驅逐殆盡。因爲我最偏好曠日廢時的菜色，其中之一是必須把一切材料慢慢切成細絲的炒米粉。

那孤單的幾年我水火兼治，距離廚房最近，卻離家最遠。那些年裡我彷彿發現新的人生哲學，我從所繁瑣的泰式料理到細膩的上海小點都試過，川菜台菜如數家珍，各種異國風味的菜色如匈牙利雞、墨西哥牛肉湯、義大利迷迭香麵包和英式蜂蜜蛋糕都是家常練習，但是我從沒煮過薑絲蛤蜊湯。一次也沒有。它是一種家的指標，而我一心只想遠走高飛。

從國外回來之後，雖然不與母親同住，卻仍然感覺回到了家。我的廚藝旋即一日千里地退化到最原始的狀態，完全忘了北國幾年的烹飪狂熱。我一再演練的奢華的食譜煙化成一場五顏六色的夢。那些廚藝精湛的日子荒謬得像人生中一個莫名其妙的插曲，與其他的脈絡完全無關。

回來後武功盡廢，我竟然連一道菜也記不得。所有的步驟和密訣離我十分遙遠，一不小心我會以爲那是電視上看過的，而非自己眞的做過。我日常飲食依舊如少女時期一般簡便，嗜食統一超商的三角飯糰加養樂多，並以此怡然自得，水火無涉，而且我漸漸養成在平靜的廚房讀書的習慣。

可是現在我偶爾會煮薑絲蛤蜊湯，逛超市時見到好的蛤蜊，會因之駐足。

有一回，我打開冰箱查看前一天泡在水裡的生蛤蜊，卻發現有一些已經開口了。我將手伸進冰涼有腥味的水裡，撿起死了的幾顆。那些開口的蛤蜊散發可怕又熟悉的味道，並且一覽無遺攤開它們的內臟，柔軟乳白的心在水裡漂搖。

這灰敗可憎的氣味，我記得這樣清楚。它在我腳邊身旁嗅著竄著，跟著我，從幼年到現在。

我將殘存的蛤蜊在水龍頭下洗了又洗，直到那氣味淡去。我又洗了那容器，洗了水槽和流理台。我讓水嘩啦嘩啦地流，腥味不見了，可是我不斷聞見廚房的味道。那是水和洗碗精混合了食物的味道，像頑固的灶神盤踞在廚房裡，在不知哪個角落踱步。

我怎麼洗也不能把廚房的味道洗掉，我洗著洗著，突然確切感知自己的存在，而且每一件過往的事物如此貼近踏實，彷彿我向來都在這裡洗著一切，我幾乎記起今生所洗過的每一隻碗的花色，紋路，質感和缺口。我感覺到這流動的水味，和並不存在的火聲。我模糊想起做菜的留學生涯，一個人在廚房裡熱切操控著火，一個人靜靜吃掉，一個人洗碗。我說不清我究竟想避開什麼才那樣狂熱。我又想起我幼時多麼厭倦洗碗這種一成不變的勞務，我依稀看見老家滑溜的水槽。我想起薑絲蛤蜊湯，我想起母親。我於是有點兒明白了，沒有蛤蜊的廚房，就不算家。

蛤蜊張開它們的貝殼，我像水一樣被吸納，又如沙一般被吐出。

我感覺灶神在我身邊哈氣，這召喚往昔的氣味。他蹲在廚房裡等著的好戲，不外乎是這種時刻。人世裡不期然的交疊循環，有意無意的，混亂中的秩序，裂縫中的銜接，某些主題貫徹或演繹自我，某些詮釋他人。我用開水將死了的蛤蜊燙過，裝入塑膠袋綁緊，扔進垃圾桶。那氣味仍然游絲般浮著，我知道它很久都不會消失。我開啓爐火，預備煮一鍋湯。

導引與賞析

柯裕棻（一九六八年～），臺灣台東人，作家、大學教授。創作的主要類型爲散文與小說，其敘述方式表面上幾近淡雅，但非常擅於處理記憶、時間與空間等意象，且寫作手法極其細膩。常由女性視角與生活上的矛盾、衝突與自我覺醒等本質處切入敘事，平靜的文風裡潛藏著睿智、機鋒與批判，頗能發人深省，就像作者在《洪荒三疊》一書序言中曾寫下的：「常聽說因爲世上多的是謊言，眞實因而更可貴。但眞實的價值難道由謊言的多寡來衡量嗎？若此，謊言豈非眞實的貨幣？若此甚好，讓我虛構一整個世界來棄置這個代換式[1]。」

如將作者近乎置氣口吻的提問「眞實的價值難道由謊言的多寡來衡量嗎？」置入〈蛤蜊的氣味〉一文脈絡中討論，或許我們可以發現問句中的質疑，對作者而言似乎從來也不曾眞是疑問？其所書寫來自於「廚房」的記憶，早就牢牢地印刻在他眞實生命的最深處，而且在廚房裡，無論是爆裂與洗滌、庸碌與勞動，或者是關於紛亂、秩序、傳承，全都可以鐵口直斷且直言不諱。而廚房的氣味，始終以一種極爲堅定的姿態將作者緊緊纏繞，不離亦不棄。於是，當母親訓斥作者：「妳還進來幹什麼？妳不知道女人在廚房

1 柯裕棻，《洪荒三疊》（新北：印刻，二〇一三年），頁十一。

裡已經幾千年了嗎？」顯然，母親很清楚明白將女性與廚房綁定的數千年文化是粗暴無理的，但面對這一種「亙古的兩難」，母親也只是將作者與廚房的勞動「做了明確的隔離」，於是在不外水火兩元的廚房中，母親與作者分別負責火水各一端的工作；母親不讓作者參與火端烹飪等勞動，是一種縱容，也是對女性身分遭遇不公義的覺醒、對文化中粗暴內容的批判，而希望作者參與廚房中水端的洗滌等勞動，則是一種自主能力的養成訓練。

於是「亙古的兩難」被巧妙轉化了，女性之於廚房的關係不該只是無理的綁定，廚房被賦予的定義，更應該是透過人與某些食材的互動，然後將食材華麗轉變成為美味的空間。當作者負笈異國，當她在廚房水火兩元的關係中，由水這端往水火兼治偏移時，廚房的意義對於作者而言，或者已經不再是那將女性緊緊禁錮千年的牢籠？此時的綁定早已不再是一種批判，當薑絲蛤蜊湯的氣味再次瀰漫身旁，那是一種對於母親的思念，也是一種無論離家有多遠都能瞬間回到家的感覺。是不是也會有那麼一個短暫的時刻，你我也曾心中在心中有過同樣的悸動？幾乎脫口喊出「對！就是這一味！」一如作者「依稀看見老家滑溜的水槽。……想起薑絲蛤蜊湯，我想起母親。我於是有點兒明白了，沒有蛤蜊的廚房，就不算家。」

【問題與表達】

一、有沒有哪一道菜，當你返家逐漸靠近家門時，隨著腳步加快，心裡模模糊糊地出現它的影像，並且期待著等會肯定會在餐桌上的？或者，當你走進熟悉的餐館、夜市的前一刻，心中會突然出現它的樣子，滿心期待與它邂逅？它會是什麼，你又是為何如此期待著？

二、廚房，是水與火交融的戰場，也是滿足每一個家庭成員口腹之慾的夢工廠；與你最熟悉的廚房是哪一個？掌廚的人是誰？說說你與廚房的連結，除了滿足食慾之外，還有沒有其他的什麼呢？

三、身為作家，同時也是現代女性主義先驅的維吉尼亞‧吳爾芙（Virginia Woolf 1882-1941）在《自己的房間》（*A Room of One's Own*）一書中提到「女性若是想要寫作，一定要有錢和自己的房間」，其實不只是「寫作」，傳統家庭中的女性（尤其是母親的角色）在家庭中往往並沒有真正屬於自己的空間，或者被錯誤的認定與廚房的關係：本文中作者有過這樣的描述「母親將我與廚房的勞動做了明確的隔離，一方面是夢想的縱容，一方面是嚴厲的養成訓練。她始終處於一種亙古的兩難，她不希望女兒留在廚房裡，但她也不希望女兒離廚房太遠。」你覺得與吳爾芙的想法與作者母親可有近似的地方？或者作者母親想要表達的想法可能是什麼？

陳猷青老師　編撰

進階Ｉ書房

1. **梁實秋**《雅舍談吃》
談吃，以食材爲名；文字淺白質樸，卻深埋濃厚的鄉愁餘韻與故交情懷。

2. **簡媜**〈肉慾廚房〉
忠實記錄人與食物間的超友誼關係。廚房，也是可以活得氣氣派派的世界！

3. **唐魯孫**《唐魯孫談吃》、《天下味》
飲饌典故嫻熟、博學多聞，對前清世家奇珍百味如數家珍，於臺灣流行的各省小吃與美味，亦頗有許多獨到見解。

4. **林文月**《飲膳札記》
膳飲的記憶，是每一道菜由無到有的成形細節，與生命中親歷的親情、師恩、友情交織融合。細品美味，亦細品人生。

5. **焦桐主編**《臺灣飲食文選I/II》
本選共二集，收錄臺灣飲食文學代表作品五十餘種，或不能說無遺珠之憾，但臺灣文學中的箇中滋味，實已多在其間。

6. **張曉風**《這杯咖啡的溫度剛好》
日常生活，只要佐上眞心手沖，也能成就一杯馥郁芳香的動人咖啡。

7. **韓良露**《台北回味・回味台北》
喧騰與疏離，堆疊出層層關於食物的印記，那是台北的回憶。

8. 周芬伶〈茗仙子〉

氣味之旅，彷彿旅行沿途風景，人人所好各有殊異，但終點一般都是舒心、愉悅。

9. 李開周《吃一場有趣的宋朝飯局》、《擺一桌絕妙的宋朝茶席》、《過一個歡樂的宋朝新年》

穿越時空追索飲食密碼，編織出斷代史書寫的另一種面貌。

10. 余文章、鄧小虎主編《臧否饕餮：中國古代文學史中的飲食書寫》

飲食結合文字，將古代社會、文化與歷史，具體而微的展現在現代視野之中。

延伸閱讀地圖

1. 戰國．莊周《莊子．養生主》
2. 魏．劉伶〈酒德頌〉
3. 唐．李白〈將進酒〉、〈宿五松山下荀媼家〉
4. 宋．蘇軾〈豬肉頌〉、〈丁公默送蝤蛑〉、〈送筍芍藥與公擇二首〉、〈老饕賦〉
5. 宋．林洪《山家清供》
6. 清．袁枚《隨園食單》
7. 蔡珠兒《南方絳雪》
8. 張曼娟《黃魚聽雷》
9. 方梓《采采卷耳》
10. 彼得．梅爾《山居歲月：我在普羅旺斯．美好的一年》

11. 徐國能《第九味》
12. 曹銘宗《蚵仔煎的身世：台灣食物名小考》
13. 維吉尼亞・吳爾芙《自己的房間》
14. 洪淑苓主編《那些美食教我的事－飲食文學選》
15. 古人很潮《舌尖上的古代中國》
16. 翁佳音、曹銘宗《吃的台灣史：荷蘭傳教士的麵包、清人的鮭魚罐頭、日治的牛肉吃法，尋找台灣的飲食文化史》
17. 陳郁如《陳郁如的食・味・情手札》
18. 電影：李安《飲食男女》
19. 電影：賴恩・梅菲《享受吧！一個人的旅行》
20. 電影：大衛・賈柏《壽司之神》
21. 電影：陳玉勳《總舖師》
22. 電影：林正盛《世界第一（麥方）》
23. 電影：森淳一《小森食光―夏、秋篇／冬、春篇》
24. 電影：吉見拓真《在京都小住》

陳猷青老師　編撰

寫作攻略：文案設計

文案（copy），廣義的說是對於商品、活動、企劃、想法、主張等宣傳的文字，爲配合各式不同媒體的呈現特性，有著複雜而相應不同的文稿撰寫方式，一般從事此工作的職業別，也稱作「文案」（copywriter）。本文試圖簡略的從文字撰寫的角度，提出一些書寫建議，希望能引導對於文宣寫作感興趣的同學，能應對學校學習上的應用及未來職場所需，完成一些屬於自己的精彩文案作品！

這類承載著宣傳與說明實務作用的文字作品由來已久，也一直都與人類社會關聯密切，只是大部分的人或許都太習慣於扮演接受的這一方，卻疏於感知日常生活中所接觸到的種種文字宣傳作品，都來自某個人的文字創作或沿用，也就是說這類文案的寫作，離我們也並不遙遠。在《水滸傳》第二十三回中描寫武松過景陽岡，遙見店家門前酒旗招展，上頭書寫的五字「三碗不過岡」，表面上看起來只是一段對於山中出現猛虎蹤跡的警語，但實際上卻是對自家酒釀品質的自豪與宣傳，只是因爲出現的場合太過於稀鬆平常，以至於大家多半只看到了傳達的效果，卻無感於它創作上的巧妙，也不會過於推敲其中的寫作技巧。如不然？武松連喫十五碗酒，不早已遠超「不過三碗」的警示，宣傳的效果要遠勝於說明不是很明顯嗎？此間酒品名爲「出門倒」、「透瓶香」，與旗上文字應也屬異曲同工，在字裡行間所完成的，其實都算是成功的酒品宣傳。

《水滸傳》第二十九回中，另有兩把酒品宣傳旗，小說中是這樣描寫的：

> 丁字路口一個大酒店，簷前立著望竿，上面掛著一個酒望子，寫著四個大字道：「河陽風月」。轉過來看時，門前一代綠油欄杆，插著兩把銷金旗，每把上五個金字，寫道：「醉裏乾坤大，壺中日月長。」

細品旗上所書「醉裏乾坤大」、「壺中日月長」金字營造出來的情境，我們應該能深刻感受到產品的吸引力，除了來自於本身的品質外，更來自於這些宣傳文字功不可沒的點滴建構！

但究竟要如何進行書寫，才能藉由文字表現出預期的宣傳效果？如果有過與他人口頭爭執的經驗？應該可以很輕易的發現，在口頭爭執這樣的互動裡，就有一種和宣傳如出一轍的本質，雖然明明知道爭執的雙方要互相理解有多困難，但就是想要努力希望對方能聽明白、深刻聽懂想要表達的種種內容，即使宣傳的困境並不一定都如爭執的立場矛盾、極端，但問題點仍是如此相似。在互動雙方的意念傳達上，我們可以整理出如下重點：都希望爲對方將問題表述得更爲清楚，都需要傳達給對方的契機與方法，對於接受方有明確的預設並希望接受方能更深刻的理解、記憶所傳達的內容，同時在傳達過程中充分運用各種構成加分效果的適宜技巧！

因此，要進行更有效的文字宣傳，大略有以下幾點寫作建議：

一、以簡馭繁、清楚表達

以適切及簡潔的文字描述，進行具體清晰的重點宣傳及理念傳達。

給我說清楚和給我記住，一直是人和人溝通上產生問題時，容易脫口而出立即想要解決的兩件事：前者是一切信息傳達可被理解的基礎，以更簡潔的表達來承載宣傳內容尤爲重中之重；而後者，則著重在文字的宣傳效果是否能讓接受者產生更深刻的印象。

比如著名茶飲「飲冰室茶集」的文案[1]，特別是當中「以詩歌和春光佐茶的時光」這一句，除了清楚定位宣

1 完整文案作品請參考網址：https://www.pecos.com.tw/brands-%E9%A3%B2%E5%86%B0%E5%AE%A4%E8%8C%B6%E9%9B%86.html

傳茶飲的性質，同時也以最精簡的文字將此茶飲，置入了一個以文學、季節氛圍相融的情境裡，更利用了名稱與《飲冰室文集》相似的技巧，巧妙營造出聯想和記憶點。因此，如何具體而微的進行描述，並將宣傳理念清楚傳達，應無可置疑絕對是文字宣傳活動的核心要素。

特別是當中的這一句「以詩歌和春光佐茶的時光」，除了清楚定位宣傳茶飲的性質，也以最精簡的文字將此茶飲，置入了一個與文學、季節氛圍相融的情境裡，更利用了名稱與《飲冰室文集》相似的技巧，巧妙營造出聯想和記憶點。因此，如何具體而微的進行描述，將宣傳理念清楚傳達，應無可置疑絕對是文字宣傳活動的核心要素。

二、設定對象、客製策略

釐清宣傳的接收對象（群體），設計客製化的宣傳策略；請至少完成作者自評、接受者感受，與委託廠商的觀點等三方評估。

各種宣傳都是有預設接受者的，也就是說如果訊息沒有辦法有效傳達給正確的對象，或是並不爲正確的對象設計，其宣傳的力度必然大打折扣。比方一場專爲大學生而設計的活動，各種宣傳方式也一定是鎖定大學生對象而設計，所產生的效果才會相輔相成，被接受度也可以大爲提昇；又比方針對視覺障礙者所設計的宣傳，稍加謹慎看待，就應該不會僅以傳統視覺印象的表現方法作爲宣傳主軸，而會考慮加入其他感官更容易接受的方式。

二〇二二年第二十四屆臺北文學獎「現代詩組」的首獎是洪萬達先生一首名爲〈一袋米要扛幾樓〉[2]的作

2 資料來源：https://literature.award.taipei/

品，名稱裡所隱含的意圖，如果能與長期浸淫動漫文化的讀者相遇，作者所欲傳達的理念，自然也能夠得到更好、更深層的理解，而這些理解，正是來自於預先考慮過接受者的巧妙設計；但反之，則文字能傳達的效果則必然大打折扣。

三、營造影響、加深印象

運用各種技巧，增強接受者對宣傳項目的記憶點。

網路上有一則流傳很廣的故事，說的是一位乞丐上街乞討時，寫了一張牌子「我是盲人，請幫幫我！」路過的行人很多，但他的乞討所得卻很微薄，後來有人將他把牌上的字改爲「今天的天空一定很美，可惜我看不到！」或許因爲感動？他的收入得到了很好的翻轉，而這應該就是文案的力量吧？

在《葉問》電影中，讓大家印象最深刻的，莫過於主角葉問在電影中的那兩句口白「我要挑戰十個／我要打十個」，以至於後來「一個打十個」成爲對葉問電影系列無可取代的招牌印象，同時也成了該電影最有效的宣傳文案主軸。本來只是單純量詞結構的句子，因爲「一大於十」邏輯上產生的突兀感，反而成就了當中的那「一個」（主角葉問）高手的風範與武藝精純的印象。而如此的印象生成，看來不過是事後的影響，但實際上卻是出於精心的設計。

四、熟悉載體、與時俱進

熟悉文字的各種表現型態，並精進文字與各類型載體搭配、合作的形式。

將文字書寫於平面素材上的宣傳方式，值此世代雖仍有其生存空間，但更多元、擁有更有效宣傳力的表現形式，早就引領著文案撰寫上的許多新變潮流，尤其是近年來網路及智慧型手機、平板等的廣泛流行，人類的閱讀方式日新月異，恐怕只有更熟悉文字與各式載體表現方式的配合，文字宣傳才能一直發揮它的影響力。

最後，建議各位可以試試將本書中每個單元都會出現的延伸閱讀書目，任選一種或數種進行研讀，並以這個章節所引導的一些作法，試著將書名重擬，或撰寫一段以該書爲推薦商品的文案，自己讀看看文字是否通順？能否打動自己？再評估你的文案能否成功吸引住同學的目光與關注，甚至也可以更深入探討同學是否因爲你的文字媒介而產生閱讀興趣、增加閱讀動機？（陳猷青編撰）

陳猷青老師　編撰

世界篇

主題四：旅行文學與企劃寫作
主題五：自然文學與散文寫作
主題六：奇幻想像與故事創作

I書房選文

〈西湖七月半〉

張岱

正文

西湖七月半，一無可看，止可看看七月半之人。

看七月半之人，以五類看之：其一，樓船簫鼓[1]，峨冠盛筵[2]，燈火優

1 樓船簫鼓：樓船，指帶有樓臺裝飾的遊船。簫鼓，原指樂器，這裏作動詞用，即吹簫打鼓。

2 峨冠盛筵：峨冠，高冠。峨，音ㄜˊ。據劉基〈賣柑者言〉：「峨大冠，拖長紳者，昂昂乎廟堂之器也。」戴著高帽子，繫著寬闊的衣帶，為舊時士大夫的服飾。故峨冠借指高官、士大夫。峨冠盛筵意即高官在樓船上擺設盛大的筵席。

傒[3]，聲光相亂，名為看月而實不見月者，看之；其一，亦船亦樓[4]，名娃閨秀[5]，攜及童孌[6]，笑啼雜之[7]，環坐露台，左右盼望，身在月下而實不看月者，看之；其一，亦船亦聲歌[8]，名妓閒僧，淺斟低唱[9]，弱管輕絲[10]，竹肉相發[11]，亦在月下，亦看月，而欲人看其看月者，看之；其一，不舟不車，不衫不幘[12]，酒醉飯飽，呼群三五，躋[13]入人叢，昭慶、斷橋[14]，嘄呼[15]嘈雜，裝假醉，唱無腔

3 燈火優傒：優，演戲的人，此指歌妓。「傒」，同「奚」，奴隸、僕役。接連下句，意即在燈火通明的樓船上，歌妓及奴僕侍立在側，歌聲與燈影交織燦爛。
4 亦船亦樓：意即與上一類人同樣是坐著樓船的。
5 名娃閨秀：名娃，名門美女。閨秀，稱賢淑有才德的女子。
6 童孌：即孌童，指俊秀的少年。舊時供人狎玩的美男子。
7 笑啼雜之：啼，本指號哭，此指叫喊聲。意即笑語喧嘩混成一片。
8 亦船亦聲歌：意即（這些人）也是坐船，也是滿船的歌聲笑聲。
9 淺斟低唱：斟著茶酒，低聲吟唱。形容悠然自得，遣興消閒的情景。
10 弱管輕絲：管，管樂器。絲，弦樂器。弱、輕，形容樂音的纖細輕柔。
11 竹肉相發：竹，指簫笛等竹製的管樂器。肉，指歌喉，因由身體發出，故稱「肉」。《晉書．孟嘉傳》：「問聽妓絲不如竹，竹不如肉，答曰：『漸近自然。』」竹肉相發，意即簫笛聲伴著歌唱聲。
12 不衫不幘：幘，音ㄗㄜˊ，古代用來包裹頭髮的布巾。此處衫與幘作動詞用。「不衫不幘」意即不穿長衫，也不戴頭巾，指人衣冠不整。
13 躋：登上、升上。躋，音ㄐㄧ。
14 昭慶、斷橋：昭慶寺、斷橋，都是西湖名勝。昭慶寺，位於西湖東北角岸上；斷橋，位於西湖白堤東端。
15 嘄呼：大聲呼喊。「嘄」通「叫」。嘄，音ㄐㄧㄠˋ。

曲[16]，月亦看，看月者亦看，不看月者亦看，而實無一看者，看之；其一，小船輕幌[17]，淨几[18]暖爐，茶鐺旋煮[19]，素瓷靜遞[20]，好友佳人，邀月同坐，或匿影樹下，或逃囂裏湖[21]，看月而人不見其看月之態，亦不作意[22]看月者，看之。

杭人遊湖，巳出酉歸[23]，避月如仇。是夕好名[24]，逐隊爭出，多犒門軍酒錢[25]，轎夫擎燎[26]，列俟岸上[27]。一入舟，速[28]舟子急放斷橋，趕入勝會。以故二

16 無腔曲：不成腔調的歌曲。

17 輕幌：輕軟細薄的帷幔、窗簾。

18 淨几：明淨的小桌子。

19 茶鐺旋煮：鐺，音ㄉㄤ，古代一種有腳的煮茶的鍋。旋，立刻、很快地。意即很快地煮著茶。

20 素瓷靜遞：素瓷，精緻雅潔的瓷杯。遞，傳送。

21 逃囂裏湖：逃囂，逃避喧囂。裏湖，即內湖，蘇堤和白堤橫貫於西湖，把西湖分隔為西裏湖、小南湖、嶽湖、外湖和裏湖五部分，裏湖遊人較少。

22 作意：特地、刻意。

23 巳出酉歸：巳時，上午九點至十一點。酉時，下午五點至七點。意即上午九點至十一點間出遊，下午五點至七點間返回，指遊人名為賞月，但早出早歸，根本未見月出便離開。

24 是夕好名：是夕，這晚。好名，追求虛名。意即這天晚上，遊人是為了得到賞月的雅名，才到西湖賞月，而非真的想賞月。

25 多犒門軍酒錢：犒，音ㄎㄠˋ，慰勞、酬賞。門軍，守城門的兵丁。酒錢：舊時指給勞力者應得工資以外的微酬，也稱為「酒資」，即今之「小費」。意即多犒賞守城門的軍士小費。

26 擎燎：高舉著火把。

27 列俟岸上：列，列隊。俟，等候。意即轎夫在岸上列隊等候。俟，音ㄙˋ。

28 速舟子急放斷橋：速，快、急。意即催促船夫快點放舟趕到斷橋去。

鼓[29]以前，人聲鼓吹[30]，如沸如撼[31]，如魘如囈[32]，如聾如啞[33]，大船小船一齊湊[34]岸，一無所見，止見篙[35]擊篙，舟觸舟，肩摩肩，面看面而已。少刻興盡，官府席散，皂隸喝道去[36]，轎夫叫船上人，怖以關門[37]，燈籠火把如列星，一一簇擁而去。岸上人亦逐隊趕門[38]，漸稀漸薄，頃刻散盡矣。

吾輩始艤舟[39]近岸，斷橋石磴[40]始涼，席[41]其上，呼客縱飲。此時，月如鏡新

29 二鼓：即二更。指夜晚九點到十一點。
30 鼓吹：音樂聲。
31 如沸如撼：好像開水沸騰，又好像山在搖撼。比喻人的笑語和樂聲的喧鬧嘈雜。
32 如魘如囈：魘，音ㄧㄢˇ，惡夢。囈，說夢話。意即（人聲嘈雜）如做惡夢般喃喃說著夢話。
33 如聾如啞：形容環境喧鬧得如聾子聽不到別人說話，又像啞巴般無人聽得到自己說話。
34 湊：聚攏、聚合。
35 篙：撐船的竹竿或木棍。篙，音ㄍㄠ。
36 皂隸喝道去：皂，黑色的。隸，官府中打雜的小吏、差役。因其身著黑衣，故稱皂隸。喝道，舊時官吏出行，前導的儀衛大聲吆喝，叫行人讓路，稱為「喝道」。
37 怖以關門：怖，恐嚇，此作動詞用，指警告。杭州故有城牆，西湖在錢塘門與涌金門外，門即謂此二門。舊時每夜二更，城門關閉，禁止出入。意即警告遊人城門快關了。
38 趕門：趕在城門關閉前進城回家。
39 艤舟：把船停靠在岸邊。艤，音ㄧˇ，使船靠岸。
40 石磴：以石頭鋪砌成的臺階。磴，音ㄉㄥˋ。
41 席：憑藉，此指席地而坐。

磨[42]，山復整妝[43]，湖復頮面[44]。向[45]之淺斟低唱者出，匿影樹下者亦出，吾輩往通聲氣[46]，拉與同坐。韻友[47]來，名妓至，杯箸安[48]，竹肉發。月色蒼涼，東方將白，客方散去。吾輩縱舟，酣睡於十里荷花之中，香氣拍人[49]，清夢甚愜[50]。

導引與賞析

本文選自《陶庵夢憶》卷七，作者張岱（一五九七年至一六七九年），字宗子，一字石公，號陶庵，別號蝶庵居士，山陰（今浙江紹興）人，明末清初散文家。博學多聞，多才多藝，明亡後遁跡山林，專事著述。散文融公安派「獨抒性靈」與竟陵派「幽深孤峭」之長，晚明小品藝術由其拓展至精美純熟之境地。著有《陶庵夢憶》、《西湖夢尋》等書。

42 月如鏡新磨：意思是月亮光明皎潔得像剛打磨的鏡子般。
43 山復整妝：山巒又恢復了優美的妝容。
44 湖復頮面：頮面，洗臉。形容湖面恢復了澄淨明潔。頮，音ㄏㄨㄟˋ，與「靧」同，洗臉。
45 向：剛才。
46 通聲氣：指互通聲音言語。
47 韻友：風雅、風趣的朋友。
48 杯箸安：箸，筷子。意即安放好了杯子筷子。
49 香氣拍人：拍人，撲面而來。意即荷花香氣，撲鼻而來。
50 愜：合適、滿足。愜，音ㄑㄧㄝˋ。

《陶庵夢憶》內容側寫豐富的社會生活，包括鬥雞、打獵、觀劇到古木奇花、名寺古剎、亭台樓閣等，被譽爲文字版的「清明上河圖」，本篇〈西湖七月半〉即爲其中膾炙人口的遊記作品，有別開生面的意味，其主旨在寫「人物」而非「風景」，具體而生動描繪七月半遊賞西湖的杭州人，名爲賞月實爲品人，亦展現作者清高的思想及風雅的情懷。

作者開頭即寫人，以反筆的手法，寫「西湖七月半，一無可看」，但筆鋒一轉，「只可看看七月半之人」，描寫看月的五類遊人，點出其「看月」和「不看月」的樣貌情狀：第一類爲達官貴人，「名爲看月而實不見月者」，他們無意賞月，擺起奢華盛筵，盡顯排場；第二類爲名娃閨秀，「身在月下而實不看月者」，她們在月下遊戲嬉樂，左右顧盼，非爲賞月；第三類爲名妓閑僧，「亦在月下，亦看月，而欲人看其看月者」，他們遊湖實爲博取名聲雅號，沽名釣譽；第四類爲市井小民，「月亦看，看月者亦看，不看月者亦看，而實無一看者」，他們衣冠不整，熱鬧起鬨，看人亦看月；第五類爲高人雅士，「看月而人不見其看月之態，亦不作意看月者」，不歌不唱，僅安靜地對月品茗。作者觀察細膩，精準描寫這五類遊人，寫出他們不同的身分、地位、情態、格調，呈現遊人眾生相，生動自然，不著一字評價，卻在字裡行間自然流露其愛憎褒貶，顯現作者品人論世之標準。

次段寫杭州人的賞月情態。杭州人平日「避月如仇」，卻仍於七月半趕赴西湖賞月。此時只聞人鼓聲雜沓喧囂，觸目所及篙擊舟觸，遊人駢肩，名爲看月實爲趕場，既模糊了賞月的焦點，也呼應了杭人遊湖的「好名」之義，只知追趕熱鬧，如趕集般來去呼喝，又似潮水般頃刻退盡。

末段才是看月正文。「吾輩始艤舟近岸」，一個「始」字，正式拉開賞月的序幕。在看盡鄙陋人物的熱鬧俗態之後，文人雅士才得以盡情賞月，領略湖光山色之美。此時「月如鏡新磨，山復整妝，湖復頮面」，月色皎潔山水清新，觀月者不故做附庸風雅之態，僅於月下飲酒賦詩，淺斟低唱，月在心中，盡享風雅意趣，這是眞性情的流露，與前兩段遊人之喧囂趕場互爲映襯，庸俗和高雅，喧譁與清寂，境界迥然，高下立判；而當「月色蒼涼，東方將白，客方散去」，志同道合的投契，通宵賞月，客人方依依離去；復以「吾輩縱舟，酣睡於十里荷花之中，香氣拍人，清夢甚愜」，既寫遊興未盡，又寫隨遇而安的悠閒瀟脫，寥寥數語，景物人情畢現。「吾輩」的賞月情境，與「好名」之人的鄙俗情態形成鮮明的對照，作者意在言外，有著孤高自賞的超然堅持。

全文敘事、寫景、抒情、議論，融合無間。以一般遊人無意及不懂看月的俗濫淺薄，反襯文人領略山水的清新雅致及思想意趣。煉字方面尤爲精準，用了二十個「看」字，描寫遊人賞景的漫不經心；以「爭」、「速」、「趕」三個動詞表達遊人急於遊湖的樣態；多數人「名爲看月而實不見月」，「見」字使用精確，更顯賞月眞心，看見的是表面或內蘊，是一窩蜂還是眞賞景？文末「香氣拍人」的「拍」字用字奇特，不用「襲」、「迎」等既定套語，而用「拍」字，更顯動態感，將遊人沉浸十里荷花氤氳香氣中的靈動，表現得更加深刻。

綜觀全文呈現四大特色：一、文中有我；二、文字清麗，深入淺出；三、獨抒性靈，不拘俗套；四、反對模擬，迭出新意。全文隨筆點染，情景相生，文詞優美，別具一格。張岱的才華及生平際遇促使其小品文表現不凡，於此文中可見一斑。

【問題與表達】

一、「西湖七月半」中有五大類型的遊客，對照於現代遊客是否有類似之處？試觀察現代遊客的行為，標舉五大類型並敘其特色。

二、杭州人遊西湖一般是「巳出酉歸，避月如仇」，為何在七月半卻「逐隊爭出」，這表明他們甚麼樣的心態？現代人是否也有這種情況？試舉例說明之。

三、歲時節慶，蘊含地域特性與豐富情感的民俗文化。因此人們若能找回對歲時、節慶、景色與食物的感受力，或許就可以找回與土地、節氣、季節和生活的連結，開啓既詩意又踏實的生活，展現豐富而細緻的文化底蘊。請以「那一年的○○節」為題，撰寫一篇或寫人、或寫景、或寫民俗活動，或以上兼具的文章。文長約五百字。

高美芸老師　編撰

〈旅人的眼睛〉

張讓

正文

1\.

每個地方有每個地方的眞實，這種眞實只能以生活之眼捕捉，而不能以旅人之眼觀看。

我們每在一處住上一段時間以後，便開始熟悉當地的季節草木、情事脈動。我們在這地方之內，以居民視而不見覺而不感的無謂切入其中，體會周圍的一切，因爲是局內人，生活在常規中老舊而安心。走過每天走過的街道，進出每天進出的建築，所有細節在熟悉中泯滅，不能描述那個招牌的顏色，弄不清巷子裡有幾支路燈，但是那氣氛、節奏、味道、聲音，所有總體在我們的印象裡。我們在印象的混沌中摸索，這感覺是熟悉到不能再熟悉、準確到不能再準確。我們是這印象的一部分，我們知道，不需要去尋找、去看。

當旅人遠道尋訪一個地方，看見的是什麼？到紐約看見帝國大廈、世貿大樓、自由女神像、第五街、百老匯，到巴黎看見凱旋門、羅浮宮、艾菲爾鐵塔、聖母院，這些名勝古蹟一一看在眼裡，甚至能背誦它們的史實，彷彿比當地居民知道更多重要細節。然而正是這種「彷佛知道」，使旅人所見停留在表面。這是局外人的看，不能在幾天之內吸取屬於一個地方的精神，以當地的山水人文為自己的血肉質素、風格性情，充其量只能是肉眼的看，也許所見不虛，然隔了一層，見皮不見神。

2\. 許多作家寫所居之處，以心靈之眼捕捉眞實。喬哀思的都柏林，懷特的紐約，卡繆的阿爾及爾，白先勇的台北，張愛玲的上海。他們寫的不是外在的音容笑貌，而是裡面的動蕩哀樂。

我現在住的地方離紐約不遠，大概一小時車程。這時讀書遇見有關紐約的描述，感覺上便比以前切身得多。美國作家約翰・奇佛（John Cheever）在日記裡寫紐約：「似乎製造自我中心主義，這需要年輕時的健康和精力，而當年輕的健康和精力不再了，便以僞裝來代替……似乎預兆深淵，不時你會聽見沉落者的聲音，看見他們的臉孔。」今年才過世的哈洛・布洛基（Harold Brodkey），在死前一篇散文裡也有類似的描寫：「這城市（紐約）的邀請麻煩處在於你知道你可能撐不下去；在做任何有趣的事之前，你可能溺死，可能跌下火車，不管你喜歡的是哪個隱喻。」是的，熟悉紐約你便可以感覺到，那使這城市迷人的繁華正是它背後致命的冷酷。高樓插天，你必須同時記得它投影的長度。

王安憶[1]的《長恨歌》承襲了張愛玲的格調，以史筆寫一名上海女人的愛恨，野心雖大，可惜故事本身太脆弱了，撐不起來。但她描寫上海的許多片段，大筆縱橫而深入，是只有長住其中的人才寫得出來，觀光客絕看不出來的神貌。譬如寫上海弄堂[2]：「是形形種種，聲色各異的。它們有時是那樣，有時是這樣，莫衷一是的模樣。其實它們是萬變不離其宗，形變神不變的，它們是倒過來倒過去最終說的還是那一樁事，千人千面，又萬眾一心的。」

「上海弄堂的感動來自於最爲日常的情景，這感動不是雲水激蕩的，而是一點一點累積起來。這是有煙火人氣的感動。那一條條一排排的里巷，流動著一些意料之外又情理之中的東西……」

1 王安憶：當代女作家。祖籍福建同安，一九五四年生於江蘇南京。一九五五年隨母茹志鵑遷居上海。一九七五年冬開始發表作品，一九八〇年發表成名作《雨，沙沙沙》。她善於從平凡的生活中發掘其底蘊，抉微勾沈，纖毫畢現。作品表現了作者對社會人生問題的深沈思考，在文壇上產生廣泛的影響。

2 弄堂：小巷子。或作「弄唐」。

有時雖嫌誇張，但是以地理寫心理，由房屋巷弄而至愛恨起落，從格局捕捉一個城市的靈魂，手筆的壯觀在當代文學中少見。

3.

我想要以一個居民的身分認識所到的地方，知道那裡的山水節氣，了解在那個環境裡生活的甘苦。我要捕捉屬於每個地方的特質，也許是天空的顏色、城鎮的格局，或者是居民獨特的口音和表情。我想要在出發前便略有所知，到時能夠看見內在生命的肌理，而不是遊客一味尋樂的表面。

我不喜歡一般所謂的觀光，然還不到痛恨的地步。六年前到法國旅行，在巴黎街上來回奔走找尋名勝，好像被誰逼著一站一站往前趕，突然醒悟這樣觀光庸俗而又荒謬。爲什麼總是要跟別人的腳步走？爲什麼凡事必得一窩蜂？最重要的是，爲什麼旅行？旅行的意義在哪裡？我不要看大家都看，「非看不可」的東西。我要看我想看喜歡看的，以自己的方式，自己的步調。我要以自己的神經自己的思維，去感知周遭這陌生的種種。

「旅行本身是個自相矛盾的概念。旅行是爲了看，但看的是別人告訴你看的東西，結果看到別人看見的東西，自己什麼都沒看到。」我在那時的札記裡寫。

4.

我對巴黎最好的回憶不是到了羅浮宮、凱旋門、聖母院、香舍麗榭大道，而是倚在小旅館房間窗上看街景，或在菜市場上買甜而多汁的血橘，或只是走過街道，看擦肩而過的行人，流覽兩旁古老建築，聽不同角落的市聲，吸取屬於巴黎的情調、節奏和色澤。

我喜歡慢慢走過陌生的城鎮，給自己充裕時間領略新的空間，讓自己浸透那裡的氣息。我理想中的旅行是慢，是體會而不是觀光。

5.

意外讀到大陸作家張承志在〈如畫的旅程〉裡說「徹底蔑視老外的旅行」，對他的激烈十分驚訝。他的解釋是：「眞正有美的意味的長旅中，應該有艱苦，有飢餓和乾渴、襤褸和盤纏罄盡。路線應是底層民眾的活動線，旅人的方式應當同他們謀生的方式一樣。」

我有時幻想以一種極端素樸的方式旅行，扛個背包，徒步而行，不然騎腳踏車或搭便車，住廉價的旅館，吃粗簡的食物。不爲強調貧窮和受苦的優越，而是爲迴避過度舒適帶來的隔閡甚至虛僞。我考慮的是身爲旅人怎樣才能看到事物眞相的問題，而不關係道德、宗教和任何理論教條。

在法國巴尚松時，我們在朋友古老擁擠的小公寓中過了兩晚，隨他們走過巴尚松的街道和公園，見到他們友善親切的朋友。短短三天裡，我們分享他們簡單略微拮据的生活方式，多少體會到了那個城市。因爲他們，我們不只是純粹旅客。在巴黎，我記得小旅館的早餐，在廚房旁的小房間裡，幾張小桌子，女侍從隔壁端咖啡、熱牛奶和新鮮的長麵包來，簡單家常。一天我剪完指甲倚在旅館房間窗上，看對面樓裡的工人做工和小學生上課，不小心指甲刀掉下去，落在人行道上，一對男女剛好走過。出乎我意料之外，她撿了起來，看沒有瑕疵便收進口袋裡。我無意中看見巴黎人的實際，好像忽然窺見光亮的窗裡普通的家具擺設，不禁微笑。我們沒錢每天吃法國菜，便走過一條又一條街找吃得起的小館，細心看門口貼的菜單價錢。試的第一家餐館在附近，很小，大概不到十張桌子。我們進去時還沒完全開張，老闆招呼我們坐下，便繼續在餐廳和廚房間來去忙碌，好像我們不是顧客，而是熟人。不久點了菜，等候時從座位可以聽見廚房裡講話做菜的聲音。我不記得主菜，只記得白嫩的豬頭皮切得細薄，用紅蔥頭煎的馬鈴薯從沒有的好吃。在巴黎的窮酸，變成最寶貴，最接近眞實的回憶，因爲接近我們平常的生活。

而張承志的出發點不同。他所謂「有意味的長旅」涉及旅行意義的哲學問題，已經不單是旅遊的問題。他是回教徒，又顯然堅持共產主義聖化勞動蔑視資本主義的思想，對人生、社會的理解保持批判刻苦的精神。我尊敬他絕對的人生美學，理解他對旅遊的要求，但不能認同他對旅遊的定義。我固然不齒上流階級的豪華旅行，卻一樣反對刻意襤褸的作態。旅行和生活一樣，一個人所能做到的只是順自己本性。在跋扈的遊客和平常的自己間，必須有個合理的過渡。

6.

我喜歡旅行。或者說，需要旅行。經常便會有坐立不安的情緒，覺得應該走了。不管是到哪裡去，總之拔腳離開這裡。而我很清楚問題只在「這裡」和「那裡」，是欲掙脫時空的企圖，是打破現實的渴望。而所謂現實，是物質和心靈無法超越的局限，彷彿天羅地網。這裡我談的不是時光旅行或永恆，而是一點叛逆的自由：做自己眞正想做的事。

有的日子，氣溫和陽光正好，和友箏坐在後院裡，面對一小片樹林和草地，看頂上的天空，在樹枝間飛掠的小鳥，聽蟲鳴和鳥叫，感覺微風拂過肌膚，一邊看書，一邊和友箏說話，那種從生活和時間走了出去的無重感，恍惚便給我旅行的感覺。

旅行或不旅行，都使我思索旅行的意義。我想的是旅行的需要和目的：爲什麼旅行？

早先我已經決定人不可能在家裡旅行，因爲旅行必然的條件是離開。也就是，旅行追求的是空間的移動。更進一步說，以空間的變化換取時空的擴張和延長。因此人不可能旅行而不離家，正如不可能既站著又坐著。然而這時我發現，旅行與其說是時空的移動，不如說是心境的變動。旅行不管再怎樣匆忙緊張，因爲是自願而不是被迫，它的快樂來自這種必然的輕鬆之感。而這種卸去壓力的輕鬆之感，不過是情緒的一種變化，有時只在一念之間，和距離無關。換句話說，旅行終極的意義不過是一種心境。讀書、看電影和散步的平常愉悦，無非也就是精神上的旅行。而這種精神旅行的極致便是詩，所以法國詩人保羅・梵樂希(Paul Valery)說：「詩必然是心靈的假期。」像我坐在後院，心神透明如大氣，時空已不重要。而實際的旅行往往不超越坐在自己後院的興致，只是一場乏味徒勞的過程。

7\. 我心目中的旅行不包括艱苦困掙，重要在某種時空的轉換，心理上的更新。像一種人爲的，精神上的季節。

能在一個陌生的地方，走過陌生的街道，以平常沒有的雍容和悠閒，不急著到哪裡去，只爲了「在」——現在，這裡。旅行的荒謬和驚喜在我們必須千里跋涉以換取「在」的心境，必須到遙遠陌生的地方以實現生命在現實中失落或從來就欠缺的質素：一種美，一種境界，或竟只是短暫放縱的奢侈，童年的召喚。

回到張承志的問題：爲什麼旅行必須有艱苦？生活本身不夠艱苦嗎，需要再刻意去尋求艱苦？旅行消極的意義在逃避現實，走離生活常規小事休息，像下課十分鐘；積極的意義在山川或人文之美中，尋求感動甚至覺悟。旅行是由每天的現實中轉過一個彎，氣定神閒，從另一個角度回視。如果可能，我們也願意越出自己，隔一段距離遙遙對看。然則，我們必須通過旅行證明什麼嗎？證明自己不會被艱苦、貧窮打倒？證明自己是生活中的強者，可以死而不可以擊敗？還是必須在旅行尋找某種終極的意義，譬如我是誰？

如果同意旅行的本質是放下重量，爲什麼要給它加上那麼沉重的負擔？我們的眞相，生命有無意義，在日常生活中已經表露無遺，何須刻意去尋找？（又怎知當人刻意去尋找時，找到的便是「眞的」？）除非旅行不過是另一種生活，必須負載生活等量的憂患？除非旅行不是度假，而是生活的另一種進入途徑。如同猶太哲學家馬丁・布柏（Martin Buber）所說：「宗教是一種進入的形式。」

8. 不管旅行的意義是什麼，旅行已經成爲現代生活的一部分。許多人在度假時匆匆趕到目的地，在一番精疲力盡旅遊之後又匆匆趕回來。我不喜歡這樣的旅行，卻也難以避免。正如遊客最討厭看到別的遊客，自己卻不免也是遊客。

也許我在讚揚張承志書中表達的剛勁節操同時，恰好也正落入他所鄙視的那種「老外」典型。而我同意他，在某個程度上，我也鄙視自己所代表的「族類」：膽小溫吞的中產階級。他在〈漢家寨〉裡寫的「八面十方數百里內只有我一個單騎……在那種過於雄大磅礡的蒼涼自然之中，我覺得自己渺小得連悲哀都是徒勞」，給我文字和道德上的震動。我想要看到他看到的，不管是山水荒涼還是人文繁華之中，我想要看見底下，那眞正使世界美麗的東西：生命的基本元素。

旅行回來，我總問自己這問題：看到了什麼？爲了看到特地做給旅人看的庸俗而失望，而生氣，然後嘗試在浮面印象中，萃取背後一些樸質無華的東西，譬如那些和觀光客無關的住宅區，或雄偉大道以外，不引人注意的斑駁邊牆與破落小街。旅人的眼睛要求新奇，要求戲劇，要求娛樂，那些日常生活裡所沒有的種種。而我要求來自眞實的感動。我要歷史，要生命承受時間的重量和力量，要視覺和超越視覺的美感，然後我要在所有的拔起和跌落、蒼涼和輝煌中啞口無言——不再是旅人，而是進入了時間，成爲那個地方的一部分。

導引與賞析

作者張讓，本名盧慧貞，一九五六年生於金門，臺灣大學法律系學士，美國密西根大學教育心理學碩士，目前旅居美國，從事自由寫作。曾獲首屆《聯合文學》中篇小說新人獎、中國時報文學獎散文優等獎、聯合報文學獎長篇小說獎，作品多次入選各家年度散文或小說選集。所著散文集有《當風吹過想像的平原》、《斷水的人》、《時光幾何》、《剎那之眼》、《空間流》、《急凍的瞬間》、《飛馬的翅膀》、《和閱讀跳探戈》、《當世界越老越年輕》、《高速風景》、《旅人的眼睛》等書。

「旅行時，邁開腿腳，身體在動；眼見耳聞鼻嗅手觸，感官在動；興致高低好壞，情緒在動；對所見種種好奇追究，心智在動。」張讓〈旅人的眼睛〉記的便是旅遊中的身心狀態，以理性的思辨來探討旅行的本質。

本文分為八個小章節：

第一小節，區分「生活之眼」與「旅人之眼」的不同：

「每個地方有每個地方的眞實，這種眞實只能以生活之眼捕捉，而不能以旅人之眼觀看。」生活之眼，因爲是局內人，對於生活中的氣氛、節奏、味道、聲音，熟悉而準確；但旅人之眼，所見停留在表面，是局外人的看，無法在幾天之內吸取屬於一個地方的精神內涵。

第二小節，列舉許多作家寫所居的城市，是以心靈之眼捕捉眞實：

無論中西作家，寫的不只是外在的音容笑貌，而是裡面的動蕩哀樂；他們大筆縱橫而深入，寫得出觀光客看不出來的神貌；更以地理寫心理，由房屋巷弄而至愛恨起落，從較高的格局捕捉一個城市的靈魂。

第三小節，旅行的意義是以自己的方式步調，看自己想看的：

六年前到法國的旅行被推趕著四處奔找觀光景點，令人感到庸俗荒謬，在這個經驗中作者反思旅行的意義：「爲什麼總是要跟著別人的腳步走？爲什麼凡事必得一窩蜂？最重要的是，爲什麼旅行？旅行的意義在哪裡？我不要看大家都看，非看不可的東西。我要看我想看喜歡看的，以自己的方式，自己的步調。」旅行看見的應是內在生命的肌理，而非遊客尋樂的表面。

第四小節，理想中的旅行是慢，是體會而不是觀光：

喜歡慢慢走過陌生的城鎮，給自己充裕時間領略新的空間，看街景、看行人、在市場購物，流覽古老建築，聽市聲，吸取屬於城市的情調、節奏和色澤。

第五小節，旅人應如何才能看到事物眞相，無關乎道德、宗教和理論教條：

雖然不齒上流階級的豪華旅行，卻反對刻意襤褸的作態，即使曾因一次巴黎的窮酸之旅，更貼近庶民生活，成爲最寶貴而眞實的回憶，但旅行和生活一樣，順自己本性即可。

第六小節，旅行的需要的是叛逆的自由，做自己眞正想做的事；旅行與其說是時空的移動，不如說是心境的變動：

旅行是一種需要，能跳脫時空、打破現實的框架，使恆定的時間、空間得以移動，在移動中可獲取叛逆的自由，「做自己眞正想做的事」，凸顯了女性主體自覺。更進一步認爲旅行的終極意義是一種心境的變動。旅行或許匆忙緊張，但因爲是自願的，所以有一種卸去壓力的輕鬆之感，這種情緒的變動，只在一念之間，和距離無關。所以讀書、看電影和散步的日常，就是精神上的旅行。

第七小節，旅行不包括艱苦困掙，重要在某種時空的轉換，心理上的更新。像一種人爲的，精神上的季節：

旅行不是制式的觀光行程，也不是困頓艱苦，重點在於精神上的更新。旅行消極的意義在逃避現實，積極的意義在山川或人文之美中，尋求感動甚至覺悟。是由每天的現實中轉過一個彎，氣定神閒，從另一個角度回視自我。

第八小節，旅人的眼睛要求新奇，更要求來自眞實的感動：

作者反思：「我要歷史，要生命承受時間的重量和力量，要視覺和超越視覺的美感，然後我要在所有的拔起和跌落、蒼涼和輝煌中啞口無言——不再是旅人，而是進入了時間，成爲那個地方的一部分。」旅人的眼睛，要求來自眞實的感動，要承接時間、歷史的重量，更要超越視覺的美感，在所有值得讚嘆的景色面前啞口無言；至此，旅人不只是旅人，反而成爲時間和空間裡的一部分。心靈回歸到自己建構的精神空間裡，在那裡扎根，像回家一般，恬靜愜意。

張讓的旅行書寫傾向自我對話，在旅行中透過獨白不斷地叩問，促使我們反思：在生命的旅程中，旅人的眼睛該看的，應該是那眞正使世界美麗的東西：生命的基本元素及厚實的底蘊吧！

【問題與表達】

一、張讓認為：「每個地方有每個地方的真實，這種真實只能以生活之眼捕捉，而不能以旅人之眼觀看。」「生活之眼」和「旅人之眼」的差別何在？

二、對你而言，旅行是時空的移動，抑或是心境的變動？

三、什麼是你「精神上的旅行」？請列舉三例。

四、《練習曲》是一部紀錄片，敘述一個聽障青年背著吉他，騎著腳踏車，獨自展開七天六夜的全台環島之旅。作家張讓說：「旅行是由每天的現實中轉過一個彎，氣定神閒，從另一個角度回視。」看見了別人的故事，你也可能重新檢視自己，留下生命的感動。請觀賞紀錄片《練習曲》後，以「旅人的眼睛」為題，書寫自己對旅行的經驗、看法及感受。

高美芸老師　編撰

〈理想的下午〉

舒國治

正文

理想的下午，當消使在理想的地方，通常這地方是在城市。幽靜田村，風景美極，空氣水質好極，卻是清晨夜晚都好，下午難免苦長。

理想的下午，有賴理想的下午人。這類人樂意享受外間。樂意暫且擱下手邊工作，樂意走出舒適的廳房、關掉柔美的音樂、闔上津津有味的書籍，套上鞋往外而去。

也只是漫無目的的走，看看市景，聽聽人聲。穿過馬路，登上台階，時而進入公園，看一眼花草，瞧一眼池魚。揀一方大石或鐵椅坐下，不時側聽鄰客高談時政，嗅著飄來的香菸味，置之一笑。有時翻閱小報，悄然睏去。醒來只覺眼前景物的色調略呈灰藍，像套了濾色鏡，不似先前那麼光燦了，竟如同眾人散場多時只遺自己一個的那股辰光向晚寂寂。然一看錶，只過了十五分鐘。

理想的城市最好有理想的河岸，令步行者視野清敞；巴黎的塞納河恁是得天獨厚。法國人最懂在河的兩岸構建壯觀樓宇，供人幾百年來遠眺景仰嘆讚指認，這或許沒有一個城市及得上它。塞納河洵是巴黎最富流暢最顯神奇的動脈。即河上的一座座橋樑亦足教人佇足依依。紐約的東河、赫德遜河，柏林的史普利河，台北的淡水河等皆非宜於悅目散步的岸濱。

然而理想的下午，也常發生在未必理想的城區。不是每個城市皆如巴黎。便在喧騰雜沓的自家鄙陋城市，能鬧中取靜，亂中得幽，亦足彌珍了。

理想的下午，要有理想的街樹。這也是城市與田村之不同處。田村若有樹，必是成林的作物，已難供人徜徉其間。再怎麼壁壘雄奇的古城，也需有扶疏掩映的街樹，以柔緩人的眼界，以漸次遮藏它枝葉後的另一股軒昂器宇，予人那份「不盡」之感。然而街樹成蔭的城市，舉世實也不多。舊金山先天是一砂丘，僅公園裡有樹，路上及人家皆養不出什麼樹來。高度發展的城市，如紐約、倫敦、東京，則早傾向於權宜之投機，把樹集中在大型公園裏，美其名爲都市之「肺」。倒是開發不那麼急切的紐奧良、斯德哥爾摩等中型城市，樹景頗佳。

理想的下午，宜於泛看泛聽，淺淺而嘗，漫漫而走。不斷的更換場景，不斷的移動。蜿蜒的胡同、窄深的里巷、商店的櫥窗，就像牌樓一樣，穿過便是，不須多作停留。博物館有新的展覽，如手杖展、明代桌椅展這類小型展出，或可輕快一看。

走逛一陣，若想凝神專思片刻，見有舊書店，也可進入瀏覽。一家逛完，再進一家。有時店東正泡茶，相陪一杯，也是甚好。進店看書，則博覽群籍，不宜專守一書盯著研讀。譬似看人，也宜車上、路旁、亭下、河畔，放眼雜觀：如此方可世事洞明而不盡知也。

山野農村所見不著者，正是城市之佳處。卻又不宜死眼注看，以免勢利狹窄也。兩車在路口吵架，情侶在咖啡店鬥氣，皆目如垂簾隱約見之即可。

理想的下午，要有理想的街頭點心。以使這下午不純是太過清逸。紐約的披薩、熱狗顯然不夠可口；一杯Egg Cream（巧克力牛奶冰蘇打）倒是解渴沁脾。羅馬、翡冷翠的甜點蛋糕，鮮潤振人心神，口齒留香。台北的蔥油餅，員林的肉圓，王功的米糕冰棒，草屯的蚵嗲，北京的烤紅薯，也是好的。最要者，是能邊走邊吃。

有時在廣場或車站，見有人群圍攏，正在欣賞賣唱的或雜耍的，佇足欣賞，常有驚喜。巴哈的〈上帝是全人類的愉悅〉[1]以電吉他鏗鏘流出音符，竟是

1 這是一首大家耳熟能詳的樂曲，此曲是出自巴哈第一四七號（BWV147）清唱劇「以心、口、行為和生命」（Herz und Mund und Tat und Leben）。一七二三年，當時三十九歲的巴哈來到萊比錫的聖托馬斯教堂擔任音樂監督，

如此的振你心弦，一波推著一波，教人神往好一片時。流動的賣藝者，一如你我，也是期待一個佳良的下午，一個未知的喜悅。

理想的下午，常這一廂那一廂飄蕩著那屬於下午的聲響；人家牆內的麻將聲，劃過巷子的「大餅——饅頭——豆沙包」叫賣聲，修理皮鞋雨傘的「報君知」鐵擊聲等，微微的騷撥午睡人的欲醒又欲依偎，替這緩緩悠悠難作數落的冤家午後不知怎麼將息。聲響，一如窗外投進的斜光，永遠留給下午最深濃的氣味。多年後仍舊留存著。聲響及光線，也竟然將平白的下午能以時代劃分濃淡氛味；四十年前那個時代似就比今天渾郁。

音樂，豈不亦有下午的音樂？薩提（Erik Satie, 1866-1925）的〈我要你〉（Je te veux）[2]像是對美好下午最雀躍的禮讚。

並在那裡度過人生絕大部分的時光，而這首清唱劇就是在這個時期寫的，是巴哈在萊比錫時代所完成的第一首清唱劇。巴哈的這齣清唱劇，本來是為待降節的第四個禮拜日（也就是聖誕節之前的禮拜）而寫的。歌詞中清楚的告知擁有耶穌是何等的喜悅、平安，而且每個人都有資格歡慶救主的降臨。

2 這首曲子是薩提在酒館擔任鋼琴手時，於一九〇〇年為了有「慢板圓舞曲女王」之稱的當紅香頌歌手波萊特・達蒂（Paulette Darty）所寫的香頌。曲子中有從女性角度演唱的「我想要你」，也有從男性角度演唱的「我想要妳」的歌詞。雖然歌詞內容充滿濃厚且直接的情慾，不過薩提後來也了需要技巧性的中間部，將其整合為鋼琴曲。薩提把十九世紀末巴黎咖啡廳的氣氛，原封不動地寫進這首曲子裡。

理想的下午，要有理想的陣雨。霎時雷電交加，雨點傾落，人竟然措手不及，不知所是。然理想的陣雨，要有理想的遮棚，可在其下避上一陣。最好是茶棚，趁機喝碗熱茶，驅一驅浮汗，抹一抹鼻尖浮油。就近有咖啡館也好，咖啡上撒些肉桂粉，吃一片橘皮絲蛋糕，催宣身上的潮膩。俄頃雨停，一洗天青，人從簷下走出，何其美好的感覺。若這是自三十年代北京中山公園的「來今雨軒」[3]走出來，定然是最瀟灑的一刻下午。

理想的下午，常伴隨著理想的黃昏；是時晚霞泛天，襲人欲醉，似要替這光亮下午漸次的收攏夜幕；這無疑教人不捨。然下午所以理想，或在於其短暫。一個世故豐蘊的城市，它的下午定然呈現此一刻或彼一刻悠然怡悅的氣氛，即使它原本充塞著急急忙忙的工作者與匆匆促促的車陣。

爲了無數個這樣的下午，你我一逕留在城市。然在隨時可見的下午卻未必見得著太多正在享用的人。

3 來今雨軒：來今雨軒位於北京中山公園內環壇西路，始建於一九一五年，是著名的茶樓和飯館，也是近代一些社會名流聚會之所。主體建築具有濃郁的古典色彩，庭院內花草環繞、假山、小橋、噴泉、瀑布相映成趣。沿疊翠廊拾階而上，憑欄遠眺，只見古樹蒼蒼，故宮建築掩映在蒼松翠柏之中，風景極為優雅。

導引與賞析

作者舒國治，一九五二年生於臺北。一九七九年以短篇小說〈村人遇難記〉獲第二屆「時報文學獎」，登場文壇。一九九七年以〈香港獨遊〉獲第一屆華航旅行文學獎首獎，一九九八年又以〈遙遠的公路〉獲長榮旅行文學獎首獎。他的遊記擅寫庶民風土、讀書遊藝、吃飯睡覺、道途攬勝，更旁及於電影與武俠。文體自成一格，文白相間，人稱「舒式風格」。二〇〇〇年以《理想的下午》一書，另闢旅行書寫文人風格，一時蔚爲風潮。

《理想的下午》書名副標題爲「關於旅行也關於晃蕩」，揭示了文章的精神在於「晃蕩」二字。大部分的「旅行」，是有目的、有計畫以及各種預定的行程安排，而「晃蕩」二字則接近於閒散的漫步，四處遊賞，沒有任何名目的閒適散漫，正是舒國治散文一貫的基調。他說「我總是徘徊。……完全沒事。只是來，只是看，……只是走。」在這種無所爲而爲、沒有目的的閒晃之中，我們才能在自我與事物之間，產生美的心靈交流。資深編輯人傅月庵說：「舒國治有種老派的從容，人從容，文字也從容，讀他，約略即如宋人所云『雲淡風輕近午天，傍花隨柳過前川』字裡行間散步走一走，落英繽紛，即見『理想的下午』。」所以作者認爲「理想的下午，當消使在理想的地方，通常這地方是在城市。」「理想的下午，有賴理想的下午人。這類人樂意享受外間。樂意暫且擱下手邊工作。」因此本文的「晃蕩」，可說是閒散的城市漫遊。

本文段落構思一如閒散的心境，隨興依循旅人的移動而呈現。所謂的「理想的下午」是甚麼呢？是要有懂得享用的理想的下午人。理想的下午，要求我們漫無目的地走，看看市景，聽聽人聲，要有理想的河岸、街樹、舊書店、街頭點心、流浪歌手、音樂、叫賣聲、陣雨、黃昏等最佳，來一趟視覺、聽覺、味覺、嗅覺交織而成的心靈饗宴。作者說「理想的下午，宜於泛看泛聽，淺淺而嘗，漫漫而走。」步行，似乎是旅者與一座城市最親稔的接觸方式。關於城市的身世、節奏、密度及光影，旅者以腳步的蹤跡記錄、感知，彷若城市美學的會勘者。

本文布局相當輕巧，緩緩展開，娓娓道來，講的都是尋常小事，卻是我們極易忽略的花鳥蟲魚，這種對於細節獨特的感受，最能打動人心。作者以介於文言與白話之間的文字，輕易觸及內心最柔軟的記憶角落，看過之後沒有絲毫的倦怠，反而是滿心的清新自然，想跟著他的腳步在城市漫遊一樣。他開啓了對某些人生細節中美學的感知，用文字去打開我們的感官能力，把生活周遭用文字變得更豐富，更立體。在這種目光的觀照底下，就連下午的陣雨也意外的可喜：「理想的下午，要有理想的陣雨，霎時雷電交加，雨點傾落，人竟然措手不及，不知所是。然理想的陣雨，要有理想的遮棚，可在其下避上一陣。最好是茶棚，趁機喝碗熱茶，驅一驅浮汗，抹一抹鼻尖浮油……俄頃雨停，一洗天青，人從簷下走出，何其美好的感覺。」這場陣雨，似乎勾起了記憶中的經歷，能去其狼狽，存其眞趣。即使遇到措手不及的雷陣雨，卻也有理想的遮棚可以躲避，在茶棚喝碗熱茶，在咖啡館淺酌咖啡配上甜點，於是我們多了一個角度，原來雷陣雨也不是那麼糟糕的事，雨過天青之後，何其美好。因爲這些逆境，反而襯出這麼多有趣的事，使生活更加精彩。

全文充滿「悠然怡悅」的氣氛，在隨時可見的下午，卻也要懂得「享用」，才能發掘生活中的美好。蘇軾〈記承天寺夜遊〉：「何夜無月？何處無竹柏？但少閒人如吾兩人耳！」閒人如舒國治者，才能道出樹木與房舍的本來面目：「再怎麼壁壘雄奇的古城，也需有扶疏掩映的街樹，以柔緩人的眼界，以漸次遮藏它枝葉後的另一股軒昂器宇，予人那份『不盡』之感。」並列舉其他城市如紐約、倫敦、東京、紐奧良、斯德哥爾摩的街樹，令人思考城市街樹該如何建置，方能與人文景觀相契合。

我們內心深處常有「理想的下午，要有……。理想的下午，應該……。理想的下午，何不……。理想的下午，實在別浪費在……。」的念頭，卻因生活的急忙匆促，很難抽空享受這理想的下午。能夠不爲現實所累，享受晃蕩的過程，似乎已成生活中的奢求。理想的下午，於己而言，不需要特意規劃，只要離開住處，探索城市，盡情享用即可。看似毫無目的的漫遊，沒有特定的探索目標，對於仍在路上的旅行者，也許會產生隱約的憂慮，擔憂自己此行可能一無所獲。

然而旅行就是要期許這些偶然性，爲了這難得的偶然性愉悅，才是旅行中最曼妙的時刻。因爲在漫遊的過程中，旅行可逐漸變成一種與自我心靈、周遭景物對話的深層省思。作家梁文道說：「舒國治的散文不是一般意義的美文，儘管它的確與審美有關。這種審美是某種感官能力的開啓，常如靈光一閃，以清簡的文字短暫地照亮俗常世界之一隅。」日常的「生活」本來就未必用心規劃，能用心品味，以感受接觸溫度，以「自己的時間」行走，就能在汲汲營營、庸庸碌碌後的佳美時刻，鬧中取靜，得到簡單的快意滿足。「理想的下午」，這特別的六小時，有限而短暫，有賴理想的下午人，樂意走出舒適圈，享受外界的悠閒時光。

高美芸老師　編撰

【問題與表達】

一、旅行的意義是甚麼？理想的下午必須具備甚麼條件？

二、你心目中理想的下午是甚麼樣子？請為自己規劃一個「理想的下午」行程。

三、請模仿本文，為自己進行一趟城市漫遊，細膩觀察沿途景象，結合自己所見所思所感，寫一篇遊記。

進階Ⅰ書房

1. **唐・柳宗元〈至小丘西小石潭記〉**
文質精美、情景交融的山水遊記。刻畫小石潭的動態美，以環境景物的清幽，襯托作者貶官失意後的淒清之情。

2. **胡晴舫〈旅人的眼睛〉**
旅人帶著增廣見聞或純粹休閒的眼睛在異地穿梭，與陌生人在同一個時空裡擦肩而過，產生文化差異的交流電。

3. **舒國治〈香港獨遊〉**
透過香港繁華的映照，得出人生獨遊的況味。

4. **簡媜〈停泊在不知名的國度—法國紀遊〉**
藉由旅遊法國途中從腦海逸出的「遊魂」，引領且印證旅途中的觀察與想像。

5. **楊照〈跨越邊界〉**
這個世界上最難跨越的邊界原來不是文化和國籍，而是些更物質、更直接控制人生存的東西。例如貧窮。

6. **孟樊〈壯遊〉**
旅行的目的不只是要充實自己、體驗人生而已。壯遊一開始就帶有探究的動機，而且這探究有富有「實現理想」的意味。

7. **余光中〈德國之聲〉**
從聲音的角度描寫了作者在德國的所見所聞，充滿理趣。

8. 莊裕安〈旅行是一面鏡子〉

旅行像一面鏡子，反映出旅行者的淺薄或深厚。

9. 隱地〈布拉格，你能守住現在的寧靜嗎？〉

帶領讀者遊走有「千塔之城」美稱的布拉格，不僅擴大讀者視野，也了解文化及歷史。

10. 李清志《旅行的速度：在快與慢之間，找尋人生忽略的風景》

以各種不同速度串連的旅行：雙腳丈量世界、航海尋根、鐵道旅行窗外景色的流轉……在快慢之間，找尋人生忽略的風景！

延伸閱讀地圖

1. 王浩一〈一個人的旅行〉
2. 張蕙菁〈流浪在海綿城市〉
3. 舒國治〈門外漢的京都〉
4. 肆一〈最美的抵達，最近的遠方〉
5. 林文月〈A.L〉
6. 張讓〈也許有一個地方—談旅行與鄉愁〉
7. 鍾文音〈古都秋月〉
8. 林文月〈步過天城隧道〉
9. 鍾怡雯〈旅行中的書寫：一個次文類的成立〉

10. 劉克襄〈全世界最貴重的孤獨—三貂嶺車站〉
11. 王盛弘〈像我這樣一名觀光客〉
12. 郝譽翔〈用郵輪航線繪製的世界地圖〉《和妳直到天涯海角》
13. 郭子鷹〈最好的時光在路上〉、〈理想國度與晴天假期〉
14. 吳明益〈行書〉
15. 詹宏志《旅行與讀書》
16. 紀錄片：陳懷恩《練習曲》
17. 旅行節目：王浩一、劉克襄《浩克漫遊》
18. 紀錄片：齊柏林《看見臺灣》
19. 電影：尚・馬克・瓦利（Jean-Marc Vallée）《那時候我只剩下勇敢》（Wild）
20. 電影：華特・沙勒斯《革命前夕的摩托車之旅》（切・格瓦拉）（The Motorcycle Diaries）
21. 電影：奧黛麗・威爾斯《托斯卡尼艷陽下》（Under the Tuscan Sun）

高美芸老師　編撰

寫作攻略：企劃寫作

企劃的應用甚廣，舉凡活動舉辦、產品行銷、組織調整等都需要企劃。一份好的企劃，必須清楚的定位企圖解決的問題為何，並提出富有創意與效益的問題解決方案。企劃書並無標準格式，不過撰寫上仍可以掌握一些基本原則。以下即分就企劃撰寫的三階段、撰寫的基本元素及內容做簡要說明。

一、企劃撰寫三階段

一份創意企劃的撰寫不可能憑空產生，大抵包含了三個階段：

㈠創意發想：提出問題，定位目標與價值

1. 企劃的目標爲何？中心價值爲何？待解決的問題爲何？
2. 跳脫框架，尋找亮點，強化創意。

㈡策略規劃：規劃具體可行的方案

1. 策略須呼應目標、解決問題。
2. 策略是具體可行的。

㈢評估效益：

1. 企劃要能說出成效。
2. 成效是說服決策者或合作者的核心理由。

舉例來說，假設你正嘗試規劃一個旅行企劃，則可以多方收集資料，預做功課，確立企劃的中心價值爲何？與其他企劃的差異點爲何？創意點爲何？藉此突顯這份企劃案的與眾不同。

創意發想的過程有賴於平時多多收集資料，保有閱讀習慣，學習觀察、分析、發現問題以尋求創意靈感。例如保有閱讀習慣的你可能從閱讀劉克襄《11元的鐵道旅行》獲得啓發，從書中所突顯的「十一元」的意義——臺灣最慢的火車，最短的區間旅行的票價，以雙腳步行等獲得靈感，也想要規劃一個以鐵道結合步行的慢遊旅程企劃。經此創意靈感啓發後，你還必須收集相關的背景資料加以分析，諸如臺灣環島旅行工具的使用調查、鐵道旅行的路線收集等。創意發想的過程往往需要耗費許多時間消化、分析背景資料，在足夠的背景資料分析下，才能

有足夠的基礎去構設出富有理路又獨具創意的企劃案。

確立目標後，即可以進行「策略規劃」。策略規劃首重可行性，你必須仔細研擬，前後推敲步行如何融入鐵道旅程中。研擬出來的具體方案可能包括鐵道旅行的路線圖、慢遊的天數、各地方周邊景點介紹、車站附近漫步的路線，以及旅宿地點等。

最後，你預期透過此深度慢遊之旅增加對臺灣鐵道文化的認識，並寫下十一篇鐵道旅行散文，這些即是這份企劃書所預期的收穫與成效。

二、企劃的構成要素

如何完成一份周詳的企劃而不遺漏重要事項呢？我們可以依據一般企劃書的構成要素——6W2H1E加以規劃。以下即以表格方式簡要說明內容。

企劃三階段	構成要素6W2H1E	內容說明
創意構思（企劃定位）	What：企劃目的	1. 說明此企劃嘗試改變什麼，解決什麼。 2. 依目的做出明確的定位，賦予價值。
	Why：緣起、動機	1. 說明企劃的動機為何。 2. 分析相關背景資料：如市場分析、顧客分析、法令分析、競爭者分析等強化說服力。
策略規劃	Who：實施人員	執行的人力需求與配置。
	Whom：實施對象	實施對象為何。

企劃三階段	構成要素6W2H1E	內容說明
	When：實施時間	1. 執行的期程與進度安排。 2. 建議以甘特圖呈現期程規劃。
	Where：實施地點	說明實施地點。
	How：實施策略	1. 企劃書最重要的部分。 2. 呼應目標，解決問題的具體策略。
	How much：實施預算	依據規劃的策略，詳實估算經費。
評估效益	Evaluation/Effect：實施成效	1. 實施後所預期的效益。 2. 可粗分為： (1)有形效益：可明確衡量者。如學習滿意度上升。 (2)無形效益：無法量化者。如品牌形象提升。

三、企劃書的撰寫

(一)企劃書無固定格式與內容

企劃書無固定的格式，內容的繁複程度也視不同個案或需求而有所不同。像是有些公司要求一頁企劃，將所有企劃內容濃縮在一頁，則企劃書撰寫的內容自然被簡化。有些公司的企劃案規模龐大則企劃書的精細程度自然提高，細項規劃也會增加。

(二)企劃書的基本內容

下表「上列」所列的項目為企劃書會寫到的內容；下表「下列」則為許多公司時興採用的「一頁企劃書」模式。相較於前者，後者精簡許多，但企劃書應具備的元素（6W2H1E）大抵都有。兩者並無優劣之分，初學者可以嘗試以「一頁企劃書」為企劃撰寫的基本模式，再視個案特質彈性調整細項，變更順序，合併或拆解元素。原則上以能完整呈現企劃者的創意特色，說服決策者採用為主要考量。

企劃書內容	一頁企劃書內容
1. 封面： 2. 目錄： 3. 摘要： 4. 緣起： 5. 目的： 6. 背景分析： 7. 時間： 8. 地點： 9. 企劃單位： 10 對象： 11. 具體方案： 12. 期程進度：	一、企劃目的：（What） 二、企劃緣起：（Why） 三、對象範圍：（Whom） 四、實施方案：（How） 五、實施期間：（When） 六、實施地點：（Where）

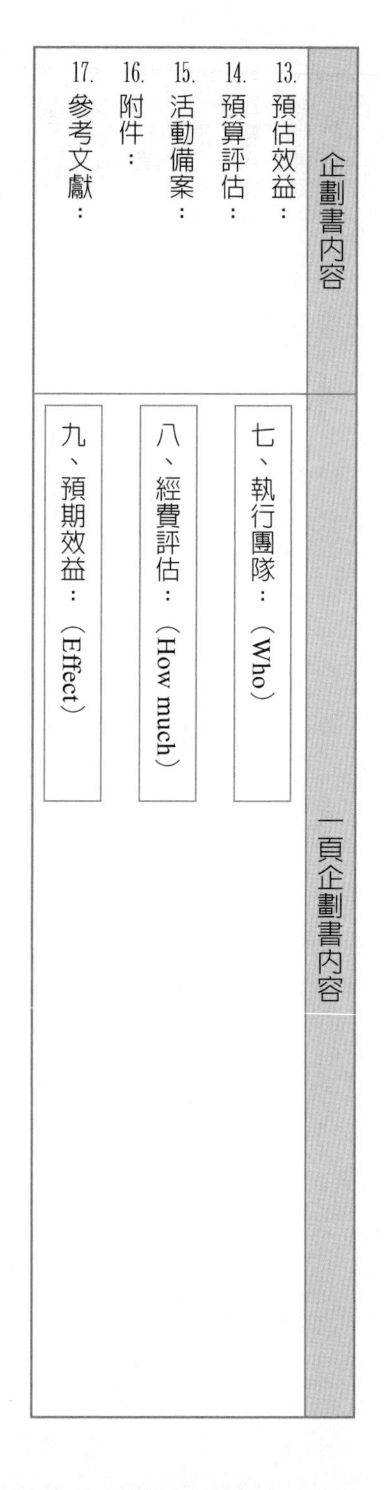

企劃書內容	一頁企劃書內容
13. 預估效益： 14. 預算評估： 15. 活動備案： 16. 附件： 17. 參考文獻：	七、執行團隊：（Who） 八、經費評估：（How much） 九、預期效益：（Effect）

(三)企劃書撰寫注意事項

1. 文字力求簡單明瞭：寫作企劃書不是寫作文，無須華麗的詞藻，文字以簡單扼要，完整表達為要。
2. 善用圖表、照片：於字裡行間加入圖表、照片，讓版面更活潑，提高閱讀者的理解效率與重點掌握。

四、寫作練習：

請根據下列遊程設計要項製作成遊程企劃書。

(一)遊程企劃書之內容應包含：

1. 遊程主題：可結合鐵道、溫泉、生態、文化、美食等複合性主題。
2. 目標市場：請自訂客源對象（如學生、家庭親子、公司團體、社會人士、社區老人等）。
3. 遊程規劃：三天兩夜創意遊程。

4. 遊程特色：請附上整體遊程路線圖、景點簡介、景點照片等。

5. 遊程估價：以新臺幣計。

6. 產品行銷策略。

7. 意外風險管理與注意事項。

(二) 遊程規劃內容須包括：

1. 旅遊範圍：臺灣地區（含本島及金門、馬祖、澎湖、蘭嶼、綠島）

2. 行程天數：三天兩夜。

3. 參與人數：請依遊程特質規劃。

4. 經費預算：每人新臺幣一萬元以下。

5. 住宿安排：房型及人數可自行規劃。飯店須爲合法經營。可參考觀光局旅館及民宿資訊系統網站：http://hotelhomestay.tbroc.gov.tw/

6. 地方特色：可結合節慶、農產品推廣、民俗文化或手作體驗等。

7. 交通：步行、腳踏車、遊覽車、火車、高鐵、渡船或國內線航班等皆可。不限單一交通工具。

賴素玫老師　編撰

I 書房選文

〈逍遙遊〉節選

莊子

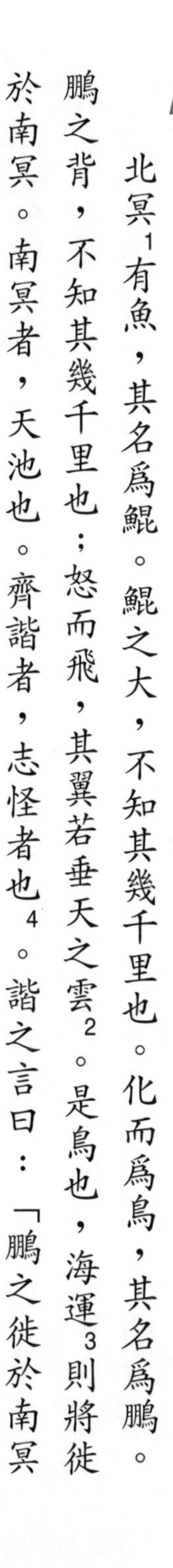

正文

北冥[1]有魚，其名爲鯤。鯤之大，不知其幾千里也。化而爲鳥，其名爲鵬。鵬之背，不知其幾千里也；怒而飛，其翼若垂天之雲[2]。是鳥也，海運[3]則將徙於南冥。南冥者，天池也。齊諧者，志怪者也[4]。諧之言曰：「鵬之徙於南冥

1 北冥：指北海。冥，指海水深而成黑色。
2 怒而飛，其翼若垂天之雲：振奮飛起，雙翼有如天邊懸垂的雲。怒，即振奮。
3 海運：海動風起的時候，多指農曆六、七、八月時颱風季節。
4 齊諧者，志怪者也：指齊諧是一本言談怪異的書。

也，水擊三千里，摶扶搖而上者九萬里[5]，去以六月息者也[6]。」

野馬也，塵埃也，生物之以息相吹也[7]。天之蒼蒼，其正色邪？其遠而無所至極邪？其視下也亦若是，則已矣。且夫水之積也不厚，則負大舟也無力。覆杯水於坳堂[8]之上，則芥爲之舟，置杯焉則膠[9]，水淺而舟大也。風之積也不厚，則其負大翼也無力。故九萬里則風斯在下矣，而後乃今培[10]風；背負青天而莫之夭閼[11]者，而後乃今將圖南。蜩與學鳩笑之曰：「我決起而飛，槍榆枋而止[12]，時則不至而控[13]於地而已矣，奚以之九萬里而南爲？」適莽蒼者三餐而反，腹猶果然[14]；適百里者宿舂糧[15]；適千里者三月聚糧。之二蟲又何知！小知不及大

5 摶扶搖而上者：摶，拍、拊的意思。扶搖而上，即繞著旋風而上。
6 六月息：息，氣、風的意思。六月息，指六月海動引起的颶風、颱風。
7 野馬也，塵埃也，生物之以息相吹也：此句話承上文而來，意指大鵬鳥有待六月的颶風，正像春霖沼澤中升騰如奔馬的雲氣，又像日影照耀下飛揚的塵埃，都是靠著天地間生物的氣息吹拂而游動一樣。
8 坳堂：坳，音ㄠ，又讀ㄠˋ，窪地，堂如塘。
9 膠：黏住不動，指擱淺的意思。
10 培：音ㄆㄡ，培的假借字，擊的意思。
11 夭閼：謂遮攔障礙。夭，折。閼，音ㄧㄝˋ，同遏，止塞的意思。
12 槍榆枋而止：槍，突、碰也。意突過榆樹、枋樹上。
13 控：投的意思。這裡指落下。
14 適莽蒼者三餐而反，腹猶果然：莽蒼，郊野的顏色，這裡指近郊。意即前往近郊只需準備三餐而返回，肚子猶飽飽的。
15 宿舂糧：舂，ㄔㄨㄥ。意指出發前一天要搗米儲食。

知，小年不及大年。奚以知其然也？朝菌不知晦朔[16]，蟪蛄[17]不知春秋，此小年也。楚之南有冥靈[18]者，以五百歲爲春，五百歲爲秋；上古有大椿者，以八千歲爲春，八千歲爲秋。而彭祖[19]乃今以久特聞，眾人匹之，不亦悲乎！

湯之問棘也是已[20]。窮髮之北[21]，有冥海者，天池也。有魚焉，其廣數千里，未有知其脩[22]者，其名爲鯤。有鳥焉，其名爲鵬，背若泰山，翼若垂天之雲，摶扶搖羊角[23]而上者九萬里，絕雲氣[24]，負青天，然後圖南，且適南冥也。斥鴳[25]笑之曰：「彼且奚適也？我騰躍而上，不過數仞而下，翱翔蓬蒿之間，此亦飛之至也。而彼且奚適也？」此小大之辯也。

16 朝菌不知晦朔：朝生暮死的菌類，不知晝夜的變化。晦，月之終；朔，月之初。此當指夜、旦。

17 蟪蛄：或作山蟬，古人以為蟬春生夏死或夏生秋死，所以不知一年中有春有秋。

18 冥靈：冥海的靈龜。

19 彭祖：傳說中的長壽的人，姓錢名鏗，曾為堯臣，封於彭城，歷虞、夏以至商代，年七百餘歲。

20 湯之問棘也是已：事見《列子、湯問篇》；棘、革兩字古聲相同。棘是湯時大夫，有賢名。

21 窮髮之北：不長草木的最北地方。窮，無也。髮，毛也，指草木。窮髮，即不毛之地。

22 脩：長度。

23 羊角：風曲上形像羊角，俗所謂旋風。

24 絕雲氣：超越雲層。

25 斥鴳：亦作尺鴳，「斥」同古「尺」字。鴳，音ㄧㄢˋ。意即飛不過一尺的小雀。

故夫知效一官，行比一鄉，德合一君[26]而徵一國者，其自視也亦若此矣[27]。而宋榮子[28]猶然笑之。且舉世而譽之而不加勸，舉世而非之而不加沮，定乎內外之分，辯乎榮辱之竟，斯已矣。彼其於世，未數數然也[29]。雖然，猶有未樹也[30]。夫列子御風而行，泠然善也[31]，旬有五日而後反。彼於致福者，未數數然也。此雖免乎行，猶有所待者也。若夫乘天地之正，而御六氣之辯[32]，以遊無窮者，彼且惡乎待哉！故曰：至人無己，神人無功，聖人無名[33]。

26 知效一官，行比一鄉，德合一君：才智只能勝任一官職，行為只能合乎一鄉人的心願，德行只能投合一君的好惡。

27 而徵一國者，其自視也亦若此矣：且又能見信於全國人者，他們自我看待正像鴳雀一樣。

28 宋榮子：是宋國的賢者，與〈天下篇〉中的宋鈃ㄒㄧㄥˊ、《孟子》中的宋牼ㄐㄧㄥ和《荀子》中的宋子同為一人。是先秦思想家，有賢名。猶然，是微笑自得的樣子。

29 彼其於世，未數數然也：言他對於社會世俗的榮辱不去汲汲追求。

30 猶有未樹也：還未能樹立自我（有己）。

31 列子御風而行，泠然善也：列子，名禦寇，鄭國人，相傳曾遇仙人，習法術，能乘風而行。此句謂列子乘風飛行，十分美好。泠ㄌㄧㄥˊ然，確實。

32 乘天地之正，而御六氣之辯：謂能遵循天地不變的自然規律，或萬物的本性，且能夠掌握陰、陽、風、雨、晦、明六氣變化的道，與之化合為一體，如此則可以達到逍遙的境界。辯，讀若「變」。

33 至人無己，神人無功，聖人無名：修養到「至人」境界的人，便能夠打破自我的迷思，沒有偏執、私我之見，一切順應自然，不受自我生命情調的限制。修養到「神人」境界的人，精神肉體都能超越現實，忘懷得失，無憂無愁，不受功勳利祿誘惑。修養到「聖人」境界的人，能夠等觀榮辱，忘仁忘義，不受世俗虛名羈絆。

……

惠子謂莊子曰：「魏王貽我大瓠之種[34]，我樹之成而實五石[35]，以盛水漿，其堅不能自舉也。剖之以爲瓢，則瓠落無所容[36]。非不呺然[37]大也，吾爲其無用而掊[38]之。」莊子曰：「夫子固拙於用大矣。宋人有善爲不龜手之藥[39]者，世世以洴澼絖[40]爲事。客聞之，請買其方百金。聚族而謀曰：『我世世爲洴澼絖，不過數金；今一朝而鬻技百金，請與之。』客得之，以說吳王。越有難，吳王使之將。冬，與越人水戰，大敗越人，裂地而封之。能不龜手一也，或以封，或不免於洴澼絖，則所用之異也。今子有五石之瓠，何不慮以爲大樽[41]而浮乎江湖，而憂其瓠落無所容？則夫子猶有蓬之心[42]也夫！」

34 大瓠之種：瓠，音ㄏㄨˋ，葫蘆之類的種子。
35 我樹之成而實五石：結的果實，可以裝五石的容積。
36 瓠落無所容：謂以容量五石的大葫蘆，切開來作瓢，沒有那麼大的水缸可以容納它。
37 呺：音ㄒㄧㄠ，虛大的樣子。
38 掊：音ㄆㄡˇ，擊碎。
39 不龜手之藥：指不會因寒而凍裂皮膚的藥方，龜與皸同，音ㄐㄩㄣ。
40 洴澼絖：以漂洗絲絮為業。洴澼，音ㄅㄧㄥˋ ㄆㄧˋ，漂洗捶打。絖，音ㄎㄨㄤˋ，細絮的意思。
41 大樽：樽為浮水的壺。以壺繫腰，乃可浮水。所以古語有：「中流失船，一壺千金」之說。把大壺繫在腰上以渡江湖，成為腰舟。
42 有蓬之心：蓬，草本植物，俗稱蓬蒿，短曲而不直。莊子藉以比惠子的見解迂曲、狹隘。

惠子謂莊子曰：「吾有大樹，人謂之樗[43]。其大本擁腫而不中繩墨[44]，其小枝卷曲而不中規矩，立之塗，匠者不顧。今子之言，大而無用，眾所同去也。」莊子曰：「子獨不見狸狌[45]乎？卑身而伏，以候敖者[46]；東西跳梁[47]，不避高下；中於機辟[48]，死於罔罟[49]。今夫斄牛[50]，其大若垂天之雲。此能爲大矣，而不能執鼠。今子有大樹，患其無用，何不樹之於無何有之鄉[51]，廣莫之野，彷徨乎無爲其側[52]，逍遙乎寢臥其下？不夭斤斧，物無害者，無所可用，安所困苦哉！」

43 樗：音ㄕㄨ，高大的落葉喬木，木質粗劣不可用，有臭味，俗稱臭椿。
44 其大本擁腫而不中繩墨：言樹身盤結，紋理不合於使用繩墨的測量。
45 狸狌：狸同貍，野貓。狌，雞鼠之類。
46 敖者：指游翔奔走的小動物。
47 跳梁：同「跳踉」，跳躍、竄越的意思。
48 機辟：機弩之類的捕獸器具。
49 罔罟：罔通網。罟，音ㄍㄨˇ，網的通稱。
50 斄：音ㄌㄧˊ，同犛。
51 無何有之鄉：虛無寂聊之鄉，及莊子幻想超越時空限制，一無所有、絕對自由的境界。
52 彷徨乎無為其側：徘迴自得，無所事事地徜徉在樹下的四周。

導引與賞析

莊子，名周，字子休，戰國宋蒙人（今山東省荷澤縣東）。生卒年不詳，嘗為漆園吏，與梁惠王、齊威王同時。其學術思想多以寓言方式呈現，如〈漁父〉、〈盜跖〉、〈胠篋〉等，來詆訾孔子之徒，闡明老子之術。楚威王聽聞莊子賢能，派遣使者攜帶厚幣前往迎接，並答應給予宰相的尊位。莊周則以郊祭之犧牛和泥塗之龜自喻，表明終身不仕。

《漢書・藝文志》載「《莊子》五十二篇」，而今本《莊子》僅三十三篇六萬五千多字，分內篇、外篇、雜篇三部分，可能是在晉代郭象注《莊子》刪去了。其思想以無用為用，以逍遙為樂，其生死壽夭，一是非短長，善於保全其天眞的本性。莊子思想不只對後代哲學思想影響很大，他的寫作文筆變化多端，具有濃厚的浪漫主義色彩，並附有幽默諷刺的意味，喜歡採用形象化的寓言、擬人化的設譬，馳騁於奇詭的想像之域，在文學領域上的成就也是令人驚嘆。

〈逍遙遊〉主旨是要人培養開闊的胸襟，看透人世間功、名、利、祿、權、勢、尊、位的束縛，無是非、無得失、無所待，而與自然萬物混為一體，使精神活動臻於優游自適，無掛無礙的境界。其修養功夫的最底層是儒家成聖成賢的代表，其鄙薄之意顯見。

〈逍遙遊〉中莊子運用了許多寓言來表述逍遙遊的內涵，揭露世俗「有待」的表現。首先，莊子指出，水積深後才能使大舟航行，修養功夫必須等待；而大鵬雖然偉大，但只有颶風、颱風來臨時才能培風翺翔，因此他們都是「有所待者」。再如，莊子認為宋榮子的思想仍然處於「定乎內外之分，辯乎榮辱之境」的侷限，並沒有完全超越世俗對是非內外和榮譽恥辱的紛爭，只是在這種紛爭中不動心，因而不是眞正的「無待」。莊子批判了世俗的有所待，提出了追求無待的理想境界，同時也指出了從「有待」至「無待」的具體途徑。這就是：「至人無己」，「神人無功」，「聖人無名」。這裏的「至人」「神人」「聖人」都是「道」的化身和結合體，是莊子主張的理想人格。

此外，莊子用「大瓠之種」與「大樗之樹」的兩段對話闡述了關於「有用」和「無用」的觀點。莊子告訴惠子怎樣妙用這個「五石之瓠」，建議他可以把這種大葫蘆作爲腰舟繫在身上，用來浮游於江湖之上，這正是一種自由自在的逍遙遊境界。而「大樗之樹」應該種在「無何有之鄉」，不但能終其天年，更能渡濟群生。由此可見，莊子很注重事物的內在使用價值，「無用」只是事物的外在，其內在卻有大用，如此，方爲逍遙遊的眞諦。

【問題與表達】

一、何謂寓言？其在寫作技巧上有何作用？《莊子》一書就文學角度而言，有何特色，對後世影響如何？

二、何謂「無用之用」，這跟莊子主張「自然無為」的精神有何關係？

三、就你現在身處的環境，如何便是你所嚮往的「逍遙自在」？

蔡文彥老師　編撰

〈鐵魚〉

廖鴻基

正文

船尖掘起水花衝浪邁出港堤。湧浪聳揚起伏，船身顛簸搖晃。曙光從天邊雲縫綻裂出一道道火紅朝霞，點點破曉波光浮閃浪緣，港堤外，數十艘漁船張展著長杆徘徊穿梭在晨霧中。氣象播報將有鋒面過境，漁船仍被鱰魚[1]魚群吸引傾巢而出，像螞蟻覓食般集結盤旋在近岸海域。船群上空鷗鳥啼叫翻飛；飛魚鼓翅躍起滑翔海面；金鱰魚輪動跳躍如騎著湧浪緊追竄逃的飛魚，黑潮脈脈汩動，將海洋的富饒景象湧現在黎明海上。

海湧伯握緊舵柄，僅讓船隻擦觸過船群邊緣船頭旋即右偏，船隻若一顆流星脫離了那熱鬧如早市的豐盛海域。已經好幾天了，海湧伯似乎對那性格暴烈的鱰

1 鱰魚：音ㄆㄧㄥˊ，鯕鰍，又名鬼頭刀。（學名：Coryphaena hippurus），俗名三保公魚、飛虎、海（魚廉）、鬼頭刀，為輻鰭魚綱鱸形目鱸亞目鱰科鯕鰍屬的一種。

魚失去興趣。每天出航前，海湧伯總要站上船尖，晨風翻過長堤振動他的衣袂，海勇伯提住鐵鏢拉直鏢繩抬頭凝望黑底透藍的天空。晨禱儀式默默進行著。我知道，海湧伯在期盼一條大魚。

每個討海人都曾做過大魚的夢。縱然寬廣無垠的大海中，再大的魚也不過是芝麻粒點，憑船隻有限的航程，碰到大魚的機會幾乎微乎其微。但總有少數幾艘像海湧伯這樣的船，他們放棄季節魚群的誘惑，遠離鼓噪成群的漁船，在海上馳騁逐夢。像一匹孤獨的狼在荒漠大海中尋找另一匹孤獨的狼。

好幾天了，我們只順路捕獲少數幾條鱰魚。熱鬧非凡的港口漁市，擺滿了其他漁船豐收的鱰魚。有人勸海湧伯：「一天兩、三百斤放在海底，你在瘋什麼？」海湧伯沒有回答。

船隻漸行漸遠。海湧伯爬上塔台，他表情冷漠，兩眼茫然似無焦點，也許，在海湧伯心中，自有其不同於其他船隻的視野。蓊鬱遠山，清藍蒼穹，如絲如緞揚動無邊的澄藍大海，船隻擺脫繁華巡遊在單調的藍色視野裡。我曾經告訴一位岸上的朋友：「也許我們相距只短短數浬，我站在船隻塔台最高點，這個高度遠低於你在岸上的任何位置，我看到了你在岸上看不到的遠山，看到了城鎮高樓都被壓縮模糊成一道山海間的雲煙……，我在海上，擁有與你迥然不同的視野。」

塔台一陣抖擻。海湧伯拉緊油線，單手掄動方向盤，船隻迴首衝出，海湧伯似是看到了什麼！如在沉藍夢裡驚醒，我踮起腳跟循著海湧伯直射視線在海面摸索他眼神的焦點。可能是一根漂流浮木；一片被潮水聚攏的泡沫水波；一條曲蜷的斷纜……，也可能是一群海豚；一隻探頭的海龜……，不是海湧伯殷殷期盼的大魚。

「幹！」海湧伯鬆掉油線隨口罵出。船隻瞬間癱軟下來，我們如被托上峰頂而後鬆手衝落浪谷。幾天來，我們在高低起伏的湧浪間大弧擺盪，從點燃湧聳希望到灰燼冷滅，船隻總是衝得太快。

海洋如一面鏡子反射日光，我們站在塔台上，酷熱陽光從上從下烤曬我們一整天，我們像懸在竿架上曝曬的魚乾。海水波動無常，有時我們的視線能夠切入水面，看到一絲絲溶在水裡搖擺的金黃絲線，有時，海面像覆蓋一層亮光冑甲，視線變成一把魯鈍的刀如何也切不進堅密光閃的海面冑甲。海洋的寬廣、深沉和善變，提供了大魚無限的迴旋空間，而我們只能在單一平面，用毫無把握的期待來圖繪大魚的夢。

又是一陣聳動，三百公尺外，大片赭紅浮潛水面。引擎捶動雷鳴，海湧伯眼神如犀利鏢尖，顴骨咬牙鼓起，鼻側褶皺，臉頰顫跳不止。

二百公尺，排氣管噴出火花，海湧伯姿態僵硬如隨時就要爆炸的氣球。

一百公尺，一根似是魚鰭的灰黑翼片掃出水面又即刻沒入海水裡。我們怕跌得太重仍不敢縱火燃燒希望。

五十公尺，海湧伯鬆手油門，手掌掃來打中我的胸膛。

「鐵魚！」[2]海湧伯大喊一聲。

喊聲揚昂粗獷如一聲破雷。多日的抑鬱沉悶都隨海湧伯這聲衝天叫嚷剎那煙消雲散。那幾乎有半艘船大小的寬敞魚體，亦裸裸橫躺船前。

鐵魚，一般稱做翻車魚，唯有討海人叫牠鐵魚。事實上，牠周身柔軟，如「鐵」字所呈現的堅硬意思似乎毫無關聯。除了表皮暗褐粗糙，牠體內全是白皙皙軟骨和雪白嫩肉，沒有一根硬骨頭。討海人用鐵鏢刺牠，只要擲鏢手尾使點狠勁，鐵鏢往往都能刺穿牠的身體。

這是一隻我們夢寐以求的大魚，一隻巨大的鐵魚。

「下去！」海湧伯喝斥著，語調裡壓抑不住火樣的亢奮。我從塔台跳落跌跌撞撞衝進駕駛艙，心跳鼓鼓捶打，氣若哽窒住了喘不開來，面對這樣的大魚，我

2 鐵魚：是屬於魨形目翻車魨科的一種魚，又名翻車魨、曼波魚，該物種原產於世界各地的熱帶和溫帶水域，也見於寒帶海洋，屬於大型大洋性魚類。成年翻車魚的體重一般在二百四十七到一千公斤之間。翻車魚形似一個長著尾巴的魚頭，身體扁平。翻車魚的背鰭和臀鰭較長，展開可超過身長。

慌亂得手足無措，我很懷疑我們是否具備足夠能力來對付這樣的大魚。

舵柄彷若舉棋不定在駕駛艙底搖搖擺擺，我伸手碰住舵柄，眼睛一抬，海湧伯以一股永不回頭的氣勢已經釘立在船尖上。鐵鏢夾挾在他右腋下，鏢尖斜向右前指住鐵魚，海湧伯兩腳弓膝身體傾出船尖外，左臂高舉揚動，指尖頻頻點頭向前。這是海湧伯在告訴我，他毫不猶豫的強烈企圖。

在海上，除了罵人海湧伯很少開口說話。平常時候，我在駕駛艙掌舵，他在船尾放鉤或是在船前收拉魚線，他要的方向角度和動力大小，往往都是頭也不抬的就那麼隨手一揮。有時我貪看海上風景看漏了他的手勢，他手上魚線的拉力和角度會讓他立刻查覺到我的疏忽。這時，他挺住魚線緩緩抬起頭，表情像一頭齜牙咧嘴就要衝撲過來的惡狼，一連串既狠又毒的咒罵，蓋過引擎響聲，毫不留情劈啪刺殺過來。這養成了我在海上的習慣，只要扳著舵柄，我的視線不會離開海湧伯身上。漸漸的，他的每個手勢動作，我都能清楚明白。有一次上了碼頭，海湧伯拍住我的肩膀說：「大聲罵是為著將來。」

海上作業，每個動作必須熟練而且完美，尤其是魚繩扽[3]力遠超過手臂挺得住的氣力時，即使是一個小小繩結錯誤，一個些微疏失，甚或只是一個腳步踩錯

3 扽：ㄉㄨㄣˋ，振、引。振拉物體使平整。亦作「頓」。見教育部《異體字字典》。

繩圈，都有可能危及生命安全或是造成漁獲損失。

我左擺舵柄，輕扯油門，讓船尖與鏢尖順成一直線。海湧伯連串的手勢反覆在告訴我，船隻以正確方向和穩健速度接近浮躺著的鐵魚。他凌空指揮著讓鐵魚從船前右側轉出，這時的距離不到十公尺，海上漲魚活鮮鮮轉入我的眼網裡——牠隨著波浪搖擺如沉睡海面的一張大搖籃。

我摒住呼吸，唯恐任何多餘的聲響驚嚇到海上鐵魚，儘管船隻和鐵魚的距離已迫在眉睫，但只要驚嚇到牠，只要牠匆匆潛下一、二公尺，我們大魚的夢將即刻瓦解破碎。

鐵魚會在大太陽及南風天浮出海面，像在海上做日光浴般翻倒平躺水面。南風徐徐，海波爲床，牠大片身體懸浮在波浪頂端，兩片尾翼舒張鬆垂，那是慵懶無骨無比舒適的姿態。看著鐵魚沉睡模樣，我想到南洋海灘椰影樹隨風搖擺的吊床。討海人講起鐵魚，總愛用即羨慕又嘲笑的口吻說：「起來吹風曝日頭乖乖在睡吶。」

最後五公尺，海湧伯左掌急轉翻下，指尖向下急躁拍打。我即刻退掉油門，船隻藉慣時性衝力順勢緩緩滑行。海湧伯讓船尖以最安靜的腳步躡近鐵魚身邊。

眼看著船尖就要騎上牠的身體，鐵魚睜開眼，瞪看船尖一眼，尾鰭甩動，好像很不耐煩我們吵鬧了牠的睡眠。我從沒看過這樣大塊而且大方的魚體。

鐵魚外形古怪，像正常魚體斷了半截。牠尾側長著一列波浪狀尾裙。兩片大三角尾鰭長在尾裙上下兩端，像魚體伸出去的兩根搖槳。牠動作溫吞緩慢，一副與世無爭聽天由命的慵懶模樣。牠隨波逐流像個海上浪子，牠身軀肥碩龐大，動作雍容自在，又像個海洋貴族。

船隻緩緩緩停靠在鐵魚身邊，鐵魚瞪大眼仍舊翻躺著身體。海湧伯兩手挺鏢，如高舉一根鋤頭就要搗下泥地。

好幾次夢見大魚，每個大魚的夢境都很相似。我夢見大魚懶懶的被拖拉上岸，大魚眼珠子無塵晶亮耀閃光芒，牠的血水和體液黏瘩瘩拖流一地，一股血腥臭味瀰漫。

海湧伯出鏢剎那，一陣北風吹打在我臉上。被鐵鏢刺中後，鐵魚翻身立起，高大的上尾翼緩緩舉出水面，溫吞吞搖擺兩下。海湧伯用淒厲的聲音大叫：「兩隻！」我怔住顫抖了，爲牠慵懶的逃生態度，爲了我時目到兩片尾翼幾乎平行貼住同時豎起。那可是兩條鐵魚一上一下疊躺在一起？就連中鏢翻身間，兩條鐵魚幾乎沒有距離摩擦著肌膚緊緊依偎在一起。

我隱約聞到夢裡那股血腥氣味。

兩條鐵魚如一對水上芭蕾舞者動作一致的在海面搖擺一陣，拖住鏢繩潛下水裡。海湧伯斜身俯在店尖，眉頭皺起撐住前額髮根，鏢繩磨過他手掌汩汩竄出。我推動船舵，敲響引擎，船尖追住出繩方向盤旋。陽光沒入流雲裡，海面折起茫茫白波，鋒面下壓天候遽變，原本亢奮的「大魚心情」瞬間翻轉覆沒，一股不安的氣息隱隱擾上心頭。

北風越吹越急，船尾管架裂縫呼嘯出陣陣尖銳哨聲，滾白浪花綻翻在脈脈浪丘稜頂。海湧伯苦苦撐住，鏢繩直挺挺垂下舷邊水面。船隻止住，我想到船底深處苦苦掙扎的鐵魚，海面上，海湧伯有我作伴，有我接手沉甸甸的鏢繩，不曉得海面下牠的伴侶是否仍陪伴依偎在牠身邊？我回想擲鏢前後牠的溫吞模樣和瞋視眼神，牠可是爲了用牠大片身軀做爲保護傘、做爲盾牌，來保護貼身在牠身體下的伴侶？

海上成雙成對出現的魚不多。鰭魚和海豚雖然有明顯的雌雄配對，但牠們通常群體出現，而且在伴侶同游之間保持著有機可趁的間隙。這是我第一次看到，毫無間隙緊緊相擁的一對伴侶。彷彿浩瀚大海無數生命中牠們是彼此唯一的選擇，牠們珍惜相遇相知的情緣，這樣牢牢相守相貼。

繫在鏢繩上的大型浮筒，一下沒入水面一下翻跳上來，浮筒堅持著一點一滴耗蝕水底鐵魚的性命。我們把長鉤杆、大鐵鉤和鏈條起重機準備在船舷邊，從水底到水面，從水面到甲板，就這最後兩段距離，我們就要來圓這場大魚的夢。我感覺一陣恍惚，難道就這麼輕而易舉我們就要得到這尾以「鐵」字命名的大魚？就坐在船舷邊等待。我眞心希望牠的伴侶已經拋棄被鐵鏢刺穿的牠遠遠離開，我又期待親眼見證一場刻骨銘心的情愛。鐵魚以無塵晶亮的眼珠子反覆出現在我腦海裡，無論牠的伴侶是離開或是堅持陪伴著牠，從海湧伯出鏢剎那，這對鐵魚就注定了這場矛盾的悲劇，我又如何能夠期待更悽愴的結局？我想起看過一篇捕鯨船手記——母鯨見我們接近，並不害怕，牠盤旋打轉用胸鰭托起幼鯨保護住牠。我知道，先刺殺幼鯨就等於逮著了母鯨。母鯨寧可被殺，也不會丟下受傷的幼鯨——

鱰魚被拉上甲板，會暴烈地用頭部猛力敲打船板，直到鮮血流出抽搐著死去；被船隻鏢中的旗魚[4]，會瘋狂的衝撞，在海水裡就了決了自己。魚類中鏢或上鉤後，通常都會兇猛的掙扎翻跳，讓生命像一顆易燃燒的火藥，瞬間爆炸燃燒迅速歸於寂靜。面對船隻的拘捕，牠們用火焰樣的生命，燃燒出美麗而沉痛的火花。

鐵魚已經撐過了半個小時，牠溫溫懦懦不衝撞不翻跳，只用龐大的體重和溫吞的生命和我們沉沉耗著。

4 旗魚：旗魚科（學名：Istiophoridae）也稱馬林魚（英語：marlin），為輻鰭魚綱旗魚目的其中一個科。

大約一個小時過後，浮筒像戰死沙場的鬥士橫倒水面。海湧伯仰動下巴，船隻趨前。我和海湧伯上下交手抽拔鏢繩，鏢繩下端仍一陣陣顫動，鐵魚仍活生生搖划著牠的兩根大槳。海湧伯表情嚴肅的說：「沒看過這麼韌命的魚。」

浪濤已高仰到三公尺上下，甲板晃盪不安，高掛在塔台側的起重機鏈條一陣陣碰撞發出錚錚脆響。遠山陷溺在一片茫茫水煙裡，詭異不安的氣息籠罩包圍著船隻。

鐵魚繞著8字形圈子浮上水面，果然！牠的伴侶緊貼住牠跟著浮上來。牠的伴侶始終像牠的影子，跟隨著被拉近舷邊水面。我寧願相信，這是海湧伯一箭雙鵰同時刺穿兩條鐵魚。

海湧伯用起重機彎鉤勾住受鏢那尾鐵魚，我拉動起重機鏈條。鐵鍊唰唰尖噪聲中，鐵魚被一寸寸拉離水面，那不只是鐵魚巨大體重的負荷，我感受到那是非常沉重而且沉痛的拉力，我眼睜睜看著牠和牠的伴侶被一寸寸拉開。

鐵魚被吊離海面，下尾翼仍垂在水裡。牠的伴侶舉著上翼攀貼上去，像是趁著最終一刻緊握住手不忍別離的一對情侶。

「啪啦！」一聲巨響，懸掛住起重機的纜繩爆炸般碎裂出小股繩絮。鐵魚懸空側翻，重重摔下前艙甲板，大股波浪漢進船舷，船側被這重重一擊傾側幾乎翻覆，我和海湧伯一陣踉蹌差點跌下水裡。鐵魚頭部和前段身體跌入甲板裡，尾裙和兩片尾翼橫跨在右舷上，至三上噸重的魚體偏壓在船隻右側。船隻左舷翻仰突起，右舷下沉幾乎探入水裡。

牠的伴侶靠緊右舷，隨著波浪起伏頻頻探頭張望已經跌躺在甲板上的鐵魚。船上這隻鐵魚沒有任何掙扎翻跳，只一下下搧打著尾翼，像是在驅趕牠的伴侶離開。

我和海湧伯用盡所用力氣和辦法，始終無法將甲板上的鐵魚挪進一分一釐。牠身上附生著斑斑綠藻和叢叢紫色水蝕，像一塊肥沃的花園；牠嘴巴一折一闔發出咻咻重重的嘆氣聲；嘴角咕嚕一聲嘔出一攤血水；眼珠子仰望天空睜著眨著閃出水光。牠撐過了折磨，忍住了性命，但再也看不到牠海上的伴侶。

牠不停的搖搧尾翼，像在對牠海上的伴侶揮手告別。失去牠彷彿失去了魂魄，牠的伴侶徬徨無依呆楞在船邊，像在苦苦哀求我們。

我轉頭想告訴海湧伯，將牠的伴侶一起帶走。海湧伯俯趴在鐵魚身邊像在尋找什麼。我們這才發現，鐵鏢、鏢繩、鐵鉤和起重機……，所有能將牠的伴侶鉤拉回去的工具，全被牠緊緊壓死在寬廣沉重的軀體下！像一座堅毅不動的山，牠穩穩鎮壓住船上的所有武力。

船隻啓動回航，船身劇烈傾斜，像跛腳般行走在坑凹不平的北風浪中。海湧伯放低船速，謹慎的在瞬息萬變的波峰浪谷間選擇回航通道。

牠的伴侶從前舷緩緩落到船後，距離漸漸拉開，牠尾翼劃出海面搖擺著切剖浪峰，似在奮力追趕船尾鼓起的泡沫。船前那條鐵魚，深深鬆嘆出一口長氣尾翼高高舉起，彷彿在對牠海上的伴侶說：永別了，我的至愛。」

從來沒看過像鐵魚這樣溫弱、摯情和堅韌的魚。牠溫吞緩慢幾乎毫無抵拉任我們折磨欺凌；牠展現鋼鐵般的堅韌生命扭住了別離前夕和牠伴侶相偎相守的每一分每一秒；牠們那相護相持不忍別離的似鐵深情……，都讓我們這場海上戰鬥失盡了光彩，讓我們大魚的夢沾染了血腥罪惡。

我坐在駕駛艙橫板上，一身潮濕血腥，我想起曾經告訴一位岸上的朋友：「如果能夠選擇來生，我願意是海裡的一條魚。」我恍然明白了，從刺殺這對鐵魚的剎那起，我已經永不回頭走入當一條魚的輪迴裡。我轉頭看海湧伯篤定的神定，我敢確定，他早就準備好讓自己是一條魚。

船頭破浪高仰，滾白浪花如千軍萬馬在船前崩裂坍塌，港口長堤若一道黑線隱隱浮現浪緣。船隻朝向港堤斜身危危衝浪，隨時都有可能翻覆。我低低垂下頭，不敢再看船前、船尾那兩根遙遙相送的尾翼。

導引與賞析

廖鴻基，一九五七年生，臺灣花蓮市人。曾經做過水泥公司採購員，也曾經到印尼養蝦。三十五歲那年，不顧親友的異樣眼光，成為職業討海人，並且開始寫作。他具有人所未有的敏感筆觸，生動且細膩地勾露出海洋生靈的生命精彩，並蛻變重生的漁夫，承擔化為星海一尾魚的誓言，不斷與環境搏鬥的過程中求得生存茁壯，也學會謙卑和敬畏，並站在「海洋」的角度去摹畫所見到的一切。

三十九歲時他籌組「臺灣尋鯨小組」，在臺灣東部海域從事鯨類海上調查，小組裡其他成員包括漁民、影像工作者和文字工作者。四十一歲時，他發起「黑潮海洋文教基金會」，擔任創會董事長，從事關懷臺灣海洋環境、生態和文化等工作，描摹第一手漁人的資料、感人的魚情傳說、臺灣沿岸的環境、原住民人文歷史、漁港特有的風情與遠洋漁船的冒險，大大地開拓了海洋文學書寫的視野。

多年討海人的生涯，廖鴻基和海洋的關係，已經從漁夫的身分變成朋友。他的作品從描寫魚和人之間的互動關係作為出發點，進而發展出屬於自己和海洋的語言對話，他以豐富的海洋經驗和細膩敏銳的觀察，實地用文字和影像來為海洋作紀錄。多次獲得時報文學獎、吳濁流文學獎、賴和文學獎等重要獎項。代表作有《討海人》、《鯨生鯨世》、《來自深海》等。

本文開頭藉由老漁人海湧伯固執追求大魚，全然不顧當季的鬼頭刀魚群正蜂擁而入花蓮外海海域，營照出驕傲且熱血激盪的討海人形象。「一天兩、三百斤放在海底，你在瘋什麼？」文中海湧伯似乎不屑回答，畢竟，「像一匹孤獨的狼在荒漠大海中尋找另一匹孤獨的狼」，不但是海湧伯的宿命，也是討海人最眞實的形象。漁民在海上追風逐浪，在血液中流淌著如溫柔平靜的洋流，但也有波濤洶湧的怒潮；多變的海有多少面貌，海上的漁人就有多少種性格。廖鴻基在成為漁民後，對海上漁人的面貌有多元的描寫，但這些漁人的特質中都有一種精神貫串其中，那就是大海的寬闊心胸與自由靈魂的追求。

海洋充滿機會卻又危險重重，可以繽紛美麗讓人流連忘返，也能讓人瞬間損失慘重、甚至喪失生命。廖鴻基有著作家敏銳的觀察力與細膩的感受力，讓他不但能乘風破浪、追逐魚群，也能感受到海洋生靈的靈性。在他的文章中，有高傲美麗的鬼頭刀、頑皮聰明的海豚、陰狠貪狼的白帶魚，更重要的是，這些海洋生靈有了感性的靈魂，成爲可愛可親的對象，如「鐵魚」伴侶間愛戀，令人嚮往：「從來沒看過像鐵魚這樣溫弱、摯情和堅韌的魚。牠溫吞緩慢幾乎毫無抵拉任我們折磨欺凌；牠展現鋼鐵般的堅韌生命扭住了別離前夕和牠伴侶相偎相守的每一分每一秒；牠們那相護相持不忍別離的似鐵深情……，都讓我們這場海上戰鬥失盡了光彩，讓我們大魚的夢沾染了血腥罪惡。」因此，最後讓海湧伯與他都有個明白的體悟，自己下輩子將成爲海洋中的一尾魚，與漁夫再次展開生死淒美的輪迴。

【問題與表達】

一、請問個人有沒有從事海洋活動的經驗？有沒有親近過臺灣的海岸？或是參觀、參加過有關海洋的活動？

二、如果你是一位漁人，你所選擇的航線，會是近洋船，還是遠洋船呢？為什麼？

三、請分析說明海湧伯想要獵取大魚而忽視唾手可得的魚獲的心態？並延伸至自己的生涯規劃，是想對自己有何啓發與提示？

蔡文彥老師　編撰

〈隱逝於福爾摩沙山林〉

劉克襄

正文

「Jody」，從你的留言，我第一次注意到江蕙的英文名字。

那是一九九九年初，冬末春初之交，你，費爾．車諾夫斯基，一名聽不懂台語和國語的外國人，飄泊於阿里山山區時，不斷地聽到了，各地都在播放著她的閩南語歌曲。

……

記得初次遇見你在奮起湖。那天我坐在月台上，正準備享用著名的火車便當。才打開熱騰騰的飯盒，遠遠地便瞧見一名高頭大馬的外國人，胸前掛著一個告示牌走來，乍看還以爲是傳播福音的熱情信徒。我慌忙撇過身子，兀自吃著便當，根本未曾留心你的形容，或者在做什麼。

未幾，在祝山，我們有了第二次的碰面。一個寒冬早上五點初頭的清晨。很多遊客搭乘支線火車到來，瑟縮地端著熱食，擠在觀日台等待日出，你又在那兒悄然現身。

那天你依舊披著一頭亂髮，衣著簡單，蓄滿鬍鬚，胸前仍掛著那個醒目的告示牌。這時再見面我仍誤以爲，大概只有狂熱的宣教士，或者摩門教徒，才會這麼勤勞，一大早到來吧。

等走近你細瞧，才赫然看見，那告示牌上，印著失蹤已經近一年，魯本的半身像。你不斷地朝觀光客群走去，不斷地微笑著，以簡單的中文問候，「你好！」然後，展示紙板上的照片和英文，還有別人幫你寫的中文：

「你有沒有見過，這位紐西蘭金髮青年，他叫魯本。我是他的父親，從紐西蘭來……」

當我看到這些內容，一時尷尬不已，再想及去年十一月，魯本的失蹤，旋即浮昇想幫忙又使不上力的無奈。

不知你在此多久了？是否每天都如此早起？日出之前，一名走江湖賣膏藥的王祿仔仙，一如過去持著一款藥品在兜售，但大概是受到你的感召吧，這回站在欄杆前，向群眾大喊時，居然講出這樣的內容：

「我手拿的是從那玉山東峰來的雪蓮，非常的珍貴。但今仔日我不想賣了。今仔日，我要特別跟恁介紹，頭前的這位金頭毛的阿都仔老歲仔。咱毋看他這樣子，好像耶穌一樣，他是眞心眞意來咱阿里山，找伊後生。今仔日我毋做生意了，你若有能力，在深山裡，找到一個金頭毛的年輕人，一定是阿都仔的囝仔。你若找得到，拜託你來找我，你不但會有獎金，我還會把我這些珍貴的藥財，全部送給你。」

你雖然聽不懂台語，但看到這位江湖台客如此賣力地宣傳，勢必了然他的熱忱。或許，無濟於事，但你仍投以感激的眼神。

我遇見你時，你在阿里山，大概已滯留一個多月了，沿著古老的阿里山鐵道旅行，從低海拔到高海拔的村鎮，一路上有許多當地人，都熱情地幫助你。相信這時，你已經非常熟悉江蕙的歌曲。你的留言如此敘述，你持續聆聽著這悲傷而甜美的歌聲，它滿溢著溫柔和感情，勝過任何你曾聽過的音樂，跨越了文化和音樂的界限，語言不再重要，給了你繼續的力量。

魯本是在一九九八年十一月中旬，隻身來台旅行的。據說他最早的旅行計畫是要到雪山，但是後來改變行程，前往阿里山。他想以徒步旅行，橫越某一條山路。

爲何他會選擇台灣的山岳旅行呢？原來，在紐西蘭時，他就經常縱走山林。台灣山勢嵱嵷，森林多樣豐美，相信魯本對這樣的地理環境，一定也充滿嚮往吧。

但十二月四日，你們發現，魯本走入森林之後音訊杳然，並未按約定返國。我們發動了數千人，搜遍了阿里山鄉山區，竟也找不到他的蹤影。

根據當地人的見證，魯本最後登記下榻的旅店，在沼平車站附近。後來有人見證，隔天他曾探詢前往眠月線的方向。很可能，他想循此一荒廢的鐵道下切山谷，走訪偏遠的豐山村，也可能是更北的溪頭。

登山健行最忌諱，獨自進入陌生的荒野山區，但有時一個人的流浪和放逐，更能體驗私我和自然的關係。這種辯證很兩難，危險的降臨跟心靈的發掘往往只一線之隔。不知二十五歲以前，魯本在紐西蘭是否也曾這樣和森林對話，獲得生命的啓發。台灣的教育裡，其實是很缺乏，也很排斥探險的。

從他選擇一個人，走進阿里山荒涼陌生的森林，這樣的勇氣和精神，想必是多年的習慣和養成。歐美年輕的自助旅行者，進入台灣的高山，獨來獨往者還眞不少。我很好奇，這樣追尋自我的學習，父母和師長扮演著哪樣的角色。比如你，做爲一個父親，又如何從旁給予意見或支持。

摒除自然教育這一環，從登山的經驗，魯本這趟最後的旅行，有兩個關鍵的因素，頗値得日後年輕的山行者參考。

從新聞報導的資訊，我很驚訝，魯本使用的竟是一本十幾年前出版的英文旅遊書，而非精密的登山路線圖。這種通俗的指南，登山地圖往往相當簡略，路徑亦畫得模糊。

熟悉此山區的人也深知，縱使擁有本地最翔實的地圖，山區的路線恐怕還有待實際的驗證。若無嫻熟山路的帶隊者，很容易迷途。但魯本不知，信賴地按圖索驥。可能因而在山裡迷失，發生了意外。後來，你也對一些旅遊指南的誤導氣憤不已，直指道，「這本書害了我的兒子，這是一本壞書！」

再者，魯本既然來到阿里山，應該多探問一些訊息的。本地有經驗的登山嚮導，都會再三勸阻，別單獨前往。

我在祝山遇見你時，正埋首撰寫阿里山地區的旅遊指南。對這條鐵道支線還算熟悉。沿著它，在即將完成的登山地圖裡，我小心翼翼地畫出四條向左下切的山徑。過去的地圖只有兩條。

第一條是通往鄒族來吉村的縱走，要翻過惡靈之魂集聚的小塔山。第二條經過石夢谷到豐山，名字好聽，一般人卻不敢獨行。第三條係早年救國團縱走的傳統路線，中途有千人集聚的大石洞，原始而崎嶇難行。還有第四條叫溪阿縱走，早年更有成千上萬像我這年級的人，浪漫地走過。但賀伯颱風之後，山路就崩壞了。

這四條路，如今以我的登山認知，無疑是台灣中海拔山區最為兇險的地方。除了地圖畫得謹慎，我絲毫不敢掉以輕心，還加註了詳細的文字說明。只是，旅遊指南不會呈現作者的心情。魯本可能不知，台灣的旅遊指南很少翻新，更何況是地圖的資訊。他從地圖找到的山徑，從半甲子前迄今，就不曾再變更了。

就不知魯本走的是哪條路了？

在台期間，你還主動配合警方，到阿里山每一角落探尋，雖然語言不通，但還是挨家挨户，向沿路的人比手畫腳。甚至親自上電視，向我的同胞求援。

後來，我又在奮起湖老街遇見你。你的穿著和打扮仍是老樣子，遠遠地便清楚認出。其實，那時整個阿里山鄉的人都認識你，也對你充滿敬意。

這條老街就有賣江蕙的唱片，你是在這兒買的嗎？也不知那時，你是否聽懂歌詞了？「啊／心塊半醉半清醒／自己最明瞭」。或許，你根本不知道這是一首情歌呢！

按理台灣是個傷心地，你應該不會再回來的。但相隔一年，你再度出現於阿里山。原來，紐西蘭的台僑們透過報紙，了解你的情形，感動之餘，再集資五千美元，讓生活貧簡的你，還有餘裕，再度回來尋找兒子。

這回你長時以豐山爲家，彷彿自己也是地震的受難者，協助九二一大地震組合屋的重建，也跟當地村民結下深厚的友誼。同時，還走訪隔鄰的來吉，跟鄒族人研議，如何跟毛利人文化交流。你還拍攝了紀錄片，留下阿里山的美麗山水。一邊拍，一邊繼續跟失蹤的孩子對話，敘述這個魯本很想抵達的地方。

我在豐山旅行時，好幾位友人都提到，他們還帶你深入石夢谷，探尋一副無名的屍骨。儘管你也是登山好手，在這趟山行途中，還是摔了好幾次。相信這樣的深入，你更能瞭解自己的孩子，走進阿里山森林時遇到的狀況。

你從未怨天尤人，責怪台灣的不是。你們的家庭教養和文化，讓你選擇了感恩和沈默。我想魯本在這樣的環境長大，勢必也跟你一樣，擁有對異國文化和山水的熱愛。要不，就不會隻身跑到台灣的偏遠山區。而你們又積極地鼓舞孩子，向遠方出發。

當你要返鄉時，接受了報紙的訪問，我更明確地獲得了答案。當白目的記者問你，「請問這回來台尋找兒子，有何感想？」你誠摯地說，「我很欣慰，自己孩子的最後，是在台灣的山區結束。」

這句話是我聽過最動容的回答。當我們的年輕人，整天夢想著遠飛歐美時，我好想問魯本，到底是什麼樣的驅力，讓他不辭千里，來到一個比你們家園還小的島嶼，更願意冒險深入阿里山。如今我深信，你已經幫魯本回答了。

二〇〇二年你返回紐西蘭後，在音樂網頁上留言，希望站長能把這封感謝函，轉交給Jody。你還想當面感謝她，感謝她的歌聲，一個清楚的台灣印記，伴你度過生命裡最悲慟的一段時光，給你繼續尋找孩子的力量。

我不知道，後來江蕙是否有收到這封信。收到信時，是否也知道，這個異國青年失蹤於台灣山區的深層意義。

但我很想告訴，你回來隔年，江蕙又出版了《風吹的願望》。以前她的歌詞和曲風都以悲苦的戀情爲主，這首和專輯同名的主打歌，曲風溫暖自在，還是她較少選唱的類型，或許你應該聽聽，同時知道歌詞的內容。

我總覺得，那好像在描述你和魯本的感情。……

那段時間，我在阿里山旅行，想到你們父子跟台灣的情緣，暗自發心，決定把這段邂逅的感觸寫下。如今時隔多年，或許江蕙小姐也該知道這段往事吧！

導引與賞析

總是有那麼一些特立獨行的人，堅強而執著地散發光芒，以他們曾經的獨特生活所投射的靈魂及力量，化爲星星，點綴在永恆人文長河的夜空中，讓所有人得以欣賞。本篇選文〈隱逝於福爾摩沙山林〉，款款深情流漏、動人心弦，由衷希望所有爲人子女者皆能體會文中父親對孩子最深切的愛。

劉克襄，是詩人，更是一位自然觀察作家。出生於一九五七年臺中縣烏日鄉九張犁。其父崇尚社會主義，批評資本主義，或因此，早期詩文中，常爲社會上受壓迫及不公平待遇者發聲。但後來其心性所偏者多在自然觀察，如以鳥類生態爲早期散文題材，並以「鳥人」稱號引航臺灣自然寫作之風；在不斷親近自然環境並親自觀察下，不論臺灣鄉鎭地理文史、生態旅遊、攝影拍照、古道探查、旅行指南、地方美食等題材，都曾潛心著作。著有詩、散文、小說、古蹟古道述論、兒童文學繪本等三十餘部，代表作有小說

《座頭鯨赫連麼麼》、《風鳥皮諾查》；散文《自然旅情》、《隨鳥走天涯》；詩集《漂鳥的故鄉》、《小鼬鼠的看法》；報導《台灣舊路踏查記》）；自然教育《山黃麻家書》、《綠色童年》；學術論文《台灣鳥類研究開拓史》等。

本文是一篇以第二人稱所寫的書信式散文。劉克襄以「你」來稱呼費爾．車諾夫斯基（Phil Tchernegovski），一位烏克蘭後裔的紐西蘭人，也是一位傷心的父親。魯本（Reuben），一位紐西蘭名校奧塔哥大學醫學系的高材生，聽同校的臺灣友人說起阿里山的美景，不但心神馳往，還曾力邀父親費爾一同前來。一九九八年十一月，二十三歲的魯本獨身來臺，最終消失於阿里山山系之中。同年十二月，心有所感的費爾來臺，尋找失聯的二子魯本，兩度遇到了正在阿里山做研究的劉克襄，幾年後才有今天這篇扣人心弦的文章。

這篇文章分三部分：首先，透過江蕙的歌聲，將臺灣鄉親對費爾的支持給貫串起來；其次，是阿里山登山旅遊資訊的老舊模糊，會造成不可挽回的傷害；最後，是感歎費爾寬闊的家庭教育和心胸，使得他不怨懟臺灣的山林與人民，反而是感念這塊土地，並希望用拍攝與紀錄，見證一對父子與臺灣深刻的情緣。

書信體的散文，常借用「你」、「我」間的私信氛圍，將讀者也一起帶入到共情的場域中，如簡媜的〈漁父〉；利用情書的方式，跨越簡媜自己與死去父親的永恆鴻溝，讓女兒孺慕父親，接續並安頓了因生死兩茫的親情。而劉克襄此文，以「你」稱費爾，一個「乍看還以爲是傳播福音的熱情信徒」，卻是在當下心如火焚、不知兒子生死的紐西蘭老父，而「我」，則是初步退卻、小心翼翼的劉克襄本人。「我」逐漸了解，也化爲種種實際行動，想要幫助找到兒子，此時，劉克襄帶領讀者一起與關懷這位心碎的父親，擴大「我」而成爲「我們」臺灣，「我們」感動這位父親的遭遇，「我們」也感謝這位父親的諒解，「我很欣慰，自己孩子的最後，是在臺灣的山區結束」，這是何等寬闊的心胸。

壯麗的阿里山山林，爲何讓一個遠渡重洋的山癡沉迷？或與我們可以參考同本書中另一篇文章的主角，拾方方。他，本名石方芳，臺灣花蓮縣鳳林鎮人，臺灣登山家，是第二位成功登頂聖母峰、也是第一位在聖母峰遇難的臺灣人。他曾說：「登山是我不能放棄的，我也深深瞭解自然力量的偉大……我追求的與別人不同，那就不可用相同的角度衡量。譚嗣同說：『做大事的人不是大成就是大敗。』就算大敗，我也不後悔。」或許阿里山的風華與嚴肅一樣地吸引者魯本，讓他像飛蛾撲火般無怨無美地投身於其中，與阿里山山林永遠地在一起，畢竟，人生眞正的價值，就在於追尋眞實自我靈魂實現的過程，結果如何，沒有任何人有資格替自己評價。

蔡文彥老師　編撰

【問題與表達】

一、請閱讀三篇有關登山經驗的文章後，書寫一篇六百字的心得。

二、劉克襄著作等身，請與同學分組分成三人一組，各自組成小型讀書會，再讓各小組報告所讀書籍內容與大要。

三、請將《十五顆小行星：探險、漂泊與自然的相遇》此書看完，再請授課老師主持，讓與課同學一起討論。

進階I書房

1. 余光中〈聽聽那冷雨〉
主旨是作者透過雨天貫穿時間、空間以思念家鄉故國。

2. 王家祥〈夏日的聲音〉
透過季節原本可以聽到的聲音，映襯出人類對於生活環境的傷害。

3. 夏曼 藍波安〈黑潮的親子舟〉
作者回歸故鄉後，學習海洋生活，以獨特的達悟族式的語法描繪海洋文學。

4. 鍾鐵民〈清晨的起床號〉
文中晨起的清新，與婉轉的鳴啼，猶如一溜清泉，潺潺流於美濃山水間。

5. 張末〈因為詩的緣故 戀戀柴山〉
柴山，原來不曾注意的身側，擁有如此曲折細膩、奇石嶙峋的美景，只待有心人親自探訪。

6. 陳列〈我的太魯閣〉
作者從年輕到中年沉迷在太魯閣中無法自拔，從中領略出自然與人生相合的道理。

7. 吳明益〈寄蝶〉
蝴蝶的生態與文學觸碰，激發出與蝶同在的激情。

延伸閱讀地圖

1. 唐 王勃，〈滕王閣序〉。
2. 唐 杜牧，〈阿房宮賦〉。
3. 宋 范仲淹，〈岳陽樓記〉。
4. 宋 歐陽脩，〈醉翁亭記〉。
5. 宋 歐陽脩，〈秋聲賦〉。
6. 宋 蘇軾，〈放鶴臺記〉。
7. 宋 蘇軾，〈前赤壁賦〉。
8. 宋 蘇轍，〈黃州快哉亭記〉。
9. 宋 王安石，〈遊褒禪山記〉。
10. 明 宋濂，〈閱江樓記〉。
11. 明 歸有光，〈吳山圖記〉。
12. 明 歸有光，〈滄浪亭記〉。
13. 徐仁修《月落蠻荒》
14. 陳冠學《田園之秋》
15. 洪素麗《綠色本命山》
16. 陳玉峰《台灣生態悲歌》
17. 王家祥《徒步》

18. 凌拂《台灣花卉文選》

19. 吳明益《蝶道》

20. 夏曼 藍波安《冷海情深》

寫作攻略：散文寫作

蔡文彥老師 編撰

散文，有結構鬆散、形式自由的特色，在文學領域中與韻文相對，適合表達各種豐富的思想，適應各種表現的形式；散文的分類，以議論、記敘、抒情爲大項，又可融此三者爲一爐，實爲現代人必須掌握的書寫能力。本單元將自然文學與散文創作連結，旨在介紹同學們臺灣在此方面的大家與優秀作品後，將散文寫作攻略的方向，導引至自然文學寫作這一區域，以充實寫作的基礎。

自然文學的根基在將「自然」與「文學」作一結合，故以文學爲基域是自然寫作的原則，根據吳明益先生的選篇標準有五點[1]：一、以自然界爲寫作的主體，「自然」是描寫的主位；二、自然知識的必要；三、作者一定要有實際的經驗，本身進入過這樣的環境去觀察；四、要有超越人類中心的環境倫理觀，除了考慮人以外，還要考慮其他生物的觀點；五、具有文學性。符合以上五點的文章，吳明益才覺得這是一篇合乎他所定義的自然寫作。而我們現在所要進行的寫作攻略，也可從中得到借鑑。

1 《以書寫解放自然：台灣現代自然書寫的探索》（臺北：大安出版社，二〇〇四），頁十四。

一、領略與親近自然

雖然本單元所敘述的是寫作方略，但從事自然文學寫作的第一先決條件：親近與領略她，卻是現代人最難做到的事。

雖然古人說：「文章是案頭的山水，山水是案頭的文章。」但自然文學的寫作絕對不只是單純的描繪美景、圖繪山水，是需要年輕的作者擺脫現代3C產品的荼毒，親身接觸那草、花、樹、山，昆蟲、鳥兒、游魚、鯨豚；譬如蝴蝶之於吳明益，海洋之於廖鴻基，侯鳥之於劉克襄。而且自然隨處可見，或是住家附近的公園、學校裡的生態池，甚至是街道邊的綠化帶，只要有心，我們甚至可以學沈復蚊做鶴觀，將周遭的小生物，化爲一個大大的宇宙。

二、注意結構

人身處「自然」中，如何透過筆端將內心所感受的「美」給呈現出來，就必須將文章的結構先建置出來，也就是「大綱」。或許有人從未擬過「大綱」也能寫好文章，所以對此嗤之以鼻，但我們可以發覺，若是不依計畫行動，在寫作過程中出現問題時，作者常會因這樣、因那樣的意外產生挫折，進而消耗創作的激情，使寫作的動作磕磕絆絆，反而沒有效率。而花幾分鐘擬定大綱，作者可以將寫作的過程先理順一遍，決定文章的段落的輕重、順序，甚至是最後的結局。

寫作「大綱」最好用樹狀圖來建構，一方面是結構清晰，另一方面是在關鍵處使用簡潔扼要的語詞，來鋪陳整篇文章的架構，使之一目了然。以下及用廖鴻基的〈鐵魚〉爲例：

此篇文章以「時間」爲線分成四大段落：將漁民「大魚的夢」與「現實的低谷」做一映襯，後轉成爲「發現大魚」的驚訝、熱血搏殺與對「生命齊一」的體悟。在各大段下，按照事件發生的邏輯安排，由「其他漁民的現實」、「海湧伯的堅持」到廖鴻基看到「鐵魚溫柔且堅定的抵抗」，進而產生「內心的覺悟」，由外而內的關照到整篇文章。

三、用「創意」描繪生命內涵

當同學身處大自然的感動中，常常會因爲表達能力貧乏，所以只能東摘一鱗、西取一爪，或者爲了應付考試，記了許多嘉言金句或是心靈雞湯，但卻發覺所書寫的內容乏善可陳，這是因爲不懂的最佳的寫作策略，就是將文章當成故事來經營。

㈠塑造場景

這是文章敘述的角度是間接，還是直接的區別。簡單地說，如果我們要描述主角爲何高興，讀者更想知道的是他爲什麼高興，這時候，旁白式的陳述無法

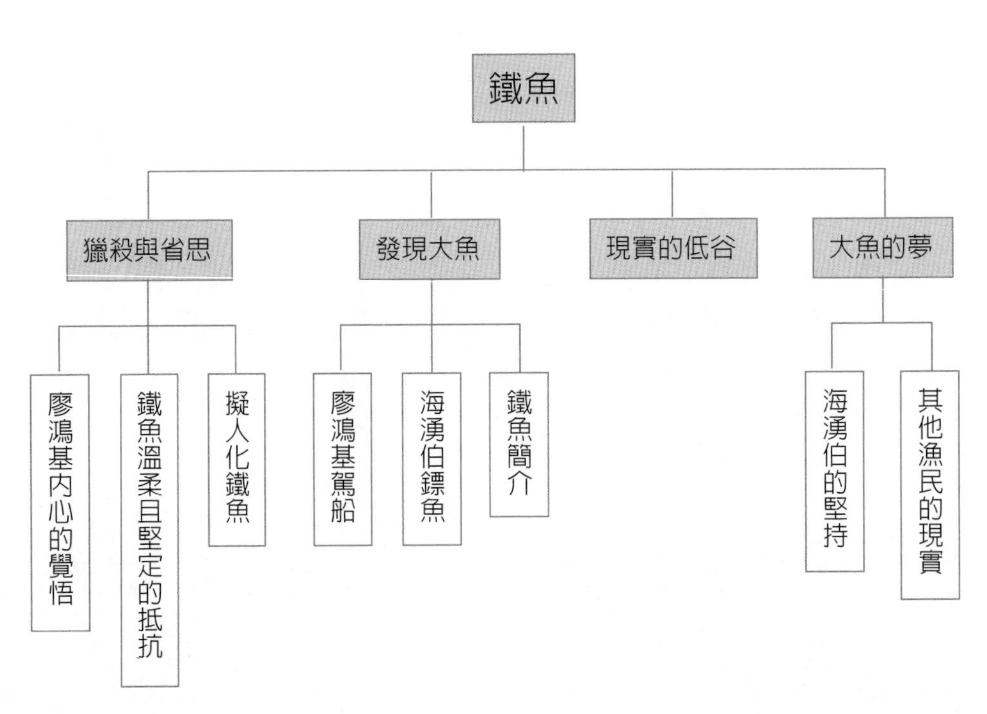

敲動讀者的心，但若是能將讀者帶到主角婚宴的現場，他們就能一同感受到主角的喜悅與激動。

㈡安排衝突

好看的電影或故事，都有「戲劇化」的衝突。由「戲劇化」可見，衝突是需要精心安排的，常見衝突的形式，有「人物與人物的衝突」、「人物與自己內心的衝突」、「人物與自然間的衝突」。例如劉克襄在〈隱逝於福爾摩沙山林〉中，原本視費爾為路人，並擔心自己被他糾纏上；但在得知費爾的兒子魯本即有可能消逝在臺灣山林間，劉克襄自己心中的衝突是極為劇烈的，並將此激烈的情感化衍成此篇文章。

㈢善用對話

對話能夠增加文章故事中的味道，也能幫助作者營造衝突。好的對話最能夠體現角色的個性，如廖鴻基在〈鐵魚〉中將海湧伯塑造成一位除了罵人時很少開口說話的老漁夫，但他一開口說話時往往很有哲理，例如：

『海湧伯拍住我的肩膀說：「大聲罵是為著將來。」』

四、善用修辭

有了上述的功夫，一篇文章的骨架就可算確立，這時，只要再加入適當的文句，就好比人有了豐富的血肉，整篇文章將栩栩如生、光彩煥發。而要用文字描寫人生，就要精準地捉住「感覺」，而人的「感覺」，包含了視、聽、嗅、味、觸及心覺，我們應該用精準的修辭，將這些人生中受外界刺激所產生的感覺，轉化為有意義及有趣的生命內涵，讓原本發生在身體上的觸動，往心靈深處探索、深掘，使文章在生命與自然中粲然奪目。在修辭中，能達成上述者最受重視的就是「移覺摹寫」，例如：

屋子裡的暗影挪開了一些，使那冷冷的月光近來。（月光會發冷，視覺→觸覺，張秀亞〈杏黃月〉）

微風過處，送來縷縷清香，彷彿遠處高樓上渺茫的歌聲似的。（嗅覺→聽覺，朱自清〈荷塘月色〉）

我將深味這人間濃黑的悲涼。（心覺→聽覺，魯迅〈紀念劉和珍君〉）

當然，修辭法尚有「譬喻」及「轉化」兩大類，如何恰如其分地使用，有賴於平時多多練習。而若能掌握上述諸項技巧，同學們將可自由地驅遣文字，寫出令人動容的自然寫作。

蔡文彥老師　編撰

I書房選文

《續齊諧記・陽羨書生》

南朝梁・吳均

正文

東晉陽羨[1]許彥於綏安山行，遇一書生，年十七、八，臥路側，云：「腳痛。」求寄彥鵝籠中，彥以為戲言。書生便入籠，籠亦不更廣，書生亦不更小；宛然與雙鵝並坐，鵝亦不驚。彥負籠而去，都不覺重。前，息樹下，書生乃出籠，謂彥曰：「欲為君薄設。」彥曰：「甚善。」乃於口中吐出一銅盤奩子[2]，奩子中具諸餚饌。海陸珍羞方丈，其器皿皆是銅物，氣味方美，世所罕見。

1 陽羨：縣名；漢代所設置，隋朝改名義興，今江蘇省宜興縣南。
2 奩子：盛器。奩，音ㄌㄧㄢˊ。

酒數行，乃謂彥曰：「向將一婦人自隨，今欲暫要之。」彥曰：「甚善。」又於口中吐一女子，年可十五、六，衣服綺麗，容貌殊絕，共坐宴。俄而書生醉臥，此女謂彥曰：「雖與書生結妻，而實懷外心，向亦竊將一男子同來；書生既眠，暫喚之，君幸勿言。」彥曰：「甚善。」女人於口中吐出一男子，年可二十三、四，亦穎悟可愛，乃與彥敘寒溫。書生臥欲覺，女子口吐一錦行障遮書生，書生仍留女子共臥。男子謂彥曰：「此女子雖有情，心亦不盡。向復竊將女人同行，今欲暫見之，願君勿泄。」彥曰：「善。」男子又於口中吐一女子，年可二十許，共讌酌戲調甚久。聞書生動聲，男曰：「二人眠已覺。」因取所吐女人還納口中。須臾，書生處女子乃出，謂彥曰：「書生欲起。」更吞向男子，獨對彥坐。書生然後謂彥曰：「暫眠遂久，君獨坐，當悒悒[3]耶？日已晚，便與君別。」還復吞此女子，諸銅器悉納口中，留大銅盤可廣二尺餘，與彥別曰：「無以藉君，與君相憶也。」

至太元[4]中，彥爲蘭臺令史[5]，以盤餉侍中張散。散看其題，云是永平[6]三年

3 悒悒：憂愁鬱悶的樣子。悒，音ㄧˋ。
4 太元：東晉孝武帝年號（三七六年至三九六年）。
5 蘭臺令史：漢代職官名，掌理書奏的官員。《後漢書．班超傳》注引《續漢志》：「蘭臺令史六人，秩百石，掌書劾奏及印主文書。」
6 永平：東漢明帝年號（五十八年至七十五年）。

所作也。——載於《太平廣記》卷二百八十四．幻術一，文末標注原出《續齊諧記》

導引與賞析

《太平廣記》是宋代太平興國年間由李昉等十二人奉太宗命令集體編纂而成，全書五百卷，專收野史記載及小說等，因編於太平興國年間，因此定名《太平廣記》。所節錄、援引各書約有四百多種，書例於各引文篇末標注來源，但偶有錯繆；李昉等在奉詔編撰《太平廣記》後，曾向皇帝上表，提到此書宗旨「博宗群言，不遺眾善」、「編秩既廣，觀覽難周，故使採擿菁英，裁成類例」，亦指出本書意圖進行廣泛的資料蒐羅與保存，並透過細膩的編輯考量，力求保留所引用各書菁華，且予以有序的體例加以系統性分類。

〈陽羨書生〉選自《太平廣記》卷二百八十四的幻術類，文末標注原出於《續齊諧記》，該書屬志怪一類，作者為南朝梁的吳均，但原書已散佚，今傳本僅餘十七條，應即從《太平廣記》諸書中抄合成編。全文字數僅寥寥數百，所載內容雖不複雜但卻極為奇異，頗能代表六朝短篇志怪小說特色。

小說以東晉許彥一角遇書生為開端，故事結尾標上太元年號，並云後來許彥任蘭臺令史；最後又安排許彥將之前得自書生的銅盤轉贈張散，盤上且有東漢永平年號，這是六朝短篇行文很典型的一種寫法，以似真卻未必是真的背景將故事映襯得活靈活現，即使情節奇幻、異於平常，也自能產生一種恍如實際發生在哪個講得出來某時某處一般的擬真氛圍。

然而，奇幻感的營造，更多是來自於故事情節的離奇，藉由情節與所依存時代科技、邏輯，甚至思考慣性產生的矛盾，將不應該發生、不應該這樣發生的種種，合理安排在故事各角色的互動之間。〈陽羨書生〉一文之所以有趣，很大一部分應該就是來自於故事中這不羈的想像力，也只有在這不受拘束的的世界裡，現實裡具體的重量感、空間觀都可以超越認知而隨意重置與改變，甚至愛情觀也顯得那麼地令人捉模不透，這或許也正是奇幻文學之所以迷人的地方之一吧？

故事中主角之一，也是小說中敘事者的許彥一角，出人意料的以近乎旁觀的角度靜靜的觀察情節的推進，他在全篇故事中的涉入，最多就是一句意義難以言明的「甚善！」，以及萍水相逢的書生在臨別時留贈銅盤，卻表達是爲了「與君相憶」。前者，勉強可以解釋爲事不關己？無須清楚表達立場；但後者，是單純出於禮貌性的饋贈呢？還是眞想要許彥記住一些什麼呢？其實很有點意思！但，與其深究許彥的立場，令人更好奇的卻是他的反應，還有他面對身旁出現奇特行爲及事件的那種淡定態度！由此觀之，所謂的「奇幻」，是否也一定程度暗示著當面對未知與侷限，我們的大驚小怪往往只是來自於僵化的慣性思維和自以爲是呢？

【問題與表達】

一、「吐露」一般釋為「說出」，但亦有將內心深處想法傾訴之意；文中不斷重複將情人從口中吐出的情節安排，是否可能是利用這具象的手段想表達些什麼？假設是，那作者藉由角色內心深處「吐露」的想法又會是什麼呢？

二、本文那些部分的敘述令你覺得「奇幻」？又，為什麼你會這樣覺得呢？

三、你認為男女交往與關係維持之間應注重些什麼？故事中的角色們關注了這些原則嗎？

陳猷青老師　編撰

《聊齋誌異・陸判》

清・蒲松齡

正文

陵陽[1]朱爾旦，字小明。性豪放，然素鈍；學雖篤，尚未知名。一日，文社眾飲，或戲之云：「君有豪名，能深夜赴十王殿[2]，負得左廊判官來，眾當醵[3]作筵。」蓋陵陽有十王殿，神鬼皆以木雕，妝飾如生。東廡有立判，綠面赤鬚，貌尤獰惡。或夜聞兩廊拷訊聲，入者毛皆森豎，故眾以此難朱。朱笑起，徑去，居無何，門外大呼曰：「我請髯宗師至矣！」眾皆起。俄負判入，置几上，奉觴[4]酹[5]之三。眾睹之，瑟縮不安於座，仍請負去。朱又把酒灌地，祝曰：「門

1 陵陽：西漢置古縣名，約今安徽省南部石台縣。
2 十王殿：指陰司信仰中，由十殿閻王執掌的陰曹地府。
3 醵：聚錢飲酒。醵，音ㄐㄩˋ。
4 奉觴：舉杯敬酒。觴：酒杯。
5 酹：以酒灑地祭祀、祝禱。酹，音ㄌㄟˋ。

生狂率不文，大宗師諒不爲怪。荒舍匪遙，合乘興來覓飲，幸勿爲畛畦[6]。」乃負之去。

次日，眾果招飲。抵暮，半醉而歸，興未闌[7]，挑燭獨酌。忽有人搴簾[8]入，視之，則判官也。朱起曰：「噫！吾殆將死矣！前夕冒瀆，今來加斧鑕[9]耶？」判啓濃髯微笑曰：「非也！昨蒙高義相訂，夜偶暇，敬踐達人之約。」朱大悅，牽衣促坐，自起滌器爇火[10]。判曰：「天道溫和，可以冷飲。」朱如命，置瓶案上，奔告家人治肴果。妻聞，大駭，戒勿出；朱不聽，立俟[11]治具以出。易盞交酬，始詢姓氏。曰：「我陸姓，無名字。」與談古典，應答如響。問：「知制藝[12]否？」曰：「妍媸亦頗辨之。陰司誦讀，與陽世略同。」陸豪飲，一舉十觥[13]。朱因竟日飲，遂不覺玉山傾頹[14]，伏几醺睡。比醒，則殘燭黃昏，鬼

6 畛畦：本意為田間小路，這裡借指隔閡。畛畦，音ㄓㄣˇ ㄒㄧ。

7 闌：將盡。

8 搴簾：掀開簾子。搴，音ㄑㄧㄢ，取也。

9 斧鑕：古代刑法，將人放置於鐵鉆上，再以斧劈砍身體；引申為施加刑法。斧鑕，音ㄈㄨˇ ㄓˋ。

10 滌器爇火：洗淨杯盤碗碟，點火溫酒或燒茶。爇，音ㄖㄨㄛˋ，點火加溫。

11 俟：等待。俟，音ㄙˋ。

12 制藝：明清科考文體，文章結構分八部分完成，一般稱為「八股文」。

13 觥：原指犀牛角所製的酒杯，這裡應泛指一般酒杯。觥，音ㄍㄨㄥ。

14 玉山傾頹：形容醉酒的樣子。典故出於《世說新語．容止》，形容嵇康云：「嵇叔夜之為人也，巖巖若孤松之獨

客已去。自是三兩日輒一來，情益洽，時抵足臥[15]，朱獻窗稿[16]，陸輒紅勒之，都言不佳。

一夜，朱醉，先寢。陸猶自酌。忽醉夢中，覺臟腑微痛；醒而視之，則陸危坐牀前，破腔出腸胃，條條整理。愕曰：「夙無仇怨，何以見殺？」陸笑云：「勿懼！我爲君易慧心耳。」從容納腸已，復合之，末以裹足布束朱腰。作用畢，視榻上亦無血跡，腹間覺少麻木。見陸置肉塊几上，問之。曰：「此君心也，作文不快，知君之毛竅[17]塞耳。適在冥間，於千萬心中，揀得佳者一枚，爲君易之，留此以補闕數。」乃起，掩扉去。天明解視，則創縫已合，有綖[18]而赤者存焉。自是文思大進，過眼不忘。數日，又出文示陸。陸曰：「可矣！但君福薄，不能大顯貴，鄉、科而已。」問：「何時？」曰：「今歲必魁。」未幾，科試冠軍，秋闈[19]果中經元[20]。同社友素揶揄之，及見闈墨[21]，相視而驚，細詢始知

立；其醉也，傀俄若玉山之將崩。」玉山用以形容體態、儀表美好。

15 抵足臥：同榻而眠，意指情誼深厚。

16 窗稿：原意為私塾中學生練習時所寫的文章，這裡指平時練習所寫文章。

17 毛竅：毛孔；舊俗認為人體有八萬四千毛竅，毛孔阻塞即智慧不開的原因。

18 綖：古時垂在帽子前後的裝飾物，這裡用來比喻傷口縫合後的形狀。

19 秋闈：指鄉試。古時稱試院「闈」，而鄉試一般在秋季舉行，故稱之。

20 經元：明、清科舉考試中，鄉試及會試考五經，各經第一名為經元。

21 闈墨：清代在鄉試、會試後，主考宮會選取中式試卷編輯成書，稱為「闈墨」。

其異，共求朱先容，願納交陸，陸諾之。眾大設以待之。更初，陸至，赤髯生動，目炯炯如電，眾茫乎無色，齒欲相擊；漸引去。

朱乃攜陸歸飲。既醺，朱曰：「湔腸伐胃[22]，受賜已多。尚有一事欲相煩，不知可否？」陸便請命。朱曰：「心腸可易，面目想亦可更。山荊，予結髮人，下體頗亦不惡，但頭面不甚佳，尚欲煩君刀斧，如何？」陸笑曰：「諾！容徐圖之。」過數日，半夜來叩關。朱急起延入，燭之，見襟裹一物。詰之，曰：「君曩所囑，向艱物色，適得一美人首，敬報君命。」朱撥視，頸血猶溼。陸立促急入，勿驚禽犬。朱慮門戶夜扃[23]。陸至，一手推扉，扉自闢。引至臥室，見夫人側身眠。陸以頭授朱抱之，自於靴中出白刃如匕首，按夫人項，著力如切腐狀，迎刃而解，首落枕畔。急於生懷，取美人頭合項上，詳審端正，而後按捺。已而移枕塞肩際，命朱瘞首[24]靜所，乃去。朱妻醒，覺頸間微麻，面頰甲錯；搓之，得血片。甚駭！呼婢汲盥，婢見面血狼籍，驚絕。濯之，盆水盡赤。舉首，則面目全非，又駭極。夫人引鏡自照，錯愕不能自解。朱入告之。因反復細視，則

22 湔腸伐胃：指更換慧心後，以聰慧代替原來的愚鈍。湔，音ㄐㄧㄢ。洗；伐，敲打。
23 門戶夜扃：指因為擔心，因而關緊門戶。扃，音ㄐㄩㄥ，門閂或環扣。
24 瘞首靜所：瘞，音ㄧˋ，埋也。將換下來原來的頭埋藏在隱密的地方。

長眉掩鬢，笑靨承顴[25]，畫中人也。解領驗之，有紅線一周，上下肉色，判然而異。

先是吳侍御有女甚美，未嫁而喪二夫，故十九猶未醮[26]也。上元[27]遊十王殿，時遊人甚雜，內有無賴賊窺而豔之，遂陰訪居里，乘夜梯入；穴寢門，殺一婢於牀下，逼女與淫。女力拒聲喊。賊怒，亦殺之。吳夫人微聞鬧聲，呼婢往視，見尸，駭絕。舉家盡起，停尸堂上，置首項側，一門啼號，紛騰終夜。詰旦啓衾[28]，則身在而失其首，遍撻[29]侍女，謂所守不恪，致葬犬腹。侍御告郡。郡嚴限捕賊，三月而罪人弗得。漸有以朱家換頭之異聞吳公者。吳疑之，遣媼探諸其家；入見夫人，駭走以告吳公。公視女尸故存，驚疑無以自決，猜朱以左道殺女，往詰[30]朱。朱曰：「室人夢易其首，實不解其何故？謂僕殺之，則冤也。」吳不信，訟之。收家人鞫[31]之，一如朱言。郡守不能決。朱歸，求計於

25 笑靨承顴：微笑而兩頰出現酒窩的樣子。
26 未醮：指未再行婚禮。醮，音ㄐㄧㄠˋ，古時婚禮、冠禮時的禮儀。
27 上元：農曆正月十五為上元，即元宵節。
28 詰旦啓衾：清晨，打開被單。詰旦，清晨。啓衾，打開（覆蓋屍體的）被單。
29 撻：以棍棒毆打。撻，音ㄊㄚˋ。
30 詰：詢問、責問。詰，音ㄐㄧㄝˊ。
31 鞫：審訊。鞫，音ㄐㄩˊ。

陸。陸曰：「不難！當使伊女自言之。」吳夜夢女曰：「兒為蘇溪楊大年所賊，無與朱孝廉。彼不豔於其妻，陸判官取兒頭與之易之，是兒身死而頭生也，願勿相仇。」醒告夫人，所夢同。乃言於官。問之，果有楊大年；執而械之，遂伏其罪。吳乃詣朱，請見夫人，由此為翁婿，乃以朱妻首合女尸而葬焉。

朱三入禮闈[32]，皆以場規[33]被放，於是灰心仕進。積三十年。一夕，陸告曰：「君壽不永矣。」問其期，對以五日。「能相救否？」曰：「惟天所命，人何能私？且自達人觀之，生死一耳，何必生之為樂，死之為悲？」朱以為然。即治衣衾棺槨，既竟，盛服而沒。翌日，夫人方扶柩哭，朱忽冉冉自外至。夫人懼。朱曰：「我誠鬼，不異生時。慮爾寡母孤兒，殊戀戀耳。」夫人大慟，涕垂膺。朱依依慰解之。夫人曰：「古有還魂之說，君既有靈，何不再生？」朱曰：「天數不可違也。」問：「在陰司作何務？」曰：「陸判薦我督案務，授有官爵，亦無所苦。」夫人欲再語。朱曰：「陸公與我同來，可設酒饌。」趨而出。夫人依言營備。但聞室中笑飲，豪氣高聲，宛若生前。半夜窺之，窅然[34]已逝。

32 禮闈：漢代尚書省位於建禮門內，靠近禁闈，故稱之；後常用於科考試場代稱。
33 場規：科考試場內的規則。
34 窅然：失落。窅，音ㄧㄠˇ。

自是三數日輒一來，時而留宿繾綣，家中事就便經紀。子瑋方五歲，來輒提抱；至七八歲，則燈下教讀。子亦惠，九歲能文，十五入邑庠[35]，竟不知無父也。從此來漸疏，日月至焉而已。

又一夕來，謂夫人曰：「今與卿永訣矣。」問：「何往？」曰：「承帝命為太華卿，行將遠赴，事煩途隔，故不能來。」母子持之哭。曰：「勿爾，兒已成立，家業尚可存活，豈有百歲不折之鸞鳳耶！」顧子曰：「好為人，勿墮父業。十年後一相見耳。」徑出門去，於是遂絕。

後瑋二十五，舉進士，官行人[36]。奉命祭西嶽[37]，道經華陰，忽有輿從羽葆[38]，馳衝鹵簿[39]。訝之，審視車中人，其父也。下馬哭伏道左。父停輿曰：「官聲好，我目瞑矣。」瑋伏不起。朱促車行，火馳不顧。去數步，回望，解佩刀，遣人持贈。遙語曰：「佩之當貴。」瑋欲追從，見輿馬人從飄忽若風，瞬息

35 邑庠：縣學。
36 行人：掌行人之官職。明代設有行人司，置司正及左右司副，下設行人若干，以進士擔當。行人職掌捧節奉使，亦任頒詔、冊封、撫諭、徵聘及祭祀山川神祇之職。
37 西嶽：中國五大名山中，位於陝西華陰的華山。
38 羽葆：儀杖中以鳥羽裝飾的華蓋。
39 鹵簿：本指帝王出巡時的儀從與侍衛，後也用於一般官員車駕。

不見。痛恨良久。抽刀視之，製極精工，鐫字一行，曰：「膽欲大而心欲小，智欲圓而行欲方。」瑋後官至司馬。生五子，曰沉，曰潛，曰沕，曰渾，曰深。一夕，夢父曰：「佩刀宜贈渾也。」從之。渾仕爲總憲[40]，有政聲。

異史氏曰：「斷鶴續鳧[41]，矯作者妄；移花接木，創始者奇。而況加鑿削於肝腸，施刀錐於頸項者哉？陸公者，可謂媸皮裹妍骨[42]矣。明季至今，爲歲不遠，陵陽陸公猶存乎？尚有靈焉否也？爲之執鞭[43]，所欣慕焉。」

導引與賞析

《聊齋誌異》是清康熙年間由蒲松齡所撰寫的小說，全書共四百九十一篇，內容極其豐富。其書自序云：「才非干寶，雅愛搜神；情類黃州，喜人談鬼。聞則命筆，遂以成編。久之，四方同人又以郵筒相寄，因而物以好聚，所積益夥。」說明了作者對於奇幻題材的故事深具濃厚的興趣，且所蒐羅輯錄的大量相關素材來源甚廣，後乃經其手整理加工，而全書才逐漸成編。

40 總憲：御史臺古稱憲臺，這裡應為明清時都察院左都御史的別稱。

41 斷鶴續鳧：原意是截斷鶴的長腿，接在野鴨的短腳上；引申為生搬硬套，違反規律的意思。鳧，音ㄈㄨˊ，野鴨。

42 媸皮裹妍骨：外表雖醜陋，內在卻很美好。媸，即痴，陋也。

43 為之執鞭：為其駕車，做僕役，表示對該人非常欽佩。《史記．管晏列傳》：「假令晏子而在，余雖為之執鞭，所忻慕焉。」

該書各個故事裡的角色，多由狐仙、鬼神、妖物及人類等多元構成，所形成的故事自有一種大異於眞實世界的奇幻氛圍，但字裡行間卻又不僅僅侷限於對各種奇異世界的描寫和關注，反而存在著許多人類世界所常見的愛恨情愁和情感糾葛。此外，本書各篇對於種種社會現實也表現出了許多的不滿和諷刺，不但在故事情節的設計上頗富匠心，也常常將批判以直接或間接的手法運用在各篇敘事中。這四百多篇的小說，篇幅短長各異、有簡有繁，有些只是略述事件梗要，有些則不僅內容奇異詭譎，情節的起伏跌宕更是扣人心弦，值得細細品味。在閱讀本書各篇章時，如果能在故事的奇幻外衣包裝下，用心體會作者寄寓在故事中的一些想法、深意？應有另一番不同的閱讀體會！

〈陸判〉選自《聊齋誌異》卷二，故事大抵是描述書生朱爾旦在因緣巧合下，與冥府陸姓判官成爲好友，經判官進行換心始得功名，後來判官又協助朱妻換取美貌頭顱，讓朱爾旦不但功成名就，而且成功得到了一位如花似玉的美眷。《聊齋誌異》一書裡像如此奇詭的故事不少，這大致也說明了本書爲什麼一直以來都是電影、電視劇奇幻類腳本取材的熱門對象；〈陸判〉之所以奇詭，表面上看起來是因爲涉及了人與冥府判官之間，令人覺得不可思議的情誼，而故事當中的換心、換頭描述更是遠超現實，即使到了擁有先進的醫療科技的現代，恐怕陸判的這些手段，都仍有很多根本仍無法克服的難關，並無法在現實中付諸實行。

仔細推敲深究，朱爾旦之所以能認識判官，起於友朋之間的賭約；與判官之間的情誼看似虛幻，在故事中卻很實在的幫助了主角，反而在人和人之間的交往，除了荒唐的賭約之外，卻像是再無其他！此外，換心一事，如果眞能像故事中如此輕鬆解決科考問題？那寒窗苦讀多年的價值卻又是爲何？而換頭，本來應該是很難以想像的事情，因爲可以解決妻子的容貌問題，於是就有了嘗試的價值嗎？人界與鬼界的差異究竟是兩個世界的問題，或者根本只是因爲人世間複雜得超乎想像？比如對於功名的追求與科考的執著、對於女性外表容貌的價值判斷等，是不是這些問題，一個個都藏在作者筆下的字裡行間，等待著與讀者的驚奇邂逅呢？

【問題與表達】

一、有許多科技與知識層面無法解釋（或暫時無合理解釋）的事件，可以假想像力的馳騁來引領與補足，或許在科技層面不能得到充分支持之前，這些依靠想像力而來的引領只能視為奇幻，但想像成為可行之間的距離也許並不遙遠？可以試著想想，有沒有什麼在古典小說裡曾經出現過，當時被認為一般人類沒有能力做到，但身為現代讀者的你卻可以輕易完成的？當然，如果你有一些閱讀當今奇幻想像類文學的經驗？是不是也可以提出一些已經被構思出來情節、事件，以當今科技技術猶未可企及的呢？

二、俗語常見用「換個位置就換顆腦袋」這句話，來形容某人的對於初衷的輕易改易；如果「換腦袋」指的是作法與思考上的改變，那麼「換個位置」不即是「因地制宜」嗎？有何不可？另，書生換「慧心」與書生妻換擁有美麗容貌的「頭」，除了滿足書生個人需求與欲望外，其實也代表了書生的價值觀，與如今流行整容如出一轍。請問書生對於功名利祿與妻子外貌，各基於怎樣的高下判準？你認為這樣的判斷合理嗎？

三、換頭是否可行？猶待醫療科技的進步提出答案；但是不是有了技術上的可能性，就能夠逕付實行此一行為，恐怕還有許多值得思考的空間；本文除了故事角色換頭後只轉移知識而不轉移個性與原記憶的問題之外，你覺得還會有哪些層面的影響可能會發生？

陳猷青老師　編撰

〈銅像城〉

張系國

正文

銅像矗立在城中心，高逾百丈，佔地十畝。城的四周是廣闊的草原。從城外五十哩，就看得到銅像龐大的身軀，在呼回世界的紫太陽照耀下閃閃發光。據那時候的旅客說，從太空船觀看呼回世界，這星球上最醒目的標誌，就是索倫城的銅像。連京城的黃金寶殿，都不及銅像來得壯觀。這麼碩大的銅像，不要說呼回世界，在整個宇宙裡，恐怕也是獨一無二的。

有關銅像的來歷，傳說各異。據呼回史書記載，最初的銅像是爲紀念索倫城第一批移民而樹立的。但一般認爲第一尊銅像是索倫城首任城主的遺像。又有一個說法，銅像是第三次星際戰爭時擄獲的戰利品。不論如何，在第三次星際戰爭時，索倫城裡已有銅像存在，是後世史家都同意的事實。最初的銅像約有十丈高，在當時算是龐然巨物，但比起後來的銅像，乃是小巫見大巫了。

第三次星際戰爭結束後廿年，在戰亂裡失蹤的呼回王，突然回到索倫城。早已繼承王位的弟弟，自然不肯讓位，雙方終於兵戎相見。舊帝依賴老臣暗助，攻陷京城，新帝敗走草原。舊帝復辟後，將城中新帝餘黨全體處死，除了把千餘首級掛在城門示眾外，又將原有銅像熔化，與孽黨的盔甲共同熔鑄成舊帝銅像。舊帝不久崩殂，嗣君年幼，新帝黨得豹人之助，再度攻陷索倫城。新帝復位後，一樣殘殺舊帝黨，將原有銅像熔化，再鑄成新帝銅像。舊帝嗣君倖免於難，逃往草原，十二年後又率眾大舉攻城……新帝黨與舊帝黨之爭，持續了千餘年之久。根據呼回史書記載，索倫城易幟共計卅一次。當時局勢的動盪不安，可以想見，史稱「千年戰爭」。

千年戰爭既是新帝黨與舊帝黨的內戰，對安留紀呼回文明的發展並沒有甚麼積極貢獻。唯一的成就，也許就是銅鑄技術的進步——不論何黨攻城得手，第一樁大事，就是殺戮敵黨，將死者的盔甲與原有銅像共同熔鑄新像。戰爭一次比一次殺人更多，銅像也就愈鑄愈大。索倫城第十七次易手時，銅像已高達卅丈。這麼巨大的銅像，即使銅鑄技術再進步，熔鑄仍是曠日費時的辛苦工作。勝利的一黨爲了鑄像，每每搞得民窮財盡，怨聲載道。往往銅像剛鑄好，敵黨已開始擊鼓攻城。鑄像的工作，於是又得重新開始。

但銅像是不能不鑄的。索倫城的銅像，已成爲索倫城統治者的夢魘魘。當時的一位呼回詩人寫得好：「整個世界的目光／都注視著京城裡日漸高大的金人」。索倫城第十九度易手時，勝利者曾頒布命令，搗毀銅像，並且從此不許鑄像。這位勇敢的新帝黨王子，竟在一夜之間成爲全城人士鄙視唾棄的對象，第二天早晨就被部下在浴缸裡刺殺，索倫城也第廿度易手。有了這樣恐怖的殷鑑，後來的索倫城統治者，沒有人敢違抗傳統。不論鑄像的工作有多麼艱鉅，即使因此搞到府庫空虛，銅像也不能不鑄！

索倫城統治者對銅像的態度，因此不能不說是曖昧的。不鑄像會導致殺身之禍，鑄像卻必然亡國。這兩者之間的利害抉擇，足以令最英明的帝王焦慮到鬚髮皆白。索倫城人民對銅像的態度，也同樣十分曖昧。他們痛恨鑄像的工作。不少人的父兄，或者盔甲成爲銅像的一部分，或者因鑄像而慘死——失足落入沸騰的銅汁鍋裡、搗毀舊銅像時被破片砸死、搬運銅像時精疲力竭倒斃路旁。銅像因此帶來悲苦的記憶。但銅像又是索倫城人民最感驕傲的標誌。索倫城之所以偉大，索倫城一切的光榮事蹟之所以爲人傳誦，都因有這銅像存在。呼回詩人沒有一位不會寫詩詛咒過銅像，也沒有一位不曾寫詩讚美過銅像。直到現在，呼回年輕人苦戀時寫情書，總是稱對方爲「索倫城的銅像」，就是由於這個典故。

索倫城的統治者和人民，對銅像有著如此複雜而濃烈的情感。到索倫城第廿九次易手時，銅像已成了高達五十丈的龐然巨物。任何想要熔鑄銅像的人，祇要望它一眼，都會心膽俱裂。攻陷索倫城的舊帝黨將軍，進城時還十足的趾高氣昂。部下領他到銅像前，他的確僅僅望了銅像一眼，就一頭栽下馬來。這可憐人昏迷了三天。第三天的夜裡，有人看到他赤足背著手，在宮殿前的廣場上踱來踱去，喃喃自語。早上衛兵發現他吊死在宮裡。有人說他是自殺的；有人說他精神失常；也有人說是銅像的神靈附體，逼他投繯自盡。

不論眞相如何，將軍吊死後，有卅七年之久，新帝黨和舊帝黨的軍隊都不敢進入索倫城，索倫城成爲權力眞空地帶。雙方的領袖都明白，誰膽敢進入索倫城，誰就必須重鑄銅像。雙方的領袖都缺乏這個勇氣，祇好聽任索倫城自由發展。這也該算是天意吧。因爲呼回文明的民主傳統，就是在這卅七年間建立起來的。新帝黨和舊帝黨既然都迴避索倫城，城中無主，混亂了幾年。後來有位老學究力勸市民仿照地球古法，組織共和政府，史稱「第一共和」，索倫城也第卅度易幟。

共和政府成立後，索倫城逐漸恢復繁榮，人民安居樂業，工商百業迅速發展。共和政府的元老頗爲自傲，有人就想到，該是重鑄銅像的時候了。主張鑄像的人指出，現在的銅像是新帝黨最後一任國王的遺像，無論如何不適合國民瞻仰崇拜。共和政府的成就，已經遠超過歷朝諸王，自然應該另鑄新像。至於究竟該鑄誰的像，則言人人殊，莫衷一是。有人認爲該鑄許多小像，紀念索倫城第一批移民；也有人認爲該紀念索倫城首任城主。至於共和政府的元老，自然私下都希望爲自己鑄像，只是不便公開鼓吹罷了。

反對鑄像的人倒也不少。他們指出，歷朝君王皆因鑄像而亡國喪身，共和政府既是民主政府，就不該好大喜功。新帝黨和舊帝黨的騎兵隊，仍然在草原出沒，隨時可能進攻索倫城。如果共和政府將人力物力都浪費在鑄像上面，無疑是自取滅亡的愚蠢行爲。況且銅像已高達五十丈，重逾百噸。上次重鑄銅像，費時共計十年。共和政府能不顧城內百姓反對，一意孤行嗎？

贊成鑄像和反對鑄像約兩派，勢力都很大，久久爭執不下。最後提出解決辦法的，還是當年首倡共和的老學究。這位老先生當時已九十多歲了，仍然耳聰目明，頭腦比年輕人還要敏銳清楚。他想出的解決辦法，的確是呼回歷史上一大創舉，對後世影響極大。他認爲銅像不必重鑄，祇需要在原有的銅像之外，添加一層外殼。這樣不僅新銅像必然比舊銅像更爲高大，而且舊銅像不必搗毀，節省許多人力物力。最要緊的，由於舊銅像仍然在新銅像之內，並未搗毀，未來的統治者，也絕不敢輕言搗毀銅像，至多設法另外添加一層外殼罷了。

老學究的意見，迅速爲共和政府的元老院一致通過採納。城內的商人和庶民，也都以手加額，如釋重負。這是何等聰明而兩全其美的辦法啊！人們對老學究非常感激，又念及他首倡共和的功勳，共和政府新修的銅像，竟非他莫屬了。

誰知道這麼一來，卻送了老學究的命，也斷送了第一共和。

索倫城共和政府新建銅像的消息，迅速傳遍草原，激惱了新帝黨和舊帝黨的領袖。他們既然了解重修銅像並非難事，野心復熾，竟釋前嫌，組織聯軍，圍攻索倫城。共和政府英勇奮戰了三年，終於抵擋不住聯軍的攻勢。城破之日，共和政府的元老無一人逃走，集體端坐元老院內，自焚殉國。守城的共和政府軍隊，也戰至最後一兵一卒，無一人投降。第一共和悲壯的結局，迄今仍爲呼回詩人所歌誦，也激勵了後來呼回族的千萬民主鬥士。聯軍入城，大屠三日，又斬決九十多歲的老學究及全家卅五口，將他們的頭顱掛在城門上，永遠不許取下。一直到一百廿四年後，民黨革命成功，建立第二共和，才取下老人全家的頭顱，並爲老人重修銅像。

聯軍勝利後，共同擁戴新帝黨王子和舊帝黨公主爲王及后，新舊帝黨的千年戰爭，至此告一段落。共和政府所修的銅像，也迅速加添了另一層銅殼。千年戰爭後，呼回歷史邁入新紀元。從此不再有新舊帝黨之爭，而是帝黨與民黨之爭。其後的兩千年間，共有廿七次共和革命，及廿七次復辟反動。帝黨的標誌是花豹，民黨的標誌是青蛇，因此史稱「蛇豹之爭」。民黨和帝黨最後彼此妥協，呼回歷史逐步入君主立憲時期，安留紀的呼回文明也進入顛峰的黃金時代。

蛇豹之爭的二千年間，索倫城的銅像又加添了五十四層外殼，終於成爲近百丈高的雄偉巨像。君憲初期，出了幾位雄才大略的將軍和內閣總理，還重修過幾次銅像。但由於銅像體積過於龐大，連添加一層新外殼，工程都過份浩繁。最後一次添加外殼，竟耗資億萬，內閣因此垮臺。從此再沒有一位內閣總理嘗試過重修銅像。

銅像本身，卻逐漸自然起了變化。歷代加添的外殼，原本是不同朝代歷史人物的肖像。也許是因爲年代久遠的關係，也許是受到地心引力的影響，這一層層的外殼自然而然壓縮黏接在一起。銅像逐漸改變外貌。它的面貌不再是某位歷史人物的面貌，而成了無數人物的綜合像貌。索倫城的市民和外來旅客瞻仰銅像時，都不由自主感受到一種奇特的壓力，彷彿看到的不是數百噸的金屬，而是一個有生命的東西。有人說面對銅像時，似乎整個呼回歷史的眼睛都回望著他。也有人說銅像的面貌，絕不是凡人的面貌。有關銅像的種種神話，流傳漸廣。有人發誓說夜晚經過銅像，聽到銅像發出重濁的呼吸聲。住在銅像附近幾條巷子裡的居民，都曾聽到銅像裡傳出哭喊聲和嘆息聲。這些流言，雖經索倫市政府一再闢謠澄清，仍然不脛而走。由於銅像埋葬了歷代無數冤魂，市政府方面認爲會有這些神話出現，原本不足爲奇。一直到以銅像爲唯一眞神的銅像教出現了，人們開始膜拜銅像時，索倫市政府才慌了手腳，採取嚴厲措施，禁止銅像教的傳教活動和膜拜儀式。

這時候的呼回文明，正進入如日中天的全盛時期。藝術、文化、商業、工業、科技及軍事各方面的發展，都凌駕銀河系附近其他星區之上。呼回星區自然而然成爲附近十八個星區的盟主。以安留紀呼回人的文明進步，居然在首都索倫城出現原始的銅像教，頗費後世史家一番解釋。然而銅像的魔力一天天增長。市政府雖久未修整銅像，銅像卻似乎繼續生長。有人懷疑是銅像教教徒暗中進行修理工作。這種說法難以採信。第一、銅像教教徒雖膜拜銅像，卻絕不敢和銅像接觸，這在他們的教義裡，是瀆聖的行爲。第二，即使有教徒想犯禁修整銅像，他也很難不爲守衛銅像的衛兵查覺。有一種說法，比較有科學根據。此一理論認爲索倫城地層不斷下陷的結果，使銅像底部出現岩層裂縫，地底的赤熱岩漿注入銅像內部，像吹氣球般逐漸吹脹銅像。這一理論，也合理解釋了銅像爲甚麼有時彷彿在流「汗」，有時又似乎在流「淚」。不論如何，不斷在生長的銅像，的確引起市民普遍的驚恐。夜闌人靜時，銅像發出的喘息聲，即使是不相信銅像教的人，也能清楚聽到。銅像面部的表情，逐漸變得猙獰可怖。某國新來的大使，第一次看到銅像時，驚駭中竟脫口而出說：這是魔鬼的臉孔啊！

其後的百餘年間，銅像繼續生長，高度達到百廿丈，身軀也繼續膨脹，侵佔了銅像前的廣場，和四五條街內的住宅區。隨著銅像的生長，信奉銅像教的人也越來越多。儘管有關方面全力壓制，也不能禁止銅像教擴充其勢力。孩童成群結隊，別著銅像徽章，在城中遊行。婦女頸項掛著鑲有銅像金身的項鍊，到銅像前祈禱求其賜福。哲學家撰寫冗長的論文，討論銅像是否即宇宙唯一眞神。因著對教義解釋的不同，各銅像教流派之間不時爆發流血衝突。死難的教徒，便都堆在銅像前。銅像對這些變化似乎都無動於衷，祇是一心一意繼續生長。初期飽受當局壓迫的銅像教，在內閣總理和內閣閣員都公開宣稱入教後，竟成爲國教。呼回星區既然是附近十八星區的盟主，隨即照會加盟各星區，要求它們皈依銅像教。有十三個星區在呼回星區的武力威脅下就範。其餘的五個星區，斷然宣布退盟。呼回星區裡狂熱的銅像教徒，旋即組織遠征軍討伐退盟的星區。局部的武裝衝突，導致鄰近超級星區干預。一連串的不幸事件，如連鎖反應般，終於引發了第四次星際戰爭。

第四次星際戰爭歷時兩百五十年，對銀河系各文明的摧殘及影響極大。戰爭的經過，在《第四次星際戰爭全史》裡有詳細記載，在此不多贅述。停戰協定簽訂後不久，禍首的呼回星區，受到應得的懲罰。來自G超級星區的艦隊，包圍了呼回世界的小小星球。一艘太空龍級無畏艦，不久就出現在索倫城上空。它費了廿分鐘的時間，就將整座銅像完全氣化。索倫城城中心，僅賸下一片燒得焦黑的空地。

有關銅像的神話，並不因銅像被氣化而消滅。據說在銅像被氣化前一日，銅像突然流淚不止，臉部呈現少有的慈祥表情。一位目擊的銅像教徒日後回憶說，在那一刻他才意識到，銅像實在是索倫城的靈魂。又有人說，氣化的銅像並未消失在大氣層裡，在呼河流域上游山區裡，又出現新的銅像。更有人相信，銅像必將再度凝聚成形，回到索倫城，領導呼回勇士，發動第五次星際戰爭，重振銅像教聲威。這些傳說，到今天還在呼回世界裡流傳。

但是有一件事情可以確定；銅像和索倫城的命運關係至爲密切。銅像消失後，安留紀的呼回文明迅即走向崩潰的道路。銅像消失後廿五年，索倫城爲蛇人攻陷，從此成爲一片廢墟。而呼河流域的蛇人族，不久也都神秘絕種。這些離奇的歷史，究竟和銅像有何關聯，還有待未來的史家繼續考證。

——摘自《索倫古城觀光指南》

導引與賞析

張系國（一九四四年～），身兼電腦專家、作家雙重身分，筆名醒石、域外人、白丁，其創作以科幻小說類型尤爲知名，也曾透過《幻象》科幻雜誌的創辦大力推廣，是臺灣科幻小說文類發展歷程中的重要推手。

〈銅像城〉選自張系國《星雲組曲》中十篇小說的第五篇，該書是作者極重要的科幻小說結集作品，在這本小說中所收十篇故事，當中有九篇都是以故事中的「角色」發生了什麼作爲小說的敘事主軸，只有〈銅像城〉這篇，講的是一座城—索倫城的故事，或者更準確一點來說，它的故事主軸講是索倫城歷經數千年戰爭，城中銅像被一遍又一遍重新鑄造的故事。在銅像不斷重鑄之中，索倫城數千年的歷史也不斷地被無情的戰爭所塡滿；因爲戰爭帶來的無數軍民死傷，以及資源的浪費，與銅像一次次重鑄的規模呈現著極其詭異的反比發展。當中，除了銅像面容順應政權輪替而產生的改易之外，無論那一黨在戰爭中取得短暫的勝出，其結果卻都一樣是面臨著更大規模的銅像重鑄工程。戰爭無疑是殘酷的，但戰爭的目的卻常常其實顯得荒謬而可笑，數千年積累的你爭我奪，即使有再多美麗的藉口，得到的都只是虛幻且無法拒絕的權力欲望，而其外現就是這誰也無法停止其膨脹的巨大銅像。小說中有些故意地鋪陳這千年又千年的時間背景，豈不是對於迷失於權力欲望追求的最大諷刺？是如此漫長的歲月裡，始終沒有人能夠看穿銅像重鑄的眞正意義嗎？還是不願意說穿罷了？或者，該不會是銅像也像生物一般具備生命，也能夠不斷成長茁壯？

戰爭，表面上跟絕大多數的競賽一樣，都是一種在輸與贏兩端游移、博奕的活動，但是一般競賽獲得肯定的背後有必須遵循的規則與標準，也會有榮耀與互相尊重，但戰爭的背後能有些什麼呢？戰爭的眞正贏家，除了戰爭自身外，又還能是什麼？仔細品味〈銅像城〉這篇小說，等待著戰爭贏家的似乎永遠都是銅像更大規模的重鑄工程，難道還不足夠說明戰爭的荒謬嗎？

小說結束的地方，作者註記了一行有趣的出處資料「摘錄自《索倫城觀光指南》」，銅像儼然成了這城的觀光指南所選擇的重點介紹對象？當然，這裡或者有著一些傳統志怪小說撰寫形式上的痕跡，為了讓奇幻的故事產生更多與現實的想像性連結，有很多志怪小說往往都會爲小說營造一個實質的存在的時空背景，有時也會在小說中安排一些眞實存在歷史上的人物角色介入，甚至在文末註記上發生的時間、相關出處等，這或許是奇幻小說一個有趣的矛盾？但更有趣的可能還是經歷數千年發展的索倫城，戰爭與戰爭的產物，最終成爲了觀光指南介紹的重點，讓人不禁好奇小說這敘述不全的觀光指南中，除了象徵權力與戰爭勝方戰利品的銅像之外，沒有被本文摘錄到的索倫城可還有著哪些關鍵資訊，又爲什麼戰爭居然可以成爲索倫城觀光特色？

【問題與表達】

一、矗立在索倫城，隨著新舊政權交替而不斷增大規模、改變外觀的銅像，與李賀在〈金銅仙人辭漢歌〉[1]裡敘述即將面臨遷移而潸然落淚的銅人，恐怕都只是政治宣揚工具而已？前者以奇幻作為小說敘事的背景，後者則似以古喻今的寫法，以當代而言，我們也同樣面臨著對某些銅像存在意義的反思，以及是否拆遷的真實處境，請試著思考這些作者的寫作選擇為何並不是實寫嗎？

二、權力的本身是沒有實質形體的，除了銅像之外，還有沒有什麼是具備實質形體或可以理解的象徵，在權力的承接與轉移過程中，明顯代表著權力而產生隱喻聯想的？國家、組織、公司、社團、幫派等權力的承接與轉移，就你所閱讀與瀏覽的經驗，可曾看過用了怎樣的象徵與代表來描述？

三、奇幻或者科幻的小說，嚴格定義上雖然有所不同，但這些創作在盡情地張開想像力翅膀翱翔時，其所謂的判斷標準同樣是以現實社會作為對照的；無論是現實社會無法觸及的時空、違背合理思維不可思議的情節發展與並不存在現實的各類形奇特角色皆然。但這些作品仍然必須存在現實之中，也會在創作之後有著這個時空的許多讀者，因此在這些作品的故事生成裡，除了滿足情節之外，你可以推想看看，作者採用這樣的類型創作，是否有著哪些可能的意圖與考量？

陳猷青老師　編撰

---

1 〈金銅仙人辭漢歌〉係唐朝詩人李賀的詩作，序與詩作為「魏明帝青龍元年八月，詔宮官牽車西取漢孝武捧露盤仙人，欲立致前殿。宮官既拆盤，仙人臨載，乃潸然淚下，唐諸王〈金銅仙人辭漢歌〉孫李長吉遂作『茂陵劉郎秋風客，夜聞馬嘶曉無跡。畫欄桂樹懸秋香，三十六宮土花碧。魏官牽車指千里，東關酸風射眸子。空將漢月出宮門，憶君清淚如鉛水。衰蘭送客咸陽道，天若有情天亦老。攜盤獨出月荒涼，渭城已遠波聲小。』」

進階I書房

1. **晉．干寶《搜神記．三王墓》**

有奇詭、有恐怖，情節充滿想像色彩；卻又有情義、有恩怨，句句寫的都是人間情懷。

2. **吳趼人《新石頭記》。**

清末吳趼人續寫的《紅樓夢》故事。以賈寶玉在一九〇一年復活後的時空背景創作，建構出充滿想像力新舊時代交替間的奇幻現實。

3. **張曉風〈潘渡娜〉**

在希臘神話中被打開就會出現災難、戰爭、疾病的神祕盒子，對於打開人造人技術的隱喻會是？

4. **張系國《當代科幻小說選I/II》**

輯錄了一九八五年以前二十位中文科幻小說家的代表作，且於每篇小說後都附有評註，對於科幻小說的發展與研究，有著重要的參考地位。

5. **黃凡〈如何測量水溝的寬度〉**

如何證成小說本身就是一個想像的世界？是當「水溝幫」發覺水溝無從測量開始？還是作者落筆創作小說開始？

6. **王孝廉《水與水神》、《花與花神》**

跨越黑山白水，行過蕭瑟塞北、煙雨江南，深情款款從神話、民俗中，尋繹文化中的奇幻因緣。

7. **張系國《星雲組曲》**

用心勾勒出未來世界的虛擬圖像，透過諷喻與批判等手法，將人類的種種貪婪、傲慢、無知、癡狂，展現得如夢似幻，卻又極端眞實。

8. **向鴻全主編《當代科幻小說選》**

蒐羅了發表於一九六八年後代表臺灣各階段科幻小說發展的許多作品，選輯下限約延伸至兩千年左右，成書時間較張系國選輯晚，爲科幻小說文類發展紀錄起到一定的補足作用！

9. **張經宏〈出不來的遊戲〉**

究竟與人類世界愈走愈近，甚至是逐漸重合的虛擬世界，最終的答案會是遙遠的烏托邦、隱世的桃花源？抑或是無止盡的沈淪與永遠醒不過來的惡夢？

10. **詹姆斯．喬治．弗雷澤《金枝：巫術與宗教之研究》**

蒐集世界各民族原始信仰資料進行系統分析，從巫術及神話發展比較，試圖爲人類文化進程理出一套新的思維體系。

延伸閱讀地圖

1. 《山海經》
2. 晉．干寶《搜神記》
3. 唐．段成式《酉陽雜俎》
4. 唐．李復言〈定婚店〉
5. 明．吳承恩《西遊記》
6. 明．許仲琳《封神演義》

7. 清・蒲松齡《聊齋誌異》
8. 張曼娟《鴛鴦紋身》
9. 黃海《臺灣科幻文學薪火錄（一九五六—二〇〇五）》
10. 武田雅哉《飛翔吧！大清帝國-近代中國的幻想科學》
11. 何敬堯《妖怪臺灣：三百年島嶼奇幻誌・妖鬼神遊卷》
12. 武田雅哉《中國科學幻想文學史（上下）》
13. 劉慈欣《流浪地球：劉慈欣中短篇科幻小說選》
14. 鳥山石燕《百鬼夜行》
15. 電影：克里斯・哥倫布《變人》
16. 電影：史蒂芬・史匹柏《A.I.人工智慧》
17. 電影：大衛・芬奇《班傑明的奇幻旅程》
18. 電影：陳嘉上《畫皮》
19. 電影：提姆・波頓《魔境夢遊》
20. 電影：雷利・史考特《絕地救援》
21. 電影：提姆・波頓《巧克力夢工廠》
22. 電影：宮崎駿《神隱少女》

陳猷青老師　編撰

寫作攻略：故事創作

「故事」伴隨著每個人成長。據研究，故事是最容易被人們接受的一種文類。愛聽故事，也是人的本性。透過故事的講述與傳播，許多心路歷程及道理精神即寄寓其中。透過故事，我們得以檢驗不同的自我，並學會在現實世界中找尋到人生的定位。同樣的，學習如何撰寫故事也將有助於觀察力、說服力、創造力的提升。

簡單來說，故事就是某個人物遇到某個問題（或追求某種目標）而產生行動與改變的過程。但該如何讓故事變成一個「好」的故事呢？提示相關攻略如下：

一、一切的一切都是人：故事的主題核心

想成爲一個說故事好手，最基本也是最關鍵的要素就是要洞悉人性；畢竟，故事是說給人聽的，說的是人，聽的也是人，一切的一切都關於人。說故事的好手絕對也是一個懂得在生活中觀察人性、剖析人性的人。所以在生活中，可以多多觀察人，試著設身處地，換位思考。

一個好的故事，其核心永遠映照的是人類普同的價值與情感，例如愛、勇氣、希望等。反映的是人類共同面對的生命課題，諸如生老病死、悲歡離合、愛恨情愁或是人性中的欲望、世俗間的價值衝突等。偏離這些，再怎麼模仿大師們所傳承下來的結構模式，或是裝添五花八門的花招與技巧，也難以引發共鳴的。

總歸一句：好故事必須從人出發，說出人類共同面對的問題，反映人類共同擁有的情感。

二、寫一個有血有肉的人

沒有人喜歡看一個完美的人的故事，因爲他不像一個眞正的人。凡是人，自有七情六欲，有缺點，有困

擾；所以一則好的故事的主角一定是個「有問題」的人。他的問題，可能來自於先天的疾病（如林黛玉），性格的殘缺（如哈姆雷特），或是後天的環境所衍生的問題（如孔乙己）。

不管如何，主角一定是帶著血肉，帶有缺陷的生命，肩負難題並朝向解決難題的目標前進。

三、激起好奇心，製造懸念

如果一則故事描寫了國王死了，王后也死了，這無非是個平淡無奇的故事，沒有情節，更談不上懸念，讀者自然容易對這樣的故事興趣缺缺。但若是故事描寫了：國王死了，王后帶著一抹神祕的微笑，手中緊握著一把刀也死了，此時讀者將會被喚起好奇心，將焦點對準那抹神祕的微笑與那把刀。這個故事就是成功的製造懸念，激起讀者的好奇心，讓人想繼續聽下去。

總歸一句：一則好的故事，情節的經營很重要，若是能善用懸念，更具加分作用。

四、沒有衝突就沒有故事

試想如果一則故事只描寫主角起床後例行性的開車上班、吃飯、下班、睡覺，誰會有興趣看下去呢？但若是故事描寫主角在日常的生活中，尋常的開著車，行走在海岸公路上，在一個急轉彎的下坡路口，突然看見前方有一個騎著單車的小孩，此時若不剎車，則那個小孩將被撞到海裡去；若是轉動方向盤，一邊是墜入大海，另一邊則是自撞山壁而亡，在這個緊要關頭，主角究竟該如何選擇呢？（余華〈死亡敘述〉裡的情節）

這樣的兩難抉擇勢必會為故事興起一波高潮，不管主角選擇了什麼，故事的情節都被精彩的往前推進了。適時地加入衝突，才能推進情節，強化故事張力。簡單來說，沒有衝突就很難成為一個好的故事。

五、用「演」的不要用「講」的：強化場景的描寫，善用對話

一個好的故事要儘量貼合生活，創造出適宜的場景，讓人物自然的在其中演出，而非由作者長篇大論的講述，因為那就不像故事而像是場演說。

如何讓故事用「演」的而不是用「講」的呢？善用對話是一大方法。對話可以推進情節、補足背景、張顯人物個性，甚至可以為故事埋下懸念。有時一段故事的推進，用對話來演出，要比由敘述者直接講述會更生動且具張力。例如白先勇在〈一把青〉中要寫出飛官太太不好當這件事，他可以讓敘述者用講的，像是：「眷村裡有許多的飛官太太都在丈夫失事後成為遺孀，有的甚至還改嫁給丈夫的同袍」。但白先勇卻讓師母（也是飛官太太）帶著女主角朱青熟悉眷村環境，並由她口中道出：「像你後頭那個周太太吧，她已經嫁了四次了。她現在這個丈夫和她前頭那三個原來都是一個小隊裡的人。」

「還有你對過那個徐太太，她先生原是她小叔，徐家兩兄弟都是十三大隊裡的。哥哥歿了，弟弟頂替。原有的幾個孩子，又是叔叔又是爸爸，好久還叫不清楚呢。」而當朱青疑惑的回問：「可是她們看著還有說有笑的。」師娘回道：「不笑難道叫她們哭不成？要哭，也不等到現在了。」

一段平常的對話卻栩栩如繪地補足了這些飛官太太們都曾面對過丈夫逝去的悲慟，走過哀傷後的她們成為現在的樣子。而作者也從中預示了朱青也即將與這些過來人（周太太、徐太太、師母等飛官太太）走向一樣的命運。何以這些太太們還可以有說有笑的？接下來就將由朱青自己來演示這段轉折了。

總結來說，適時的放慢敘述的速度，聚焦於場景的描寫，或是善用對話，讓對話帶出故事需要的額外訊息，都會讓故事更立體、有趣。

賴素玫老師　編撰

社會篇

主題七：民間文學與筆記寫作
主題八：社會議題與採訪寫作
主題九：地方鄉土與專題報告

I 書房選文

《山海經》選

正文

九尾狐

從基山又東三百里，曰青丘之山，其陽多玉，其陰多青雘[1]。有獸焉，其狀如狐而九尾，其音如嬰兒，能食人，食者不蠱[2]。（《南山經》）

青丘國在其北，其狐四足九尾。一曰在朝陽北。（《海外東經》）

1 青雘：青，黑色。雘，一種顏料，意思為黑色的顏料，即石墨。
2 蠱：以毒虫相噬於皿，後出以害人。不蠱，不中邪者也。

有青丘之國，有狐，九尾。（《大荒東經》）

丈夫國

丈夫國在維鳥北，其爲人衣冠帶劍。（《山海經．海外西經》）

有丈夫之國。（《山海經．大荒西經》）

女子國

女子國在巫咸北，兩女子居，水周之。一曰居一門中。（《山海經．海外西經》）

有女子之國。（《山海經．大荒西經》）

導引與賞析

《山海經》，乃先秦戰國晚期至漢代之間成書，由不同時代、不同作者長久積累而成的。現行本山海經共有十八篇，三萬餘字，是晉朝郭璞所注的本子，包括「山經」五篇、「海經」八篇、「大荒經」四篇、「海內經」一篇，後合稱《山海經》。

其內容紀錄了一百多個部落邦國、五百五十多座山、三百多水道內的地理風土，並且記載許多民間傳說中的妖怪、詭異的怪獸以及光怪陸離的記述，長期被認爲是一部語怪之書 。閱讀此書，首先應辨明方位，其中「山經」五卷：南山經、西山經、北山經、東山經、中山經；「海經」八卷：海外南經、海外西經、海外北經、海外東經、海內南經、海內西經、海內北經、海內東經；「大荒經」四卷：大荒東經、大荒南經、大荒西經、大荒北經；最後是「海內經」一卷。由篇目可知，該書按照地區編排紀錄，其方向大抵由南開始，然後向西、北逆時針旋轉，最後由東轉達九州中部。九州四方由南海、西海、北海、東海所包圍，這種方位順序與古代帝王座北朝南以及天南地北的空間概念有關。

《山海經》記載了許多古代中國神話，其中最著名的包括：夸父追日、女媧補天、精衛填海、后羿射九日、黃帝大戰蚩尤、共工怒觸不周山從而引發大洪水、鯀偷息壤治水成功、天帝取回息壤殺死鯀以及最後大禹治水成功的故事。魯迅曾說：「中國之神話與傳說，今尚無集錄爲專書者，僅散見於古籍，而《山海經》中特多。今所傳本十八卷，記海內外山川神祇異物及祭祀所宜，以爲禹益作者固非，而謂因《楚辭》而造者亦未是；所載祠神之物多用糈（精米），與巫術合，蓋古之巫書也，然秦漢人亦有增益 。」現代學者大多認爲此書內容包含古代神話、地理、動物、植物、礦物、巫術、宗教、歷史、醫藥、民俗及民族等各個方面，是一部薈萃珍奇博物的神話地理志。

本課所選的三個古代異國，按照方位先後排列，是由南以及西北。先選之青丘之國，屬於《南山經、首經》中第九座山，在這一列山系中，從西面招搖山到東面的箕尾山，共十座山，行程二千九百五十里，而九尾狐即青丘之主。

傳說這九尾狐以尾數分高低，由一至九、至九尾則有不死之身，在春秋戰國時期挖掘出的墓葬群，其墓葬壁畫不乏有九尾狐與四瑞獸一起的圖畫，所以在宋代以前都屬於祥瑞。大抵是宋代以後，其形象開始偏向欺騙、魅惑。及至明代陳仲林（或許仲林）所寫的《封神演義》中，九尾狐化身妲己，奉女媧之命前去誘惑商紂王，使紂王倒行逆施、最後朝歌自焚。其爲災惡殃獸的形象至此定型。

《海外西經》所載的方向，應該是「自西南陬至西北陬者」，丈夫國的位置大概在常羊山的北端。其國民稱丈夫民，其國內全是男人，且皆衣冠整齊，身配寶劍，頗有君子之風。根據傳說，此國來源是殷商帝王大戊派遣使者王孟到西王母處求取不死仙藥，但卻斷糧不能再往前，滯留下成爲一國。其民以野果爲食，樹皮爲衣，距離玉門關二萬里遠。由於沒有女人，其國民繁衍皆從身體自己分出兩個兒子。

與丈夫國相對，有女子國，其國位置在丈夫國北的巫咸國更北。國內皆爲女子無男，有一神井或有一池水，女人在池水中洗浴或窺視井中即可懷孕。此傳說在東西方文獻上屢見，如西方的亞馬遜女戰士，在《奧德賽》中，亞馬遜人不允許男人住在她們的領地中或與女性接觸；但爲避免絕種，她們會定期同鄰族加加爾人男人結合以繁衍後代。生了男孩則送歸男方（一說殺死或弄成殘廢），生了女孩就留下撫養，訓練她們打仗。至於我國，則《西遊記》中女兒國最爲出名，其女兒泉只要飲下隨即懷孕，是極爲膾炙人口的小說橋段。

【問題與表達】

一、《山海經》是我國古代許多傳說生物的圖鑑，請找出十種自己喜歡的生物，手工繪製成圖，並加以說明其特色。

二、關於九尾狐的傳說影響我國及周邊國家甚多，請找出國內外有關九尾狐的故事或傳說的書籍並介紹之。

三、請參考《西遊記》中女兒國的敘述，結合自己想像，將場景設定以丈夫國為主，書寫一篇小說的大綱，必須有故事背景、人物設定及情節大要。

蔡文彥老師　編撰

姑獲鳥

郭璞

正文

《玄中記》[1]曰：姑獲鳥[2]，夜飛晝藏，蓋鬼神類。衣毛爲飛鳥，脫毛爲女人，名爲帝少女，一名夜游，一名鉤星[3]，一名隱飛鳥。無子，喜取人子養爲子。人養小兒，不可露其衣，此鳥度[4]即取兒也。荊州爲多。昔豫章[5]男子，見田中有六七女人，不知是鳥。匍匐[6]往先得其毛藏之，往就諸鳥。諸鳥各走就毛

---

1 《玄中記》：本文據《太平御覽》、《神鬼部三》、《鬼上》之版本。《太平御覽》一千卷，經史圖目綱目一卷，目錄十卷／（宋）李昉等奉敕撰，臺北市：臺灣商務印書館，一九六八年。

2 姑獲鳥：另據（唐）段成式《酉陽雜俎》，另有「夜行游女」，「天帝女」稱呼。

3 鉤星：或是天鉤星。天鉤是中國古代星官之一，屬於二十八宿的危宿，意為「天上的鉤子」。它位於現代星座劃分的仙王座、天龍座，含有九顆恆星。

4 度：過、經歷。如：「度過」、「度日如年」、「虛度光陰」。

5 豫章：豫章郡，中國古代的郡。楚漢之際置。治所在南昌縣（在今江西省南昌市市區）。

6 匍匐：伏地爬行。

衣，衣之飛去。一鳥獨不得去，男子以爲婦，生三女。其女母後令問父，知衣在積稻下，得衣飛去。後以衣迎三女，三女得衣，亦飛去[7]。

導引與賞析

從秦漢以降，經魏晉以至唐宋，中華文明從原本黃河流域爲發端，逐漸擴及到長江流域地區，甚至是往南越、西南夷，或是西域等異域傳播擴散，從而擴大古人的視野，進而使描述遠方的山川地理、風俗物產、奇花異木、殊方異事的博物體志怪類書籍大量出現，如《括地圖》、《神異經》、《博物志》、《十洲記》、《述異記》[8]等；而東晉郭璞的《玄中記》，遠承《山海經》，下接六朝志怪，實爲承上啓下之代表。

郭璞（二七六至三二四年），字景純，河東聞喜縣人（今山西省聞喜縣），西晉建平太守郭瑗之子。東晉著名學者，著有《爾雅注》、《方言注》，是《遊仙詩》的祖師；且精於方術，又著有《葬

7 《太平御覽》、《羽族部十四》、《鬼車》此篇，所引之文字與本課文大抵同，但末有「今謂之鬼車」之語，應是誤注，魯迅《鈎沈》誤為正文，應刪之。

8 《括地圖》是一本漢朝佚名著的志怪小說。《神異經》一卷，中國古代地理書。舊題漢東方朔撰，實為後人偽託。《博物誌》是晉朝張華所著的一部奇書，共十卷。內容包羅萬象，有山川地理知識，有歷史人物傳說，有奇異草木蟲魚、飛禽走獸，也有神仙方術，可謂集神話、古史、博物、雜說於一爐。《十洲記》一卷，又名《海內十洲記》、《十洲三島記》，全文以東方朔的口吻，描述「八方巨海之中」的「人跡所稀絕處」。《述異記》，任昉撰，南朝梁文學家，此書已佚，但也屬地理風俗志。

經》，亦被視爲中國風水學鼻祖[9]。

《玄中記》原書已佚，現在多以魯迅的《古小說鈎沈》[10]爲本。此外，「玄中」二字，「玄」應指玄遠變化、他方的古老世界與荒遠世界，而「中」則指恆常不變的中華文明，故此書名意味者紀載大中華文明中與他方殊域不同的異人、異物、異俗、異地的知識。其空間定位的筆法如下：

> 狗封氏者……會稽東南二萬一千里……封為狗民國。（《鈎沈》，頁三六七）
>
> 丈夫民……去玉門關二萬里。（《鈎沈》，頁三六八）
>
> 扶伏民……去玉門〔開〕〔關〕二萬五千里。（《鈎沈》，頁三六八）
>
> 沃焦……在東海南方三萬里。（《鈎沈》，頁三六九）

這是以華夏爲核心之「中」，再以境內之地爲標的，計量其與遠國的距離，形成被異域殊方環繞的純正中國思維之世界模型。

姑獲鳥，以上述觀念來觀察，就可被視爲被惡名所累的異物。在晉代時，祂是鬼神屬類，乃是天帝

---

9 西晉末年戰亂將起，郭璞躲避江南，西晉末，被王敦任為記室參軍。西元三二四年，敦欲謀反，命他占卜，璞言必敗，被殺，時年四十九歲。

10 魯迅《古小說鈎沉》，浙江古籍出版社，二〇〇八年六月。其共輯錄先秦至隋代古小說三十六種。收羅宏富，且加以校勘，為研究唐代以前小說的重要參考書。

之女，代表夜飛晝藏的天鉤星，衣毛爲鳥，脫毛則爲女人。此後，在文本中之記載，可分成兩部分來看。其一，在山西南昌有一男子，在田地中見到六七名女人，匍匐前進，看到一件毛衣後藏起，後驚動她們，眾女拿走毛衣後化鳥飛走，止餘一女，男子即娶此女，後生三女。過了數年後，母親令女兒問父親毛衣藏處，得知毛衣藏在積稻下，此母得穿毛衣，化鳥飛去。最後，母親再尋來三件毛衣接女兒，三女得衣後亦與母飛走。此段文字是中國第一部人鳥相結合的故事，後影響如唐句道興本《搜神記》中的「田崑崙」、宋傳奇《王榭傳》、清《聊齋誌異》「竹青」，與民間故事中的「牛郎織女」，極富浪漫氣息。

其二，正文中有「無子，喜取人子養爲子。人養小兒，不可露其衣，此鳥度即取兒也。荊州爲多。」姑獲鳥會偷取人之子，所以鄉人有子，不可露小兒衣，以防被偷取，由此染上惡名。唐劉恂撰《嶺表錄異》三卷，卷中說姑獲鳥就是現在的貓頭鷹[11]，此鳥在中國民間歷來視爲不祥。唐代段成式的《酉陽雜俎》又說此鳥胸前有兩乳，乃分娩時死去婦女所變[12]，屬於「鬼車」類邪物[13]，此後對姑獲鳥的記載就朝似妖似鬼所轉化，傳到日本後喧噪一時，有推理小說《姑獲鳥之夏》，是日本推理小說家京極夏彥所作。

11 其文：「鵂鶹即鵋也，……亦名夜行遊女與嬰兒作祟，故嬰孩之衣不可置星露下，畏其祟耳。」原書已佚，魯迅用類書、地誌等作校勘，有一九三八年《魯迅全集》本。

12 見〔唐〕段成式《酉陽雜俎》，《卷十六．廣動植之一》：「又云夜行游女，一曰天帝女，一名釣星，夜飛晝隱，如鬼神。衣毛為飛鳥，脫毛為婦人，無子，喜取人子，胸前有乳。凡人飴小兒，不可露。小兒衣亦不可露曬，毛落衣中，當為鳥祟，或以血點其衣為志，或言產死者所化。」臺北：漢京文化公司，一九八三。

13 「鬼車，晦暝則飛鳴，能入人家收人魂氣，一名鬼鳥。此鳥昔有十首，一首為犬所噬，猶言其畏狗也，亦名九頭鳥。」見《天中記》/陳耀文•明，四庫全書本，臺灣：臺灣商務，一九八一年版。

【問題與表達】

一、姑獲鳥故事是後世「牛郎織女」故事的源頭，請蒐集各時代、各國有關人鳥相戀的故事，並比較欣賞後寫出看法與心得。

二、姑獲鳥或有相傳是產婦難產而死所化，請在課堂上討論此種說法產生的原因，並以之為題目抒發自己感想。

三、請班上同學組成讀書小組，尋找一本日本有關姑獲鳥之小說閱讀，並在各組讀書會閱讀完畢後互相報告分享。

蔡文彥老師　編撰

白水素女

陶潛

正文

晉安帝時，侯官人謝端[1]，少喪父母，無有親屬，爲鄰人所養。至年十七八，恭謹自守，不履非法[2]。始出居[3]，未有妻，鄰人共愍念之，規爲娶婦，未得[4]。端夜臥早起，躬耕力作，不舍晝夜。後於邑下得一大螺，如三升壺[5]。以爲異物，取以歸，貯瓮中。畜之十數日。端每早至野還，見其戶中有飯飲湯火，如有人爲者。端謂鄰人爲之惠也。數日如此，便往謝鄰人。鄰人曰：

1 晉安帝：司馬德宗，在位二十二年。侯官，縣名，今屬福建省福州市。
2 不履非法：不做違法的事。履，施行。
3 使出居：本指與父母分居另住。此指搬離鄰居家，獨立生活。
4 愍：憐憫。規：籌劃，打算。
5 三升壺：古時一升等於一公升。

「吾初不[6]爲是，何見謝也？」端又以鄰人不喻其意，然數爾[7]如此。後更實問，鄰人笑曰：「卿已自取婦，密著室中炊爨[8]，而言吾爲之炊耶？」端默然心疑，不知其故。

後以雞鳴出去，平旦潛歸，於籬外竊窺其家中。見一少女，從甕中出，至灶下燃火。端便入門，徑至甕所視螺，但見女。乃到灶下問之曰：「新婦從何所來，而相爲炊？」女大惶惑，欲還甕中，不能得去，答曰：「我天漢中白水素女也。天帝哀卿少孤，恭慎自守，故使我權爲守舍炊烹。十年之中，使卿居富得婦，自當還去。而卿無故竊相窺掩，吾形已見，不宜復留，當相委去。雖然，爾後自當少差。勤于田作，漁采治生。留此殼去，以貯米谷，常不可乏。」端請留，終不肯。時天忽風雨，翕然而去[9]。端爲立神座，時節祭祀。居常饒足，不致大富耳。於是鄉人以女妻之。後仕至令長云[10]。今道中素女祠是也。

6 初不：從來，本來沒有。
7 數爾：好幾次。
8 炊爨：音ㄘㄨㄢˋ，燒火做飯。
9 翕然：忽然。
10 令長：令、長皆為縣官。秦、漢時，萬戶以上的縣稱令，不到萬戶稱長。

導引與賞析

魏晉南北朝是中國古典小說成熟前的重要階段，其時志怪的興起，代表上古時代的神話傳說與先秦兩漢間巫術方士的雜傳創作，至此擴充成長，或爲浪漫譎變、或爲詭怪奇麗，復因道教、佛教日益盛行，加以文人雅士間清談玄思、道釋論難，反使得「張皇鬼神，稱道靈異」的人心世態達到一個巔峰，成爲唐人傳奇小說出現前的一個重要節點。託名曹丕的《列異傳》、甘寶《搜神記》、與託名陶潛的《搜神後記》、張華《博物志》、葛洪《神仙傳》、劉義慶《幽冥錄》等，或是瑣言怪談、雜史軼聞，或談神靈鬼怪、地理博物，皆是先民探討生命現象的本質變化與神異神祕的各種途徑。

〈白水素女〉，出自《搜神後記》卷五，《搜神後記》是《搜神記》的續書，作者題爲陶潛，但當是後人纂輯而成，今人汪紹楹以《學津討原》爲底本所校注者爲佳。《搜神後記》十卷（今本有補一十一卷），與《搜神記》的體例相當，而其故事內容則多與《搜神記》不同，但在體裁上還是以妖怪變異的傾向爲主，如〈白布褌鬼〉（卷六）、〈楊生狗〉（卷九）、〈黃赭問路〉（卷十一）等，皆甚爲奇異，但大抵賞善罰惡、因果報應的觀念是一致的。至於神仙方術類的內容則增多洞天福地的仙境類，如〈仙館玉漿〉（卷一）、〈穴中人世〉（卷一）、〈韶舞〉（卷一）。此外，書中出現〈比丘尼〉（卷二）、〈佛圖澄〉（卷二）、〈曇游〉（卷二）等跟佛教相關的故事，可見編著者不似甘寶完全傾向道教。值得一提的是像〈白水素女〉這類人神、人鬼相戀的故事，有〈徐玄方女〉（卷四）、〈李仲文女〉（卷四）、〈崔少府〉（卷六）等，這些故事內容皆絢爛多彩，充滿浪漫主義氣息，但往往總結以情人分別的結局，似乎暗示著人與異類結合終歸殊途的悲劇。

〈白水素女〉故事的起源，來自西晉束晳所撰《發矇記》一書。內容大抵是《搜神記》中〈董永遇仙〉的翻版，但更爲精緻動人。從故事的架構上說，貧窮孤兒謝瑞因爲誠懇踏實，得到天帝賞賜素女照顧十年，卻因觸犯禁忌而導致仙女遠去的情節中，可以發現與許多傳說故事中的「禁忌─破禁─後果」的敘事脈絡相同。遠者如《山海經．海內經》的鯀治洪水故事：鯀未得天帝允許，偷拿「息壤」治水被殺；近者如託名曹丕所做的《列異傳》中：談生四十無婦，後得鬼妻，本該三年後復生，卻因談生破禁導致夫妻「大義永離」。

這種故事結構，在魏晉南北朝的志怪小說中屢見，如前文提及本書《搜神後記》的〈李仲文女〉（卷四），因爲被發現左腳鞋子，導致父親李仲文發棺審視而不能復活，情節稍不同而已。且此種故事型態亦有影響後世，如唐傳奇〈杜子春〉；杜子春深受道士大恩而答應幫其煉丹，但煉丹期間不能發出聲音（禁忌），最後因驟失所愛（破禁）而空虧一簣（後果）。

在〈白水素女〉後，以螺女型態出現的故事十分豐富，可見這種勤勞質樸、天助自助的美德在傳統社會頗入人心，如唐人皇甫氏的《原化記．吳堪》、元代無名氏《湖海新聞夷堅續志》、明代周清源《西湖二集》、清人程趾祥的《此中人語》、陸長春《香飲樓賓談》等，都可以見到此類故事的延伸，代代相傳下「田螺姑娘」最終成爲中國民間人氣極高的傳說故事且歷久不衰。

【問題與表達】

一、如果你遇到跟謝瑞類似的情況，你想挽回天女，會採取哪些方法或手段？

二、「窺伺」來源於人類與生俱來的好奇心，但人或多或少都有些不願告訴他人的祕密。當你的好奇心發動時，你會採取甚麼態度面對？

三、〈白水素女〉有延伸成許多版本，請搜尋後並報告最受你青睞的故事。

蔡文彥老師　編撰

進階I書房

1. 唐・佚名〈補江總白猿傳〉

疑是譏諷書法家歐陽詢貌寢、形似猿猴之作。

2. 唐・裴鉶〈聶隱娘〉

女性俠客神通廣大、頗具俠義之心。

3. 明・馮夢龍《警世通言・白娘子永鎮雷峰塔》

全文可分為四部分：杭州事、蘇州事、鎮江事、杭州事。乃勸人戒美色與今本著力於愛情明顯不同。

4. 清・邵金彪〈祝英台小傳〉

此故事來源有木蘭詩、孔雀東南飛、韓憑夫婦、華山畿及《述異記》中〈比肩墓〉，乃我國最著名之愛情類民族故事。

5. 臺灣民間傳說：蛇郎君傳說

一位擁有法力的巨蛇要求某戶人家把女兒嫁給他的故事。原住民族也有許多類似的故事版本，如魯凱族的巴冷公主。

6. 臺灣民間傳說：水鬼變城隍

嘉義縣大林鎮鹿窟溝在日據時期即有水鬼傳說，可視為臺灣早期因水患而起的民間故事。

7. 郭漢辰〈王爺〉

以一王爺廟為背景，敘述兩代人圍繞王爺廟的廟產及權力作鬥爭。

延伸閱讀地圖

1. 西漢·劉向《列仙傳》
2. 西漢·東方朔《神異經》、《十洲記》
3. 東漢·班固《漢武故事》
4. 魏·曹丕《列異傳》
5. 晉·甘寶《搜神記》
6. 南朝宋·劉義慶《幽明錄》
7. 唐·白行簡《李娃傳》
8. 宋·《太平廣記》
9. 宋·吳淑《江淮異人錄》
10. 宋·洪邁《夷堅志》
11. 明·馮夢龍《三言》、《二拍》
12. 清·紀曉嵐《閱微草堂筆記》
13. 清·袁枚《新齊諧》
14. 清·蒲松齡《聊齋誌異》
15. 施翠峰《台灣鄉土的神話與傳說》
16. 王詩琅《台灣民間故事》
17. 金榮華《台灣高屏地區魯凱族民間故事》

18. 金榮華《台灣花蓮阿美族民間故事》
19. 金榮華《台灣賽夏族民間故事》

蔡文彥老師　編撰

寫作攻略：筆記寫作

在當今知識全球化的時代，雖然可藉由網路或媒體的多元管道學習，但學校師生教室問答講授的方式，仍舊無法被取代。因此，製作「筆記」是的確能提高學生學習效率的策略。此外，閱讀書籍能使我們站在巨人的肩膀上，而爲了能保證學習效力，讀完書後，摘要所閱讀書籍的內容和心得，同時統整自己閱讀寫作與反省思辯諸多能力，對一合格的學生而言，亦是需要妥善學習並嫻熟使用的技能。所以，筆記大抵上可分爲聽講筆記與閱讀筆記，分述如下：

一、聽講筆記

課堂聽講時摘記重點，可以幫助我們紀錄重要的資訊、新的觀念或寶貴的啓發，使注意力集中，以簡省之後複習時間，達到有效率的學習。

美國康乃爾大學教授華特波克（Walter Pauk）在一九五〇年代所提出「五R」原則的筆記法，能有效利用單頁版面設計，並簡明扼要地組織筆記內容，成爲流行甚廣的筆記法。

摘要欄	提示欄
	日期 主題 筆記欄

此法將筆記頁面分成三個區塊，一張筆記只處理一項主題，在「筆記欄」中記錄（Record）課堂上或聽講時的專業知識、核心概念或濃縮資料，並積極留白，以備事後補充、回溯（Recite）聽講，協助記憶與學習。在「提示欄」中，主要用來濃縮（Reduce）聽講時或複習筆記內容時，將精簡的關鍵字詞記下，以加深聽講內容的印象。而「摘要欄」裡，則是決定資訊重點、刪節無關資料，利用自己思考（Reflect）、理解後的語言，使筆記更爲清楚並具有個人特色，以方便日後瀏覽複習（Review）。

二、閱讀筆記

書海無涯、學海滔滔，同學們力求上進，讀書必定要追求效能，而要高效率地吸收與理解，就必須先注意到如何有效率讀書？也就是讀書的方法。關於讀書之法，中國自古認為最精闢的，莫如南宋紫陽先生朱熹。

朱熹（一一三〇年至一二〇〇年）有讀書六法：「循序漸進、熟讀精思、虛心涵泳、切己體察、著緊用力、居敬持志」。這六法大意是說要有步驟地由淺入深進行閱讀，在熟讀的基礎上去延伸思考，切記不能自以為是，要能結合經驗與需要去體驗書中知識，並聚精會神、努力用功，使得精神專一、進而堅定志向。可見古人讀書，最重知識的內化，而不是追求兩腳書櫥，堆疊一些繁雜瑣碎的資料。針對現代書籍的特性，我們可歸納出幾點有效的讀書方法：

㈠ **略讀**：先閱讀書籍的「序文」、「目錄」、「結語」，這三部分對應書籍的主旨、重點和結論，能快速地使讀者掌握書本的性質、主要議題和中心思想。

㈡ **提問**：略讀過書籍後，我們可以把握幾個問題來決定是否精讀以及該如何讀：

1. 這本書的主題是甚麼？
2. 作者想要傳達的訊息是甚麼？
3. 相關主體，我已瞭解多少？
4. 這本書講得有道理嗎？
5. 書中資訊與我有何價值？

㈢ **精讀**：確認了「提問」的提示後，我們可以發揮「眼到、口到、手到、心到」的工夫，詳細地閱讀每一個章節，捉住書中聚焦的重點，並以關鍵字或句子標註或眉批，以便複習時回想。若是書中內容艱澀繁重，將常使精讀時速度變慢，此時必要持之以恆、堅持到底。

(四)**筆記**：精讀完書籍後，就可開始筆記，以檢視學習效果。大前研一（一九四三年～）曾說：「筆記，並不是用來記下別人說的話，而是用來整理自己的思緒」，一份好的閱讀筆記，就是一個幫助自己思考，進而解決問題的工具。而閱讀筆記的內容隨無常規定式，但應有下列幾點：

1. **資料名稱、頁碼**：紀錄書名、閱讀篇章、頁碼、作者等基本資訊，是讀書與研究的基礎，常被視爲小事而忽略，若紀錄不清楚，日後查閱將極爲不便。
2. **摘要**：可依書中章節或標題製作大綱，引用原文或關鍵字是較省事的做法，但若能用自己的話語記述重點，表示已進入大腦深度思考，能使抽象概念具體化，或讓繁雜資訊精簡化了，所以一定要嘗試讓自己用消化吸收後的字句來記錄。
3. **個人體悟與感想**：閱讀中，文本內容與個人主觀經驗結合所產生的心得，須隨時記下，即使讀後感只有一句也沒有關係，因爲，只要是屬於自己所原創的文字，都可成爲日後創意發想的來源。而且只要有所得，皆可視爲種子，必將有茂盛的收穫由此聯想與延伸。
4. **保留存疑**：對文本資料有所存疑或評論均需紀錄，以便進一步深入與查證。

(五)**複習**：經過一段時間後，重複「略讀」、「提問」、「精讀」三步驟，再檢視筆記。即使同一位讀者，先後不同次的閱讀，觀感也可能會有差異，而記錄越多元，彙整的結果就會越完整。

現今筆記方式，常見的除了本文介紹的「康乃爾」外，尚有「心智圖」、「麥肯錫的筆記術」、「東大筆記法」、「曼陀羅氏聯想筆記術」（參考書目在後）……等等，使用何種方法其實見仁見智。但只要能掌握住筆記的目的，使自己能快速而有效率地學習、做學問，「得魚忘筌」後，便自動形成個人特色濃郁的筆記術。

參考書目

《如何閱讀一本書》，〔美〕艾德勒、范多倫著，臺北：臺灣商務印書館，二〇〇三。
《考上第一志願的筆記本：東大合格生筆記大公開》，〔日〕太田文著，臺北：聯經出版社，二〇一〇。
《榜首滿分筆記術：第一志願榜首筆記本》，知識流學測小組著，臺北：知識流出版社，二〇一三。
《心智圖學習法套書》，[英]東尼．博贊、孫易新著，臺北：商周出版社，二〇一四。
《麥肯錫的筆記術：頂尖顧問的思考．書寫技巧》，〔日〕大嶋祥譽著、陳惠莉譯，臺北：天下雜誌，二〇一五。
《曼陀羅氏聯想筆記術：關鍵行動，目標導向》，〔日〕松村寧雄著、鄭衍偉譯，新北市：智富，二〇一六。

蔡文彥老師　編撰

I 書房選文

唐代社會詩選：

〈新婚別〉

杜甫

正文

兔絲附蓬麻，引蔓故不長[1]。嫁女與征夫[2]，不如棄路旁。結髮[3]爲君妻，

1 兔絲二句：菟絲應當依附松柏之類大樹，今卻附於蓬麻，所以引蔓不長；比喻女子當嫁優秀之男人始能幸福長久，若嫁予不理想之丈夫，則前景自必不佳。引，伸長、延長。故，另版作「固」；固，當然、必定。兔絲，即菟絲、菟絲子，一種草本植物，莖成絲狀蔓生，多纏繞寄生於其他植物上。

2 征夫：出征之人。

3 結髮：成婚、結為夫婦、元配夫妻。按古禮洞房之夜，夫妻各剪下一束頭髮，繫在一起，當做信物，以表永結同心。

席不煖君牀。暮婚晨告別，無乃太匆忙。君行雖不遠，守邊赴河陽[4]。妾身未分明，何以拜姑嫜[5]？父母養我時，日夜令我藏[6]。生女有所歸，雞狗亦得將[7]。君今往死地[8]，沈痛迫中腸。誓欲隨君去，形勢反蒼黃[9]。勿爲新婚念，努力事戎行[10]。婦人在軍中，兵氣恐不揚[11]。自嗟貧家女，久致羅襦裳[12]。羅襦不復施，對

4 守邊赴河陽：河陽，地名，今河南孟縣。當時因安史之亂，廣大地區為叛軍所占，唐朝邊防不斷縮往內地，邊地已在離洛陽不遠之河陽。

5 妾身二句：意謂暮婚晨別，雖嫁而婚禮尚未全部完成，身分未明，不能拜見公婆。按古禮，婦人嫁三日，告廟上墳，謂之成婚，然後拜見公婆。姑，婆婆、丈夫之母。嫜，音ㄓㄤ，公公、丈夫之父。

6 藏：躲藏，意謂視為掌上明珠，不許拋頭露面。

7 生女二句：生了女兒讓她嫁個歸宿，不論丈夫最後如何，都應嫁雞隨雞、嫁狗隨狗。歸，女子出嫁曰「歸」。將，跟隨、追隨、順從。

8 死地：必死之地，指極為危險之地，即河陽戰場。

9 形勢反蒼黃：情況反而更為複雜多變，無常難料。蒼黃，素絲染蒼則蒼，染黃則黃，變化無常之意；典出《墨子 所染》：「見染絲者而嘆曰：染於蒼則蒼，染於黃則黃。所入者變，其色亦變」。另說，蒼黃，同「倉皇」，匆促慌張貌，意謂情況反而更為急迫糟糕。

10 努力事戎行：認真當兵作戰。戎行，軍隊。戎，軍旅、軍事。行，音ㄏㄤˊ，行伍、軍隊行列，古者五人為伍，五伍為行。

11 婦人二句：婦女隨軍恐會影響士氣，鬆弛軍紀。典出《漢書 李廣蘇建列傳》：「（李）陵曰：『吾士氣少衰而鼓不起者，何也？軍中豈有女子乎？』始軍出時，關東群盜妻子徙邊者隨軍為卒妻婦，大匿車中。陵搜得，皆劍斬之」。

12 久致羅襦裳：長年以來，好不容易才獲得這絲綢衣服。致，達到、求取、獲得。羅，質地輕軟之絲織品。襦，音ㄖㄨˊ，短襖。裳，下衣、裙子。

君洗紅妝[13]。仰視百鳥飛，大小必雙翔。人事多錯迕，與君永相望[14]。

導引與賞析

杜甫（七一二年至七七〇年），唐代文學家，字子美，號少陵野老，又號杜陵野客、杜陵布衣，原籍湖北襄陽，曾祖遷居河南鞏縣，著有《杜工部集》。其詩以古體、律詩見長。杜甫因生逢安史之亂，目睹唐王朝由盛轉衰，內容多述離亂之情，憂慮國家，關懷民生，而風格沉鬱頓挫、雄渾流轉、博大凝鍊，故有「詩史」、「詩聖」之稱譽。

按安史之亂發生後，唐肅宗乾元元年（西元七五八年）冬，郭子儀收復長安與洛陽，聯合李光弼、王思禮等九節度使乘勝追擊，將安慶緒叛軍包圍於河南鄴城。但因唐肅宗疑忌，使諸軍不設統帥、不相統屬，故久攻不下，以致乾元二年春天，史思明援兵到達，截斷官兵糧運，復決戰於安陽河之北，狂風晝晦，唐軍大潰。郭子儀退保東都洛陽，各節度使逃歸本鎮。經此一戰，亟需大量補充兵員，於是朝廷下令徵兵。此時杜甫從洛陽回陝西華州，目擊人民之苦難，寫下組詩〈新安吏〉、〈潼關吏〉、〈石壕吏〉、〈新婚別〉、〈垂老別〉、〈無家別〉，統稱「三吏三別」。

〈新婚別〉藉由新婚隔天即赴前線一事件，反映戰亂之下，平民百姓之無奈與不幸。此詩內容大致可分三段。首段由「兔絲附蓬麻」至「何以拜姑嫜」，新娘抱怨命苦，自傷洞房花燭所帶來者不是琴瑟和

13 對君洗紅妝：當著你面，洗盡脂粉，不再化妝。

14 人事二句：錯迕，交雜、不如意。迕，音ㄨˇ或ㄨˋ，夾雜、錯雜。永相望，終盼夫妻相聚。望，音ㄨㄤˊ。

嗚，竟是婚只結了一半之生離死別，令讀者爲之震懾而心酸。次段自「父母養我時」至「形勢反蒼黃」，新娘接受事實，嫁雞隨雞，不復哀怨身世，而是認同婚姻，擔心丈夫安危，沉痛於不能同赴戰場生死與共。末段從「勿爲新婚念」至「與君永相望」，新娘超克命運與悲傷，鼓勵夫君恪責作戰、毋需懸念，表白自己荊釵布裙、忠貞不渝，定要倆人始終樂觀，期待將來夫婦相聚廝守之幸福。

細味其詩旨，表面在於刻畫一逆來順受、溫柔體貼、堅毅賢淑之傳統婦女典範形象，值得吾人珍惜與敬重。進一步來看，這般良善之婦人，正是廣大婦女之縮影，她們豈宜受如此之遭際折磨？因此所謂「暮婚晨告別，無乃太匆忙」，實爲血淚控訴，透露對政府徵兵政策之不滿；除了表達作者對百姓之同情，更在提醒執政當局應關心民瘼、體恤蒼生、使民以時、多所照護。再深層觀之，「勿爲新婚念，努力事戎行」、「人事多錯迕，與君永相望」則是呼籲民眾深明大義、諒解政府、勇敢共體時艱、支持國家平叛政策、懷抱希望、樂觀進取，以換得最終之家國福祉。是故，杜甫並非僅客觀記錄生活現實、一味堅持反戰思想，也不是在厭惡迫害奴役之中竟又擁護王朝專制之矛盾錯亂，而是揭示時局與戰爭之深層不幸及其複雜面向，既愛民，亦愛國，國家人民一體兩面，彼此應善待善處、合作雙贏，不應厚此薄彼、徒增對立。杜甫此一思想，是「三吏三別」之創作基調。比如〈新安吏〉之「中男絕短小，何以守王城」與「送行勿泣血，僕射如父兄」、〈垂老別〉「子孫陣亡盡，焉用身獨完」與「何鄉爲樂土？安敢尚盤桓」等等，皆是既批判政府傷害人民，又提撕人民應犧牲報國。此種溫柔敦厚之精神，正是《詩經》「可以興，可以觀，可以群，可以怨」、「發乎情，止乎禮義」、「哀而不傷」、「怨誹而不亂」詩教之體現，正是詩史之所以爲詩聖之所在，亦是我們思考環境與命運、個人與群體之永恆課題時之重大參考。

另外，此詩在寫作手法上，以比起（兔絲蓬麻），以比結（百鳥雙翔），前後相映；使用人物獨白之方式，一氣呵成，搭配七個「君」字與諺語「生女有所歸，雞狗亦得將」等等，親切而逼真；主角性格刻畫鮮明，有道學語「妾身未分明，何以拜姑嫜」，有英雄語「婦人在軍中，兵氣恐不揚」，其情緒與思想又層層轉進，曲折深刻，耐人尋味。因此，使得全詩畫面雖係模擬新婦口吻、代人立言，頗有想像虛構處，卻能生動地反映社會風貌、精準地概括現實癥結，令人喟歎反思。

【問題與表達】

一、〈新婚別〉反映戰爭的哪些面向？並請說明對於戰爭的看法。

二、〈新婚別〉一詩中所反映之婦女形象如何？如果是現代女性，是否仍對婚姻具有同樣想法？或者在類似的人生處境中，是否仍會採取同樣的處理方式？

三、請閱讀杜甫「三吏三別」及其他詩篇，體會並論述其間之詩教精神。

四、你看過哪些古今中外以戰爭為題材的文藝或影視作品？請予舉例，分享感想。

林于盛老師　編撰

〈買花〉

白居易

正文

帝城[1]春欲暮，喧喧車馬度[2]。共道牡丹時，相隨買花去。貴賤無常價，酬直看花數[3]。灼灼[4]百朵紅，戔戔五束素[5]。上張幄幕庇，旁織笆籬[6]護。水灑復

1 帝城：指長安。
2 喧喧車馬度：喧喧，擾攘紛雜貌。度，過。
3 酬直看花數：價錢視開花數量而定。直，通「值」。花數，一說是花之品種。
4 灼灼：鮮明貌。
5 戔戔五束素：（灼灼百朵紅之牡丹要價為）體積一大堆之二十五匹絹帛。戔戔，音ㄐㄧㄢ ㄐㄧㄢ，委積貌、積聚貌，形容其多。束，布帛五匹為束。古代布帛廣二尺二寸為幅，長四丈為匹。素，未染色之白色生絹。而據《新唐書・食貨志》「絹匹為錢三千二百」，則五束素價值八萬錢。（另說，戔戔，淺小之意、微細貌；五束素，形容白牡丹之花；意即牡丹有灼灼百朵紅者，有開著小小五束白花者。另說，此句意為小小一叢牡丹，要價二十五匹絹帛。）
6 笆籬：籬笆。另版作「巴籬」。

泥封，移來色如故[7]。家家習為俗，人人迷不悟。有一田舍翁[8]，偶來買花處。低頭獨長歎，此歎無人諭[9]。一叢深色花，十户中人賦[10]！

導引與賞析

白居易（七七二年至八四六年），字樂天，號香山居士、醉吟先生，祖籍太原（今山西省太原市），爲唐代文學家，著有《白氏長慶集》。白氏工於詩文。其文革除駢體，樸素高古，爲韓柳古文運動之實踐者；其詩曉暢平易，流麗清新，流傳甚廣，並自分成「諷諭、閑適、感傷、雜律」四類；主張「文章合爲時而著，歌詩合爲事而作」之理論。

白居易爲落實其文學主張，於唐憲宗元和四年（八〇九年）繼承杜甫「三吏三別」等詩即事名篇之傳統，創作《新樂府》五十首；又於元和五年（八一〇年）寫成《秦中吟》十首；以反映政治、社會之種種問題，期能「救濟人病，裨補時闕」，改善國計民生。

秦中，係指長安一帶，〈買花〉即爲《秦中吟》之最後一首。按李肇《唐國史補》載：「京城貴游，尚牡丹三十餘年矣。每春暮，車馬若狂，以不耽玩爲恥。執金吾鋪宮圍外寺觀，種以求利，一本有直

7 移來色如故：牡丹從花圃移來花市販售，其花色依舊艷麗不變。
8 田舍翁：老農夫。
9 諭：曉也，知曉、明白。
10 十戶中人賦：（其價錢是）十戶中等人家一年所繳之稅賦。按唐代戶口徵收賦稅，分為上中下三等。

〈値〉數萬者。」而劉禹錫〈賞牡丹〉亦云：「唯有牡丹眞國色，花開時節動京城。」可知當時長安權貴富豪頗有競相賞玩牡丹之風氣，故白居易「聞見之間，有足悲者，因直歌其事」。

此詩開頭「帝城春欲暮，喧喧車馬度」，既爲春暮，自是百姓農忙時節，然而京城之上流社會人士卻車水馬龍、笑語擾攘忙於賞買牡丹，諷刺已深。緊接描寫開有百朵紅花之高級牡丹，價錢不菲，竟是二十五匹絹帛之天價，是故花市現場以幄幕籬笆庇護，灑水泥封，惟恐傷之，視之猶如珍寶。然而就在富者習以爲常之氛圍裡，透過老農夫一語，當頭棒喝，點出其間之荒謬：富人們爲一叢無甚用處之牡丹毫不手軟地揮金如土，竟是廣大社會十戶中等收入人家一年的賦稅。言下之意，這些所謂買花之「高貴」人士，其錢財、其品味、其行徑，俱是由底層萬民辛辛苦苦所供養，然而百姓又得著什麼呢？凡有血性之讀者至此，當興無限感慨：階級差距、貧富不公之對立與鴻溝，實應亟予彌補修正。因此，一首看似淺顯之小詩，透過所捕捉之社會一隅，深刻生動地快速特寫其畫面，從而振聾發聵，啓人深歎，這是作者寫作之功力；亦即淺顯生動而復具博厚關懷之普世意義，故能流行廣遠，以達「補察時政，洩導人情」之旨意。

白居易關懷現實之諷諭詩，大抵皆富此特色。茲再錄兩例，以供參考。

〈賣炭翁〉：「賣炭翁，伐薪燒炭南山中。滿面塵灰煙火色，兩鬢蒼蒼十指黑。賣炭得錢何所營？身上衣裳口中食。可憐身上衣正單，心憂炭賤願天寒。夜來城外一尺雪，曉駕炭車輾冰轍。牛困人飢日已高，市南門外泥中歇。翩翩兩騎來是誰？黃衣使者白衫兒。手把文書口稱敕，迴車叱牛牽向北。一車炭重千餘斤，宮使驅將惜不得。半疋紅紗一丈綾，繫向牛頭充炭直。」

〈觀刈麥〉：「田家少閑月，五月人倍忙。夜來南風起，小麥覆隴黃。婦姑荷簞食，童稚攜壺漿。相隨餉田去，丁壯在南崗。足蒸暑土氣，背灼炎天光。力盡不知熱，但惜夏日長。復有貧婦人，抱子在其旁。右手秉遺穗，左臂懸弊筐。聽其相顧言，聞者爲悲傷。家田輸稅盡，拾此充飢腸。今我何功德，曾不事農桑。吏祿三百石，歲晏有餘糧。念此私自愧，盡日不能忘。」

這些詩歌縱使跨越千年，讀來依然心痛。反觀目下，國內國外仍有弱勢與不平等，白先生之人道精神，豈可不復發揚之！

【問題與表達】

一、可否舉出現代社會中，與〈買花〉詩富人行為類似之事例或情境？這些現象，是否合理或正常？

二、〈買花〉詩令你聯想到當今社會或個人本身，有無關懷弱勢、人道反思的正向例子？請與同學彼此分享，以激發高尚情操。

三、古今社會中，階級不平等、權利義務不均、貧富懸殊屢見不鮮，其可能之原因為何？「天下為公」之理想，對人類生活而言，是否必要或可能？

林于盛老師　編撰

〈祝福〉

魯迅

正文

舊曆的年底畢竟最像年底，村鎮上不必說，就在天空中也顯出將到新年的氣象來。灰白色的沈重的晚雲中間時時發出閃光，接著一聲鈍響，是送灶的爆竹；近處燃放的可就更強烈了，震耳的大音還沒有息，空氣裡已經散滿了幽微的火藥香。我是正在這一夜回到我的故鄉魯鎮的。雖說故鄉，然而已沒有家，所以只得暫寓在魯四老爺的宅子裡。他是我的本家，比我長一輩，應該稱之曰「四叔」，是一個講理學[1]的老監生[2]。他比先前並沒有什麼大改變，單是老了些，但也還未留鬍子，一見面是寒暄，寒暄之後說我「胖了」，說我「胖了」之後即大罵其

1 理學：性理之學。是宋明時期主要的哲學流派，以周敦頤、程顥、程頤、朱熹為代表。強調世界萬物由理派生，通過道德的自覺可以達到理想人格的建樹。強化了氣節、德操、社會責任與歷史使命的文化性格。

2 監生：是國子監學生簡稱。國子監是明清時期的最高學府。取得監生的資格即可以和秀才一樣應鄉試。取得資格的方式有二，一者為廕監，是靠父祖的官位而取得資格。一者為例監或叫捐監，是用捐錢方式取得。

新黨。但我知道，這並非借題在罵我：因爲他所罵的還是康有爲[3]。但是，談話是總不投機的了，於是不多久，我便一個人剩在書房裡。

第二天我起得很遲，午飯之後，出去看了幾個本家和朋友；第三天也照樣。他們也都沒有什麼大改變，單是老了些；家中卻一律忙，都在準備著「祝福」。這是魯鎮年終的大典，致敬盡禮，迎接福神，拜求來年一年中的好運氣的。殺雞，宰鵝，買豬肉，用心細細的洗，女人的臂膊都在水裡浸得通紅，有的還帶著絞絲銀鐲子。煮熟之後，橫七豎八的插些筷子在這類東西上，可就稱爲「福禮」了，五更天陳列起來，並且點上香燭，恭請福神們來享用；拜的卻只限於男人，拜完自然仍然是放爆竹。年年如此，家家如此，——只要買得起福禮和爆竹之類的——今年自然也如此。天色愈陰暗了，下午竟下起雪來，雪花大的有梅花那麼大，滿天飛舞，夾著煙靄和忙碌的氣色，將魯鎮亂成一團糟。我回到四叔的書房裡時，瓦楞上已經雪白，房裡也映得較光明，極分明的顯出壁上掛著的朱拓[4]的大「壽」字，陳摶[5]老祖寫的；一邊的對聯已經脫落，鬆鬆的卷了放在

3 康有為：是晚清的學者及政治家。光緒二十四年與梁啓超等人推行新政，是為百日維新。失敗後逃至日本組織保皇黨，民國成立後謀求復辟無成。
4 朱拓：以銀硃等紅色顏料從碑刻上拓印下來的文字或圖形。拓，音ㄊㄚˋ。用紙、墨印碑文或圖像。
5 陳摶：唐末至宋初的著名的道教隱士，以睡功著稱，主張安臥守靜可以休養生息，常一睡十日不起，是百姓心中

長桌上，一邊的還在，道是「事理通達心氣和平」[6]。我又無聊賴的到窗下的案頭[7]去一翻，只見一堆似乎未必完全的《康熙字典》[8]，一部《近思錄集注》[9]和一部《四書襯》[10]。無論如何，我明天決計要走了。

況且，一直到昨天遇見祥林嫂的事，也就使我不能安住。那是下午，我到鎮的東頭訪過一個朋友，走出來，就在河邊遇見她；而且見她瞪著的眼睛的視線，就知道明明是向我走來的。我這回在魯鎮所見的人們中，改變之大，可以說無過於她的了：五年前的花白的頭髮，即今已經全白，全不像四十上下的人；臉上瘦削不堪，黃中帶黑，而且消盡了先前悲哀的神色，彷彿是木刻似的；只有那眼珠間或一輪，還可以表示她是一個活物。她一手提著竹籃，內中一個破碗，空的；

的道教神仙。宋太宗賜號「希夷先生」，後人稱其為「陳摶老祖」、「睡仙」等。

6 「事理通達心氣和平」：朱熹《論語集注．季氏第十六》「不學詩，無以言」下注解：「事理通達，而心氣和平，故能言。」

7 案頭：桌上。

8 《康熙字典》：清康熙時敕撰，為重要字書。

9 《近思錄集注》：南宋朱熹、呂祖謙輯，清代江永集注。《近思錄》為朱熹、呂祖謙選輯了北宋理學家周敦頤、程顥、程頤、張載四人的語錄。

10 《四書襯》：宋朝朱熹將《禮記》中的《大學》、《中庸》與《論語》、《孟子》合編在一起稱為四書。《四書襯》則為清朝吳興駱、培坦軒解說《四書》的書，是清代科舉考試必讀之書。

一手拄著一支比她更長的竹竿，下端開了裂：她分明已經純乎是一個乞丐了。

我就站住，豫備[11]她來討錢。

「你回來了？」她先這樣問。

「是的。」

「這正好。你是識字的，又是出門人，見識得多。我正要問你一件事——」她那沒有精采的眼睛忽然發光了。

我萬料不到她卻說出這樣的話來，詫異的站著。

「就是——」她走近兩步，放低了聲音，極秘密似的切切的說，「一個人死了之後，究竟有沒有魂靈的？」

我很悚然[12]，一見她的眼釘著我的，背上也就遭了芒刺一般，比在學校裡遇到不及豫防的臨時考，教師又偏是站在身旁的時候，惶急得多了。對於魂靈的有無，我自己是向來毫不介意的；但在此刻，怎樣回答她好呢？我在極短期的躊躕中，想，這裡的人照例相信鬼，然而她，卻疑惑了，——或者不如說希望：希望其有，又希望其無……。人何必增添末路的人的苦惱，爲她起見，不如說有罷。

11 豫備：事先準備，也作「預備」，音ㄩˋ ㄅㄟˋ。「豫」，通「預」，事先。

12 悚然：恐懼的樣子，音ㄙㄨㄥˇ ㄖㄢˊ。

「也許有罷，——我想。」我於是吞吞吐吐的說。

「那麼，也就有地獄了？」

「阿！地獄？」我很吃驚，只得支吾著，「地獄？——論理，就該也有。——然而也未必……誰來管這等事……。」

「那麼，死掉的一家的人，都能見面的？」

「唉唉，見面不見面呢？……」這時我已知道自己也還是完全一個愚人，什麼躊躕，什麼計畫，都擋不住三句問。我即刻膽怯起來了，便想全翻過先前的話來，「那是，……實在，我說不清……。其實，究竟有沒有魂靈，我也說不清。」

我乘她不再緊接的問，邁開步便走，匆匆的逃回四叔的家中，心裡很覺得不安逸。自己想，我這答話怕於她有些危險。她大約因為在別人的祝福時候，感到自身的寂寞了，然而會不會含有別的什麼意思的呢？——或者是有了什麼豫感了？倘有別的意思，又因此發生別的事，則我的答話委實該負若干的責任……。但隨後也就自笑，覺得偶爾的事，本沒有什麼深意義，而我偏要細細推敲，正無怪教育家要說是生著神經病；而況明明說過「說不清」，已經推翻了答話的全局，即使發生什麼事，於我也毫無關係了。

「說不清」是一句極有用的話。不更事的勇敢的少年，往往敢於給人解決疑問，選定醫生，萬一結果不佳，大抵反成了怨府[13]，然而一用這說不清來作結束，便事事逍遙自在了。我在這時，更感到這一句話的必要，即使和討飯的女人說話，也是萬不可省的。

但是我總覺得不安，過了一夜，也仍然時時記憶起來，彷彿懷著什麼不祥的豫感，在陰沈的雪天裡，在無聊的書房裡，這不安愈加強烈了。不如走罷，明天進城去。福興樓的清燉魚翅，一元一大盤，價廉物美，現在不知增價了否？往日同遊的朋友，雖然已經雲散，然而魚翅是不可不吃的，即使只有我一個……。無論如何，我明天決計要走了。

我因爲常見些但願不如所料，以爲未必竟如所料的事，卻每每恰如所料的起來，所以很恐怕這事也一律。果然，特別的情形開始了。傍晚，我竟聽到有些人聚在內室裡談話，彷彿議論什麼事似的，但不一會，說話聲也就止了，只有四叔且走而且高聲的說：

「不早不遲，偏偏要在這時候，——這就可見是一個謬種[14]！」

我先是詫異，接著是很不安，似乎這話於我有關係。試望門外，誰也沒

13 怨府：眾怨所聚的對象。
14 謬種：罵人的話，相當於壞蛋之意。

有。好容易待到晚飯前他們的短工來沖茶，我才得了打聽消息的機會。

「剛才，四老爺和誰生氣呢？」我問。

「還不是和祥林嫂？」那短工簡捷的說。

「祥林嫂？怎麼了？」我又趕緊的問。

「死了。」

「死了？」我的心突然緊縮，幾乎跳起來，臉上大約也變了色，但他始終沒有抬頭，所以全不覺。我也就鎮定了自己，接著問——

「什麼時候死的？」

「什麼時候？——昨天夜裡，或者就是今天罷。——我說不清。」

「怎麼死的？」

「怎麼死的？——還不是窮死的？」他淡然的回答，仍然沒有抬頭向我看，出去了。

然而我的驚惶卻不過暫時的事，隨著就覺得要來的事，已經過去，並不必仰仗我自己的「說不清」和他之所謂「窮死的」的寬慰，心地已經漸漸輕鬆；不過偶然之間，還似乎有些負疚。晚飯擺出來了，四叔儼然的陪著。我也還想打聽些關於祥林嫂的消息，但知道他雖然讀過「鬼神者二氣之良能也」[15]，而忌諱仍然極多，當臨近祝福時候，是萬不可提起死亡疾病之類的話的；倘不得已，就該用一種替代的隱語，可惜我又不知道，因此屢次想問，而終於中止了。我從他儼然的臉色上，又忽而疑他正以爲我不早不遲，偏要在這時候來打擾他，也是一個謬種，便立刻告訴他明天要離開魯鎭，進城去，趁早放寬了他的心。他也不很留。這樣悶悶的吃完了一餐飯。

冬季日短，又是雪天，夜色早已籠罩了全市鎭。人們都在燈下匆忙，但窗外很寂靜。雪花落在積得厚厚的雪褥上面，聽去似乎瑟瑟有聲，使人更加感得沉寂。我獨坐在發出黃光的菜油燈下，想，這百無聊賴[16]的祥林嫂，被人們棄在塵芥[17]堆中的，看得厭倦了的陳舊的玩物，先前還將形骸露在塵芥裡，從活得有趣的人們看來，恐怕要怪訝她何以還要存在，現在總算被無常打掃得乾乾淨淨了。魂靈的有無，我不知道；然而在現世，則無聊生者不生，即使厭見者不見，爲人爲己，也還都不錯。我靜聽著窗外似乎瑟瑟作響的雪花聲，一面想，反而漸漸的

15 「鬼神者二氣之良能也」：語出於宋理學家張載《正蒙．太和》。乃以氣為本體來解釋鬼神。

16 百無聊賴：無事可做，非常無聊，或思想無以寄託。

17 塵芥：塵土、草芥，喻微不足道的東西。

舒暢起來。

然而先前所見所聞的她的半生事跡的斷片，至此也聯成一片了。

她不是魯鎮人。有一年的冬初，四叔家裡要換女工，做中人[18]的衛老婆子帶她進來了，頭上紮著白頭繩，烏裙，藍夾襖，月白背心，年紀大約二十六七，臉色青黃，但兩頰卻還是紅的。衛老婆子叫她祥林嫂，說是自己母家的鄰舍，死了當家人，所以出來做工了。四叔皺了皺眉，四嬸已經知道了他的意思，是在討厭她是一個寡婦。但是她模樣還周正，手腳都壯大，又只是順著眼，不開一句口，很像一個安分耐勞的人，便不管四叔的皺眉，將她留下了。試工期內，她整天的做，似乎閒著就無聊，又有力，簡直抵得過一個男子，所以第三天就定局，每月工錢五百文。

大家都叫她祥林嫂；沒問她姓什麼，但中人是衛家山人，既說是鄰居，那大概也就姓衛了。她不很愛說話，別人問了才回答，答的也不多。直到十幾天之後，這才陸續的知道她家裡還有嚴厲的婆婆，一個小叔子，十多歲，能打柴了；她是春天沒了丈夫的；他本來也打柴爲生，比她小十歲：大家所知道的就只是這一點。

18 中人：買賣仲介或居中調停的人。

日子很快的過去了，她的做工卻毫沒有懈，食物不論，力氣是不惜的。人們都說魯四老爺家裡僱著了女工，實在比勤快的男人還勤快。到年底，掃塵，洗地，殺雞，宰鵝，徹夜的煮福禮，全是一人擔當，竟沒有添短工。然而她反滿足，口角邊漸漸的有了笑影，臉上也白胖了。

新年才過，她從河邊淘米回來時，忽而失了色，說剛才遠遠地看見一個男人在對岸徘徊，很像夫家的堂伯，恐怕是正爲尋她而來的。四嬸很驚疑，打聽底細，她又不說。四叔一知道，就皺一皺眉，道：

「這不好。恐怕她是逃出來的。」

她誠然是逃出來的，不多久，這推想就證實了。

此後大約十幾天，大家正已漸漸忘卻了先前的事，衛老婆子忽而帶了一個三十多歲的女人進來了，說那是祥林嫂的婆婆。那女人雖是山裡人模樣，然而應酬很從容，說話也能幹，寒暄之後，就賠罪，說她特來叫她的兒媳回家去，因爲開春事務忙，而家中只有老的和小的，人手不夠了。

「既是她的婆婆要她回去，那有什麼話可說呢。」四叔說。

於是算清了工錢，一共一千七百五十文，她全存在主人家，一文也還沒有用，便都交給她的婆婆。那女人又取了衣服，道過謝，出去了。其時已經是正午。

「阿呀，米呢？祥林嫂不是去淘米的麼？……」好一會，四嬸這才驚叫起來。她大約有些餓，記得午飯了。

於是大家分頭尋淘籮。她先到廚下，次到堂前，後到臥房，全不見掏籮的影子。四叔踱出門外，也不見，直到河邊，才見平平正正的放在岸上，旁邊還有一株菜。

看見的人報告說，河裡面上午就泊了一只白篷船，篷是全蓋起來的，不知道什麼人在裡面，但事前也沒有人去理會他。待到祥林嫂出來掏米，剛剛要跪下去，那船裡便突然跳出兩個男人來，像是山裡人，一個抱住她，一個幫著，拖進船去了。祥林嫂還哭喊了幾聲，此後便再沒有什麼聲息，大約給用什麼堵住了罷。接著就走上兩個女人來，一個不認識，一個就是衛婆子。窺探艙裡，不很分明，她像是捆了躺在船板上。

「可惡！然而……。」四叔說。

這一天是四嬸自己煮午飯；他們的兒子阿牛燒火。

午飯之後，衛老婆子又來了。

「可惡！」四叔說。

「你是什麼意思？虧你還會再來見我們。」四嬸洗著碗，一見面就憤憤的說，「你自己薦她來，又合伙劫她去，鬧得沸反盈天的，大家看了成個什麼樣子？你拿我們家裡開玩笑麼？」

「阿呀阿呀，我眞上當。我這回，就是爲此特地來說說清楚的。她來求我薦地方，我那裡料得到是瞞著她的婆婆的呢。對不起，四老爺，四太太。總是我老發昏不小心，對不起主顧。幸而府上是向來寬洪大量，不肯和小人計較的。這回我一定薦一個好的來折罪……。」

「然而……。」四叔說。

於是祥林嫂事件便告終結，不久也就忘卻了。

只有四嫂，因爲後來僱用的女工，大抵非懶即饞，或者饞而且懶，左右不如意，所以也還提起祥林嫂。每當這些時候，她往往自言自語的說，「她現在不知道怎麼樣了？」意思是希望她再來。但到第二年的新正，她也就絕了望。

新正將盡，衛老婆子來拜年了，已經喝得醉醺醺的，自說因爲回了一趟衛家山的娘家，住下幾天，所以來得遲了。她們問答之間，自然就談到祥林嫂。

「她麼？」衛老婆子高興的說，「現在是交了好運了。她婆婆來抓她回去的時候，是早已許給了賀家墺的賀老六的，所以回家之後不幾天，也就裝在花轎裡抬去了。」

「阿呀，這樣的婆婆！……」四嬸驚奇的說。

「阿呀，我的太太！你眞是大戶人家的太太的話。我們山裡人，小戶人家，這算得什麼？她有小叔子，也得娶老婆。不嫁了她，那有這一注錢來做聘禮？他的婆婆倒是精明強幹的女人呵，很有打算，所以就將她嫁到裡山去。倘許給本村人，財禮就不多；惟獨肯嫁進深山野墺裡去的女人少，所以她就到手了八十千。現在第二個兒子的媳婦也娶進了，財禮只花了五十，除去辦喜事的費用，還剩十多千。嚇，你看，這多麼好打算？……」

「祥林嫂竟肯依？……」

「這有什麼依不依。——鬧是誰也總要鬧一鬧的；只要用繩子一捆，塞在花轎裡，抬到男家，捺上花冠，拜堂，關上房門，就完事了。可是祥林嫂眞出格，聽說那時實在鬧得利害，大家還都說大約因爲在唸書人家做過事，所以與眾不同呢。太太，我們見得多了：回頭人[19]出嫁，哭喊的也有，說要尋死覓活的也有，抬到男家鬧得拜不成天地的也有，連花燭都砸了的也有。祥林嫂可是異乎尋常，他們說她一路只是嚎，罵，抬到賀家墺，喉嚨已經全啞了。拉出轎來，兩個男人和她的小叔子使勁的擒住她也還拜不成天地。他們一不小心，一鬆手，阿呀，阿彌陀佛，她就一頭撞在香案角上，頭上碰了一個大窟窿，鮮血直流，用了兩把香灰，包上兩塊紅布還止不住血呢。直到七手八腳的將她和男人反關在新房裡，還

19 回頭人：再嫁的婦人。

是罵，阿呀呀，這眞是……。」她搖一搖頭，順下眼睛，不說了。

「後來怎麼樣呢？」四嬸還問。

「聽說第二天也沒有起來。」她抬起眼來說。

「後來呢？」

「後來？——起來了。她到年底就生了一個孩子，男的，新年就兩歲了。我在娘家這幾天，就有人到賀家墺去，回來說看見他們娘兒倆，母親也胖，兒子也胖；上頭又沒有婆婆；男人所有的是力氣，會做活；房子是自家的。——唉唉，她眞是交了好運了。」

從此之後，四嬸也就不再提起祥林嫂。

但有一年的秋季，大約是得到祥林嫂好運的消息之後的又過了兩個新年，她竟又站在四叔家的堂前了。桌上放著一個荸薺式的圓籃，檐下一個小鋪蓋。她仍然頭上紮著白頭繩，烏裙，藍夾襖，月白背心，臉色青黃，只是兩頰上已經消失了血色，順著眼，眼角上帶些淚痕，眼光也沒有先前那樣精神了。而且仍然是衛老婆子領著，顯出慈悲模樣，絮絮的對四嬸說：

「……這實在是叫作『天有不測風雲』，她的男人是堅實人，誰知道年紀輕輕，就會斷送在傷寒上？本來已經好了的，吃了一碗冷飯，復發了。幸虧有兒子；她又能做，打柴摘茶養蠶都來得，本來還可以守著，誰知道那孩子又會給狼啣去的呢？春天快完了，村上倒反來了狼，誰料到？現在她只剩了一個光身了。大伯來收屋，又趕她。她眞是走投無路了，只好來求老主人。好在她現在已經再沒有什麼牽掛，太太家裡又湊巧要換人，所以我就領她來。──我想，熟門熟路，比生手實在好得多……。」

「我眞傻，眞的，」祥林嫂抬起她沒有神采的眼睛來，接著說。「我單知道下雪的時候野獸在山墺裡沒有食喫，會到村裡來；我不知道春天也會有。我一清早起來就開了門，拿小籃盛了一籃豆，叫我們的阿毛坐在門檻上剝豆去。他是很聽話的，我的話句句聽；他出去了。我就在屋後劈柴，淘米，米下了鍋，要蒸豆。我叫阿毛，沒有應，出去一看，只見豆撒得一地，沒有我們的阿毛了。他是不到別家去玩的；各處去一問，果然沒有。我急了，央人出去尋。直到下半天，尋來尋去尋到山墺裡，看見刺柴上掛著一隻他的小鞋。大家都說，糟了，怕是遭了狼了。再進去；他果然躺在草窠裡，肚裡的五臟已經都給吃空了，手上還緊緊的捏著那只小籃呢。……」她接著但是嗚咽，說不出成句的話來。

四嬸起初還躊躕，待到聽完她自己的話，眼圈就有些紅了。她想了一想，便教拿圓籃和鋪蓋到下房去。衛老婆子彷彿卸了一肩重擔似的噓一口氣，祥林嫂比初來時候神氣舒暢些，不待指引，自己馴熟的安放了鋪蓋。她從此又在魯鎮做女工了。

大家仍然叫她祥林嫂。

然而這一回，她的境遇卻改變得非常大。上工之後的兩三天，主人們就覺得她手腳已沒有先前一樣靈活，記性也壞得多，死屍似的臉上又整日沒有笑影，四嬸的口氣上，已頗有些不滿了。當她初到的時候，四叔雖然照例皺過眉，但鑑於向來僱用女工之難，也就並不大反對，只是暗暗地告誡四嬸說，這種人雖然似乎很可憐，但是敗壞風俗的，用她幫忙還可以，祭祀時候可用不著她沾手，一切飯菜，只好自己做，否則，不乾不淨，祖宗是不吃的。

四叔家裡最重大的事件是祭祀，祥林嫂先前最忙的時候也就是祭祀，這回她卻清閒了。桌子放在堂中央，繫上桌幃，她還記得照舊的去分配酒杯和筷子。

「祥林嫂，你放著罷！我來擺。」四嬸慌忙的說。

她訕訕的縮了手，又去取燭臺。

「祥林嫂，你放著罷！我來拿。」四嬸又慌忙的說。

她轉了幾個圓圈，終於沒有事情做，只得疑惑的走開。她在這一天可做的事是不過坐在灶下燒火。

鎮上的人們也仍然叫她祥林嫂，但音調和先前很不同；也還和她講話，但笑容卻冷冷的了。她全不理會那些事，只是直著眼睛，和大家講她自己日夜不忘的故事——

「我眞傻，眞的，」她說，「我單知道雪天是野獸在深山裡沒有食吃，會到村裡來；我不知道春天也會有。我一大早起來就開了門，拿小籃盛了一籃豆，叫我們的阿毛坐在門檻上剝豆去。他是很聽話的孩子，我的話句句聽；他就出去了。我就在屋後劈柴，淘米，米下了鍋，打算蒸豆。我叫：『阿毛！』沒有應。出去一看，只見豆撒得滿地，沒有我們的阿毛了。各處去一問，都沒有。我急了，央人去尋去。直到下半天，幾個人尋到山坳裡，看見刺柴上掛著一隻他的小鞋。大家都說，完了，怕是遭了狼了；再進去；果然，他躺在草窠裡，肚裡的五臟已經都給吃空了，可憐他手裡還緊緊的捏著那只小籃呢。……」她於是淌下眼淚來，聲音也嗚咽了。

這故事倒頗有效，男人聽到這裡，往往斂起笑容，沒趣的走了開去；女人們卻不獨寬恕了她似的，臉上立刻改換了鄙薄的神氣，還要陪出許多眼淚來。有些老女人沒有在街頭聽到她的話，便特意尋來，要聽她這一段悲慘的故事。直到她說到嗚咽，她們也就一齊流下那停在眼角上的眼淚，嘆息一番，滿足的去了，一面還紛紛的評論著。

她就只是反覆的向人說她悲慘的故事，常常引住了三五個人來聽她。但不久，大家也都聽得純熟了，便是最慈悲的唸佛的老太太們，眼裡也再不見有一點淚的痕跡。後來全鎮的人們幾乎都能背誦她的話，一聽到就煩厭得頭痛。

「我眞傻，眞的，」她開首說。

「是的，你是單知道雪天野獸在深山裡沒有食吃，才會到村裡來的。」他們立即打斷她的話，走開去了。

她張著口怔怔的站著，直著眼睛看他們，接著也就走了，似乎自己也覺得沒趣。但她還妄想，希圖從別的事，如小籃，豆，別人的孩子上，引出她的阿毛的故事來。倘一看見兩三歲的小孩子，她就說：

「唉唉，我們的阿毛如果還在，也就有這麼大了。……」

孩子看見她的眼光就吃驚，牽著母親的衣襟催她走。於是又只剩下她一個，終於沒趣的也走了，後來大家又都知道了她的脾氣，只要有孩子在眼前，便似笑非笑的先問她，道：

「祥林嫂，你們的阿毛如果還在，不是也就有這麼大了麼？」

她未必知道她的悲哀經大家咀嚼賞鑑了許多天，早已成爲渣滓[20]，只值得煩厭和唾棄；但從人們的笑影上，也彷彿覺得這又冷又尖，自己再沒有開口的必要了。她單是一瞥[21]他們，並不回答一句話。

20 渣滓：比喻多餘無用的人事物。音ㄓㄚ ㄗˇ。

21 瞥：匆匆一看，眼光掠過。音ㄆㄧㄝ。

魯鎮永遠是過新年，臘月二十以後就忙起來了。四叔家裡這回須僱男短工，還是忙不過來，另叫柳媽做幫手，殺雞，宰鵝；然而柳媽是善女人，吃素，不殺生的，只肯洗器皿。祥林嫂除燒火之外，沒有別的事，卻閒著了，坐著只看柳媽洗器皿。微雪點點的下來了。

「唉唉，我眞傻。」祥林嫂看了天空，嘆息著，獨語似的說。

「祥林嫂，你又來了。」柳媽不耐煩的看著她的臉，說。「我問你：你額角上的傷疤，不就是那時撞壞的麼？」

「唔唔。」她含糊的回答。

「我問你：你那時怎麼後來竟依了呢？」

「我麼？……」

「你呀。我想：這總是你自己願意了，不然……。」

「阿阿，你不知道他力氣多麼大呀。」

「我不信。我不信你這麼大的力氣，眞會拗他不過。你後來一定是自己肯了，倒推說他力氣大。」

「阿阿，你……你倒自己試試著。」她笑了。

柳媽的打皺的臉也笑起來，使她蹙縮得像一個核桃，乾枯的小眼睛一看祥林嫂的額角，又釘住她的眼。祥林嫂似乎很侷促了，立刻斂了笑容，旋轉眼光，自去看雪花。

「祥林嫂，你實在不合算。」柳媽詭秘的說。「再一強，或者索性撞一個死，就好了。現在呢，你和你的第二個男人過活不到兩年，倒落了一件大罪名。你想，你將來到陰司去，那兩個死鬼的男人還要爭，你給了誰好呢？閻羅大王只好把你鋸開來，分給他們。我想，這眞是……」

她臉上就顯出恐怖的神色來，這是在山村裡所未曾知道的。

「我想，你不如及早抵當。你到土地廟裡去捐一條門檻，當作你的替身，給千人踏，萬人跨，贖了這一世的罪名，免得死了去受苦。」

她當時並不回答什麼話，但大約非常苦悶了，第二天早上起來的時候，兩眼上便都圍著大黑圈。早飯之後，她便到鎭的西頭的土地廟裡去求捐門檻，廟祝起初執意不允許，直到她急得流淚，才勉強答應了。價目是大錢十二千。

她久已不和人們交口，因爲阿毛的故事是早被大家厭棄了的；但自從和柳媽談了天，似乎又即傳揚開去，許多人都發生了新趣味，又來逗她說話了。至於題目，那自然是換了一個新樣，專在她額上的傷疤。

「祥林嫂，我問你：你那時怎麼竟肯了？」一個說。

「唉，可惜，白撞了這一下。」一個看著她的疤，應和道。

她大約從他們的笑容和聲調上，也知道是在嘲笑她，所以總是瞪著眼睛，不說一句話，後來連頭也不回了。她整日緊閉了嘴唇，頭上帶著大家以爲恥辱的記號的那傷痕，默默的跑街，掃地，洗菜，淘米。快夠一年，她才從四嬸手裡支取了歷來積存的工錢，換算了十二元鷹洋，請假到鎮的西頭去。但不到一頓飯時候，她便回來，神氣很舒暢，眼光也分外有神，高興似的對四嬸說，自己已經在土地廟捐了門檻了。

冬至的祭祖時節，她做得更出力，看四嬸裝好祭品，和阿牛將桌子抬到堂屋中央，她便坦然的去拿酒杯和筷子。

「你放著罷，祥林嫂！」四嬸慌忙大聲說。

她像是受了炮烙似的縮手，臉色同時變作灰黑，也不再去取燭臺，只是失神的站著。直到四叔上香的時候，教她走開，她才走開。這一回她的變化非常大，第二天，不但眼睛窈陷下去，連精神也更不濟了。而且很膽怯，不獨怕暗夜，怕黑影，即使看見人，雖是自己的主人，也總惴惴[22]的，有如在白天出穴遊行的小鼠，否則呆坐著，直是一個木偶人。不半年，頭髮也花白起來了，記性尤其壞，甚而至於常常忘卻了去淘米。

「祥林嫂怎麼這樣了？倒不如那時不留她。」四嬸有時當面就這樣說，似乎

22 惴惴：憂懼戒慎的樣子。音ㄓㄨㄟˋ ㄓㄨㄟˋ。

是警告她。

然而她總如此，全不見有伶俐起來的希望。他們於是想打發她走了，教她回到衛老婆於那裡去。但當我還在魯鎮的時候，不過單是這樣說；看現在的情狀，可見後來終於實行了。然而她是從四叔家出去就成了乞丐的呢，還是先到衛老婆子家然後再成乞丐的呢？那我可不知道。

我給那些因為在近旁而極響的爆竹聲驚醒，看見豆一般大的黃色的燈火光，接著又聽得畢畢剝剝的鞭炮，是四叔家正在「祝福」了；知道已是五更將近時候。我在朦朧中，又隱約聽到遠處的爆竹聲聯綿不斷，似乎合成一天音響的濃雲，夾著團團飛舞的雪花，擁抱了全市鎮。我在這繁響的擁抱中，也懶散而且舒適，從白天以至初夜的疑慮，全給祝福的空氣一掃而空了，只覺得天地聖眾歆享了牲醴和香煙，都醉醺醺的在空中蹣跚，豫備給魯鎮的人們以無限的幸福。

一九二四年二月七日

導引與賞析

魯迅（一八八一年至一九三六年），本名周樹人，浙江省紹興縣人。是中國近代著名的作家，也是新文化運動的領袖之一。童年時家境優渥，曾受良好的詩書教育。十三歲時祖父因行賄被捕入獄，父親散盡家財救父，致使家道中落。二十二歲以官費至日本學醫，在課堂裡看見了一張時事幻燈片，有感於其中麻木的國民性，遂決定棄醫從文，用文藝改變人心。

魯迅曾於《吶喊》自序提到：他深知面對沈重的事實，叫醒「鐵屋」裡昏睡的人，可能會帶來清醒者的苦楚，但他又同意錢玄同的見解，「幾個人既然起來，你不能說決沒有毀壞這鐵屋的希望」。帶著救世的希望，魯迅小說創作的取材多是病態社會不幸的人，意在「揭出病苦，引起療救的注意」（《南腔北調集》）。

〈祝福〉一文最初發表於一九二四年上海《東方雜誌》，後收於小說集《彷徨》。故事敘述了祥林嫂一生的命途多舛，以寡婦的身分到魯鎮幫傭，卻被婆家轉賣、再嫁。當她再度面臨夫死子逝的悲劇時，雖短暫喚起世人的同情，但再嫁的事實使她彷彿被烙上「不祥」的印記，不見容於社會禮制之內，最後只能淪爲乞丐，在窮途末路中死去。

魯迅小說寫作的技巧純熟。不管是人物的描寫、場景氣氛的鋪陳，抑或是對話的經營皆極爲精到。就人物的描寫來看，小說以祥林嫂前後形象的落差，呈現出「一個不到四十歲卻猶如死屍般的人」，其實也曾努力地靠自身的氣力爭取經濟自主權。只是最後仍逃不出既有的體制，猶如物品般被轉賣、再嫁，致其觸犯了傳統宗法體制爲維護父權血統純正所推導的「烈女不事二夫」的貞節觀，最後淪爲體制裡的犧牲者。

就場景氛圍的鋪陳來看，魯迅以熱鬧之筆襯落寞之情，以年底的慶典「祝福」爲背景，襯著熱鬧的爆竹聲中，天地聖眾正預備給魯鎮的人們以無限的幸福時，也曾努力爲主人準備福禮的祥林嫂，卻因其被禮教綁架的人生，除了無權祭拜，也無權享有人的幸福，猶如被世人棄於塵芥堆中的玩物，在孤寂、無助中凋萎。

魯迅擅於利用對話，推導出情節，傳達出深刻的諷刺。最經典的一段在於引介祥林嫂到魯鎮工作的衛老婆子，語帶平常地向魯四嬸補述了祥林嫂再嫁的過程，她以「現在是交了好運了」形容祥林嫂被轉賣一事；以「你眞是大戶人家的太太的話。我們山裡人，小戶人家，這算得什麼？」及「這多麼好打算？」等盡是理所當然，稀鬆平常的話語回應了這樁婆婆販賣媳婦，賺錢爲兒子娶妻之事。衛老婆子以過來人的姿態敘述了這段充滿著婦女的嗚咽、血淚的暴力買辦婚。其口吻越尋常，即越發突顯傳統禮法如何深刻地烙印在傳統婦女身上。這時婦女業已成爲禮教思想的推動者與執行者，深陷其中卻無所知覺。此亦是魯迅大聲疾呼改革的痼疾之一。

另，故事以知識份子「我」第一人稱視角切入，從「我」遇見淪爲乞丐的祥林嫂，到聽聞她死去，再倒敘出祥林嫂前後兩次到魯鎮幫傭的過往故事，藉以相對客觀的呈現出祥林嫂的悲慘際遇。令人玩味的是，「我」做爲一個具有新觀念的知識份子，對於舊知識份子魯四爺的思想、觀念等在在表現出他的抗拒與隔閡。但面對祥林嫂這個備受舊禮教觀念所宰制的女性，在窮途末路時向他詢問地獄、靈魂、報應等事時，「我」所能做的卻僅是模糊其辭的以：「說不清」，「我決計要走了」等話草草爲自己的懦弱、無能開脫。顯然的，魯迅選擇以「我」這位新知識份子做爲敘述者，也表現出他對於許多知識份子（或者隱約也包含自己？）面對社會中不公不義的事實，或是積弊已深，難以革除的陳規陋習時，往往也只能充當無力的圍觀者，甚至漠然以對。

昔日在幻燈片中那個令魯迅棄醫從文的關鍵畫面：一群冷漠的看客圍觀著同樣是自己同胞的示眾者，猶如痛苦記憶的重覆閃現，不時出現在魯迅的作品裡。這群事不關己的冷漠看客，除了那群專程跑來聽祥林嫂悲慘故事，僅爲了流下同情眼淚的人。還有那群明知祥林嫂額上疤痕的緣由，卻仍將之當笑柄的人。甚或如柳媽，雖然盡顯好心地勸祥林嫂捐門檻以贖去再嫁之罪，但那句：「你呀。我想：這總是你自己願意了，不然……。」也是盡顯其業已化身爲在一旁檢討被害者不夠自重的看客了。

可能是帶著孤臣無力之感，魯迅小說在描寫病態社會下的底層人物的悲苦時，總是用著極冷靜的筆調，賦予人冷眼旁觀的諷刺感。此或與其既知鐵屋裡清醒者的痛苦，卻又懷抱著改革希望，一冷一熱的兩種情感總是矛盾衝突所致。

【問題與表達】

一、你覺得祥林嫂是怎麼死的？窮死的？苦死的？還是被眾人逼迫而死的？請抽絲剝繭，一一列舉出導致祥林嫂死亡的人、事、物，並藉以分析、說明魯迅所欲指陳的社會弊病為何。

二、圍觀與示衆是魯迅作品中經常出現的主題，請再舉出其他魯迅作品中相關的描寫，並討論此主題描寫的深意。再者，依照你的觀察，圍觀與示衆的看客文化在今日是否依然存在？請討論之。

三、祥林嫂因為再嫁之事而成為傳統禮教所排擠的人。在今日的臺灣社會，離婚、再嫁等事似已稀鬆平常。站在巨人的肩膀上，請回顧臺灣文學中與性別議題相關的作品，並說明該作品的主題思想與文化意義。另，請更細部的觀察當代社會現象，發掘並指出社會中仍然值得討論或改變的性別平等議題。

賴素玫老師　編撰

〈漂浪之歌：第二樂章〉節選

顧玉玲

正文

「國家英雄」

移工寫作坊搭設了一個共同分享、交流的平台，讓述說自己的欲望，有一個練習的出口。在集體中，整理殊異的經驗，發展共通的意義。

我們讓大家描寫印象深刻的一件事，任何事。喬伊寫下剛到台灣時，面對海關人員不客氣的態度，她內心的憤怒：「我想，你教育程度比我高嗎？你比我有能力嗎？你憑什麼因爲我是外勞就看不起我？」

「常遇到這種事，」來台幫傭的尼塔搖搖頭：「我總是想，是他們自己沒有禮貌，不理他們就好了。」

「但我很生氣。菲律賓人不會這麼沒有禮貌。」喬伊放下筆，自嘲地笑了：「可是我也不敢罵回去，萬一仲介要把我送回去就慘了。」
「那你如何處理你的情緒呢？」我問。
「不處理。我記住了，打電話回家也不會說。說了也沒用，只會讓我媽媽擔心。」
「我也是，」年輕的廠工艾莉絲說：「遇到難過的事一定不會跟家裡人說。海外移工不能訴苦，家人又幫不上忙。」
「打電話一定說好話。寄回去永遠是禮物。」向來不主動發言的莰微娜簡單下了註解。
「所以，」喬伊大笑著說：「你可以了解，我們政府爲什麼叫我們海外移工是英雄了吧？我們賺外匯回國，但遇到痛苦沒有人說出來。」
菲律賓自一九七四年實施輸出勞力政策，至今約有近八百萬海外移工，佔總人口的十分之一，前往工作的地點廣佈全球一百六十八個國家，每年匯回國的金額、及政府強徵的手續費用，加起來就超過一百二十億美元，是菲國很重要的經濟支援。環環相扣的供與需，依賴的無非是資本主義下核心與邊陲國家不平等的發展、及國際貨幣的不等價交換，被迫跨國流動的勞動力快速塡補這個交錯的缺漏。
一九八九年起，台灣從專案到特定行業開放成爲外勞接收國，菲律賓一直是重要的來源國之一。十幾年來，數百萬人次的外勞來去台灣，撐住最底層的勞動，照顧老弱殘幼，成就重大工程建設，同時也遮掩了沒有方向的產業政策及漏洞百出的社會福利。

一千種「回去以後」的夢想

喬伊家中五個兄弟姐妹，全都有移工經驗。

大哥是台灣自一九九二年正式實施就業服務法後最早一波來台的外勞，依法一年期滿就返鄉。二哥則是八〇年代末期，拿觀光簽證來台逾期居留的非法外勞，那時台灣景氣正好，非法外勞到處都是，就服法還沒實施，不必付仲介費，也沒有外事警察天羅地網捉拿，五年後想返鄉了就去自首，罰款也不算多，付了機票就離開台灣了。姊姊在新加坡幫傭二年；妹妹則是申請到韓國工作。

遷移各地的家人，聚散無期。七〇年代的菲律賓勞力輸出，以中東沙烏地阿拉伯的營造業爲主，泰半是家中的父親離鄉千里賺錢；九〇年代以後，逐漸以女性爲輸出主流，地點遍佈全世界，國際褓姆鍊轉個不停，走馬燈似地奔走著一個個把孩子留在原鄉的母親，來去海外照顧他人的孩子。喬伊是其中一個母親。她以小兒子的年紀，來計算自己離家的年資。

小兒子三歲那年，喬伊二度來台，在桃園縣的食品工廠工作。這一段血淋淋的工作流程，她說得特別仔細，認眞總結道：「我眞的學了很多。」果然是農村老闆娘。同廠有六十幾名外勞，有的年輕女工，一到工廠發現屠宰、清洗、包裝的全套血腥作業，氣味和環境都濕黏難捱，還得戴手套掏內臟，當場都嚇哭了。但喬伊不是，她興緻勃勃，盤算著日後返鄉也可以在農村兼營肉品買賣。她刻苦、好學、有頭腦，除了自己負責的分裝肉品及內臟工作外，整個屠殺豬仔的標準作業流程，她津津有味地觀察、學習，記得一清二楚。

每天約有將近一千隻豬進廠，大卡車直接駛進十公尺寬的大型冰庫，每個工作的關卡、作用、工序都一清二楚，倒吊著豬隻的生產線繞著不同部門轉動。

先是以電擊棒把活生生的豬隻擊昏，再來就放置到大桌檯上，倒掛勾栓住豬蹄，直接懸空吊起，一隻隻瀕死的豬身移向放血的部門。這幕宛如電影，也確實需要功夫，男性工人分作二人一組，一個人快速以刀刺中豬脖子，另一個人趕忙接血導入大儲血桶。再來，放淨血的豬仔再移去火燒豬毛，空氣中微微的焦味，異樣的芳香與腥燥。再往下，沖水，沖掉血與焦毛，光禿禿現出可憐的肉色原形。下一站，人工除去未燒光的毛，趕盡殺絕。然後，開腸剖腹，動作要快、狠、準，否則就像凌遲。再下一個作業檯，戴手套的女工一一伸手入腹，掏出纏繞成團的內臟。胸腹淨空的豬仔，再一次沖水、洗淨，送進冷凍庫。

一天一千隻！

內臟還另外延伸一個更血淋淋但確實很專業、細緻的工序，要清洗、分類、秤重、包裝，豬隻全身上下內外大多是可用之物。喬伊在這個部門，學會了分辨豬內臟及不同部位的豬肉價格，有貴有賤，有用有無用，都是很驚人的學問。台灣人什麼都吃，連豬血都可以冷凍了再賣錢，她大開眼界，默記在心。

對喬伊來說，這個工作比紡織廠的機械性勞動有趣多了。具體的勞動令她激動、雀躍，她的腦袋裡編織著一千種「回去以後」的夢想，依著出貨的需求，全力配合工廠加班到午夜。而冷凍庫久待造成日後天冷關節就酸痛的毛病，也會在往後的下半生，伴隨著她回到家鄉。

離開？我又不能換老闆！

喬伊在屠宰場爲豬內臟分類包裝的時候，二十一歲的荻微娜總算得以使用自己的名字申請來台工作。

這一次，她來到苗栗鄉間的獨棟透天厝。雇主是個土財主，四個老婆，子女皆在學齡，全家加起來總計二十五人！四層樓的大坪數房子光是打掃就極耗工費時，更不用說煮飯洗衣。這家人是第一次使用外勞，原先每層樓都有洗衣機，可家裡來了個小婢女，老闆就要求一家大小的衣服全得用手洗，還得一一熨燙妥當，連內衣褲都要燙平。

荻微娜每天上午六時工作至半夜二點還做不完。假日休息？不可能！這樣的人，我們也不是不曾聽聞。家裡來了個傭人，清潔標準立時拉高，原本便利的洗衣機，似乎有了傭人就可以除役了；不然，傭人做什麼呢？原本沒燙衣服的需求，但既然衣服收好要摺疊，何不就順手熨了吧；不然，傭人做什麼呢？彷彿沒想到這樣工作量是做不完的。

另一種可能，則是又一個「被仲介教壞」的雇主。他們也許不是眞心要凌虐她，但就是擔心她逃跑，所以費盡心思讓她一刻不得閒，口耳相傳「不要對外勞太好，以免被她爬到你頭上。」「不要讓她們休假去亂交朋友，否則就會比較、計較。」……是了，這一組對待關係的關鍵字是「逃跑」。

外勞逃跑了（誰需要逃跑？外勞是囚犯嗎？），雇主要被處以配額取消、及續繳就業安定費的懲罰。若是那家中有人癱瘓在床，社福照顧既是零碎不全，一旦被取消了全日照護的外勞配額，不啻是莫大處罰！

那時，姑姑還在廖太太家工作，電話裡勸荻微娜：「離開那裡算了！」

「離開？我又不能換老闆！」

「逃走吧！」姑姑說得心平氣和，她在台灣工作幾年下來也累積了不少經驗與人際網絡，她說：「到台北來，再另外找工作。」

有人可以依靠，逃跑一事變得不是那麼可怕。預扣的稅金、仲介費及護照都還在仲介手上，但她身心俱疲，覺得自己快速衰老中。領薪水那一天，半夜三點，荻微娜拎著小袋行李，在鄉間道路上步行半個小時，終於搭上計程車。

「火車站。」荻微娜沉住氣。

「這麼晚？」司機從後照鏡盯著她看，再轉過身探看一眼她的行李：「你一個人哦？」

「我的老闆有事找我，很急。」荻微娜自然地開口：「我趕到火車站，和老闆一起搭車去高雄。」

她的國語說得流利，司機也不再多問。

這才是第一關，未來還有更多的關卡，她的身份一下子墜落到危崖邊緣，任何一點風吹草動，都可能讓這個司機不送她到火車站，而改送到警察局。

荻微娜回到台北。廖太太什麼也沒問，就給了她一個房間。

二週後，荻微娜透過地下仲介，在彰化花圃找到一份工作。先前說好月薪一萬八，但老闆見面時又改口月薪一萬四，工作時防賊般緊盯她的一舉一動，成天嘮叨個不停，這一次，荻微娜不必再忍受與掙扎，不到一週她就辭職了。這一個禮拜的薪水，當然沒拿到，白給了仲介一筆錢。

她沒有合法身份，沒有勞資爭議的籌碼，但也不必再遵循不合理的外勞政策規範。荻微娜在台灣，第一次像一個自由出賣勞力的人，主動向老闆終止勞動契約，不需逃跑。就是離職，離職而已……

導引與賞析

你一定看過他們的身影：在黃昏的公園的孱弱者身旁；在機械轟隆的工廠中；在某個遠洋漂蕩的漁船上；或是在期待成家喜悅的跨國聯姻裡…。生命本是不停的移動與遷徙；在移動中激盪出火花，成就某些佳話。「他們」也是「我們」。

本文選自《我們》一書。作者顧玉玲（一九六七年～）於大學畢業後即全職投入工人運動至今，現為臺灣國際勞工協會（TIWA）理事長。曾獲時報文學獎報導文學首獎、臺北文學年金等殊榮。本書為顧玉玲投入工運超過十五年，對勞工、移工近身觀察、參與後所寫的文字紀錄。顧玉玲以「我們」為書名，細膩地記錄多位移工的故事，帶我們深入了解移工的背景、生活、困境與心事；並在外籍移工的故事中，置入了一段早期臺灣的移民史，昔時「黑水溝」的跨域移動，牽起「外省」與「本土」融合的故事。跨國移工遷移、勞動的生命紀事，也映照出「我們」的遷移史。

本文節選了〈漂浪之歌：第二樂章〉中的部分小節：「國家英雄」、「一千種『回去以後』的夢想」、「離開？我又不能換老闆！」。內容敘述了移工們漂浪海外的初衷與苦悶。這些移工大多背負著家計重擔，帶著一千種「回去以後」的夢想，遠渡重洋，拋下血親骨肉來臺尋找生機。在他們的國家，他們是「國家英雄」，既增加了國家的外匯，也改善了原生家庭的經濟困境。但是「他們」可能是將自己的孩子留在原鄉，到海外努力照顧他人孩子長大的母親。可能是受過高等教育，卻被臺灣人瞧不起的「外勞」。可能是被視爲取代洗衣機、掃地機的「小婢女」。也可能是被仲介以各種理由扣留薪資，面對刁難的雇主也不敢辭職的弱勢者。因爲一旦被遣返，就是白工一場。在疲累中忍耐是他們的日常。他們遇到難過的事，從不跟家裡人說。「打電話一定說好話。寄回去永遠是禮物。」但有時在體制內實在找不到容身之處，他們只能選擇離開，逃向那見不得光的生活。問題是，「誰需要逃跑？外勞是囚犯嗎？」如果有路，他們願意爲了家計而忍耐，爲夢想而奮鬥。弔詭的是，逃跑後，沒有合法身分，沒有勞資爭議的籌碼，面對不合理的工作，反而不必再遵循不合理的外勞政策規範。此時，他們不需要逃跑，就是離職而已。

「如果可以休假，如果可以辭職，誰要逃跑呢？」（《我們》頁二四七）

外籍移民、移工已是臺灣社會不可分割、或缺的一群。他們的到來，解決了許多工地、工廠、社福照護系統人力匱乏的問題，爲「我們」的社會注入迫切需要的勞動力，偶爾也促成了美好的跨國婚姻。當「他們」已是「我們」生活中不可或缺的存在，顧玉玲藉由《我們》一書告訴我們，是否也該從「我們」的角度，重新思考面對移民、移工的態度、政策及規範是否合理？是否適用？

【問題與表達】

一、試觀察臺灣現有的移工管理政策，從「我們」的角度，分析這些政策對勞工、移工或雇主可能產生的問題，並嘗試提出你的解決之道。

二、《我們》一書揭示了移工這個勞動階層背後的困境與艱辛。除了移工，社會上還有哪些職業、身分可能因為世人的偏見而被不公平的對待著？請說說你的觀察與心得。

三、請嘗試觀察不同的行業或工作型態，並討論這些行業或工作可能面臨的困境與艱辛。

四、帶著一千種夢想到外地打拼，「打電話一定說好話。寄回去永遠是禮物。」文中所述的雖然是移工的心境，但其實也可以說是所有帶著夢想移動，為生活打拼，為理想奮鬥的「夢想者」的心境。請尋訪一個（曾經）離鄉背井到外地打拼（或求學）的「移動者」、「勞動者」或「夢想者」，寫下他的移動與尋夢的生命記事。

賴素玫老師　編撰

進階Ⅰ書房

1. 西西〈像我這樣的一個女子〉
當職業與愛情產生衝突時，命運會將她帶向何方？關於遺體化粧師的愛情故事，以及人類面對死亡的深層恐懼。

2. 陳俊志〈人間．失格——高樹少年之死〉
當他與別人不一樣是否就喪失做人的資格？關於多元性別認同與校園霸凌議題的認識與思考。

3. 林立青《做工的人》
工地現場真實上演著社會底層勞動者的拼搏人生。「工地書寫」代表作，帶我們認識工人的生態、精神與困境。

4. 祁台穎等《尋百工：四個年輕孩子與一百種市井職人相遇的故事》
採蚵、彈棉被、畫布景、孝女白琴……。從「逐好味」到「找樂活」。一百種臺灣非主流、珍稀行業故事的尋找與紀錄。

5. 李雪莉、簡永達、余志偉《廢墟少年：被遺忘的高風險家庭孩子們》
為了賺錢，加入詐騙集團；被安置，卻反遭性掠奪……。關於邊緣少年如何努力生活、生存的深度報導。

6. 陳列《躊躇之歌》
一段有關人受傷、孤單、彷徨、以及勇氣與希望的故事」（封底文）。白色恐怖時期，知識份子受難的故事。

7. **夏曉鵑《不要叫我「外籍新娘」》**
一群自許爲「新移民女性」，如何拋開外籍新娘的污名，努力融入臺灣社會的故事。

8. **（美）托妮・莫瑞森(Toni Morrison)《最藍的眼睛》**
一個黑人小女孩祈求能有雙藍眼睛，讓她的人生從此不一樣…。關於種族主義、社會歧視、家庭教育等議題思考。

9. **（法）阿爾貝・卡繆（Albert Camus）《瘟疫》**
當荒謬以病菌、戰爭等惡的形式體現，卡繆告訴我們，每個人的心裡都有瘟疫，「對抗瘟疫唯一的辦法就是正直」。

10. **（俄）斯維拉娜・亞歷塞維奇（Svetlana Alexandrovna Alexievich）《車諾比的悲鳴》**
「車諾比是最可怕的戰爭，你無處可躲，地下、水裡、空中都躲不掉」（頁六十六）關於核能及核災議題的思考。

延伸閱讀地圖

1. 唐・白居易《新樂府》五十首、《秦中吟》十首
2. 蔣渭水〈臨床講義——對名叫臺灣的患者的診斷〉
3. 陳銘磻編選《臺灣報導文學十家》
4. 向陽、須文蔚主編《報導文學讀本》
5. 杜十三〈煤——寫給一九八四年七月煤山礦災死難的六十六名礦工〉

6. 陳映真《鈴鐺花》
7. 廖嘉展《月亮的小孩》
8. 房慧真《河流》
9. 魏明毅《靜寂工人》
10. 黃靖懿、嚴芷婕《職人誌》
11. 房慧真《像我這樣的一個記者》
12. 李雪莉等著《血淚漁場：跨國直擊台灣遠洋漁業真相》
13. （英）安東尼．伯吉斯《發條橘子》
14. （俄）杜斯妥也夫斯基《罪與罰》
15. 電影：余宜芳、楊力州《拔一條河：甲仙的人情與美味》（文本與紀錄片）
16. 電影：蔡崇隆、阮金紅《再見可愛陌生人》（紀錄片）
17. 電影：瀧田洋二郎《送行者——禮儀師的樂章》
18. 電影：陶德．菲利普斯《小丑》
19. 電影：羅貝托．貝尼尼《美麗人生》
20. 電影：葛斯．戴維斯《漫漫回家路》

賴素玫老師　編撰

寫作攻略：採訪寫作

採訪寫作是採訪者針對某些值得關注的（人／事／物）主題，收集資料，進行深度訪談後，撰寫出兼具報導性、眞實性與文學性的作品。相較於小說、散文等文學創作或一般的新聞報導，採訪寫作所強調的是眞實，著重於報導主題的前因後果、背景影響。雖採用文學筆法但以不違反人事的眞實爲原則。以下即依採訪的前、中、後三階段提示相關採訪寫作攻略。

一、訪談前：別偷懶！確立主題，做好行前功課，擬定訪綱

㈠確立主題

主題方向是採訪寫作的價值核心。明確地訂定主題才能開啓採訪的第一步。像是《尋百工》一書即是一群大學生以尋訪臺灣鄉鎮間一百種因時代巨輪，日趨湮沒的傳統行業（手藝）爲畢業專題，就此開啓了失落百工的紀錄。《血淚漁場》則是作者從一件漁工死亡的案例開始，進而著手剝開遠洋漁業背後從業人員的生命安全與人權問題。

㈡熟悉受訪者的資料

訪談者必須熟悉受訪者的背景資料，千萬不要有：「你從事的第一份工作是什麼？」「你的家鄉在哪裡？」這類突顯訪談者未做好行前功課的粗糙提問。同時，還應針對受訪者的喜好、興趣、作品、成就、人際網絡等相關事蹟下一番工夫探究。例如訪談作家時，先熟悉作家基本的創作年表、生平紀事外，若能針對其作品有所理解與掌握，也將有助於採訪者了解作家的思維模式、知識結構、價值觀等，研擬出更具深度的訪綱。

㈢擬定訪綱

一份好的訪綱能顯現訪談者對於受訪者的理解。訪談前的邀約詢問，除了一般邀訪的基本禮節外，也可以在說明來意時，呈上訪綱，表現誠意。訪綱的問題設計要從預設的主題核心出發，分別就相關人事從時間、空間、背景、過程、發展或影響予以設計。設定問題的要則有二：

1. **具體明確、多元彈性**：問題盡量明確可答。少問僅能回覆是或否，過於簡短且已由訪談者設定好答案模式的「封閉性問題」。增加足以讓受訪者多元發揮的「開放性問題」，特別是訪談的內容須仰賴受訪者本身特有的經歷時。例如訪問的對象爲外籍移工，預設的主題是移工的生命故事，則訪綱可以依照受訪者的人事背景、經歷及發展等設計問題。諸如詢問其前來臺灣工作的背景、原因；遷徙移動的過程，曾經遭遇什麼樣的困境或阻礙；來到臺灣後，遇到哪些環境上的適應問題；現有工作內容狀況及與僱主間相處的情形；來臺後曾遭遇過什麼讓人感動或不平的情事；未來的生涯規劃等等。這些問題皆賦予受訪者較彈性、多元的回應空間，且能依其特有的經驗加以分享，有助於獲得更深入且多元的資訊。
2. **禮貌得體**：訪綱問題切勿提出冒犯禮節或侵犯隱私的提問。例如若訪談對象是《尋百工》一書中所記錄的從事傳統喪葬儀式中哭喪的「孝女白琴」一職。由於該行業在現代社會已相當少見，且涉及喪葬禮俗，有其特殊性，故應該增加開放性問題設計且避免觸犯禮儀。設計的問題諸如：「你如何因應不同喪家的家庭成員、氣氛來調整哭喪時的台詞」等。避免詢問諸如：「若遇家裡有治喪的需要時，你會保留孝女哭喪的環節，自己擔任孝女哭喪？還是商請其他孝女擔任？」等這類觸及民間忌諱，有失禮節的問題。

二、訪談時：耐心等待，細心觀察

㈠耐心等待，取得信任感，不必拘泥於訪綱順序

有些受訪者須在一定時間後才能降低心防，所以訪談時不一定要急著切入訪綱內容，可以先寒暄暖場，或透過輕鬆的話題，拉近距離，耐心等待受訪者的信任。也可以選擇受訪者較熟悉且能放鬆的地點，諸如受訪者的家、工作場所，或是經常待的地方，這些都可以讓受訪者較為自在。

訪談當下經常會有許多難以預料的情況產生，若是訪談過程不如預期順利，無法使受訪者打開心胸暢談，或是當受訪者岔題、偏離原有的訪綱時，記得要耐心地試著從受訪者較感興趣的話題開啓機會。此外，若是能取得受訪者的同意，深入其家居生活或是在其工作時從旁記錄觀察，也能較自然地取得深度訪談的成效。

㈡魔鬼藏在細節裡：細節觀察

訪談者除了透過訪談內容取得資訊，細部地從受訪者的衣著、配件、小動作等處觀察，也有助於發現受訪者的不同面向。例如作家房慧眞《像我這樣的一個記者》談及她在採訪律師詹順貴時，觀察到他有別於一般律師總是提著黑色公事包的正式打扮，而是混搭黑白律師袍與綠色登山包就出席法庭。房慧眞即藉此細節，側寫出詹順貴為弱勢、環保議題奔波，卻不重視個人物質享樂的儉樸風格。

三、訪談後：細心整理，擬定出色標題，編織富深度的受訪者故事

訪談後應將訪談稿整理後，將內容提供給受訪者確認無誤。訪談稿呈現方式大抵有三種方式，訪談者可以根據需要自行選擇適當的形式呈現。但不論採用哪種形式，都可以嘗試透過段落間的小標題突顯訪談的重點與核心價值：

㈠**問答形式**：以一問一答的方式呈現。這種方式的優點是較接近原始訪談樣貌，缺點是較難張顯訪談的特色或價值。訪談者若是強調訪談的現場感，或是希望以逐字稿方式呈現作品則可以選用此形式。

㈡**散文形式**：由訪談者消化整理後，從訪談者的角度表述，再適當的穿插受訪者的想法、聲音。這種形式的特點是明顯的呈現出訪談者主觀的聲音與意見。例如顧玉玲《我們》一書，或是上述《像我這樣的一個記者》皆是穿插有作者想法與聲音的散文式訪談作品。

㈢**人物自白方式**：由訪談者將採訪資料以受訪者自述的方式呈現。例如簡永達〈為了賺錢，我到多明尼加做詐騙〉（收錄於《廢墟少年》）即以少年「我」第一人稱自白方式敘述：「十九歲那年，我第一次出國，一句英文都不會講。因為，我不是去旅遊的，我是去做詐騙的。」說出高風險家庭下的少年（我）如何為了賺錢誤入歧途。又如《車諾比的悲鳴》一書也是採用人物自白的方式呈現，讓不同人物親述車諾比事件對其影響，藉以更深刻地張顯出遭逢此事故者的眞實想法。

賴素玫老師　編撰

I書房選文

現此時[1]先生

黃春明

正文

蚊仔坑的三山國王廟[2]並不大，更談不上堂皇，倒是和小山村相配。廟早已經破舊了，這也跟留在村子裡的舊農舍、老貓老狗和老年人，都顯得很相配。整

1 現此時：閩南語音讀為hiān-tshú-sî又唸作hiān-tsú-sî，即現在、此時之意。參教育部臺灣閩南語常用詞辭典網站。https://twblg.dict.edu.tw/。文中因「現此時先生」經常以「現此時」為口頭禪，故也取代他的姓名，成為他的代稱。

2 三山國王廟：「三山國王」原為廣東省揭陽市巾山、明山、獨山三座山的山神，是粵東地區的民間信仰之一。之後隨著客家移民移墾臺灣，入墾的地方建有許多三山國王廟，是臺灣客家族群重要的守護神之一。

個村子，一年到頭都籠罩在慘澹而和諧的空氣中，始終不失那一份悠然自得的神情。

三山國王廟算是小山村的文化中心。溽暑[3]的夏天，就在廟庭的榕蔭下，酷寒的冬天，就在廟內的廂房，沒有一天，小孩子們不來這裡蠶食未來的時光，一口一口地濺出歡笑和哭聲。老人家來得更勤，沒有一天，不聚集在這裡反芻昔日的辛酸，慢慢的細嚼出幾分熬過來的驕傲和嘆息。

上廟來的小石階，和午後三點左右的秋陽，從背後打過來的角度，正好把冒出石階的一頭銀髮，化成一道閃光，射向聚集在一塊的老人堆裡。

「現此時來了。」

面向石階的老人，抬起頭淡淡地說。

其他人轉頭的，回頭的，都往石階那一邊望一望，又淡淡地恢復他們的原狀。占了現此時的位置的人，稍移動一下身子，板凳上就多空出一個座位來。

「中午多貪了一杯就睡過頭了。」一邊說一邊用手裡拿著的報紙，揮拂一下板凳。

3 溽暑：指夏季潮溼悶熱的氣候。音ㄖㄨˋ ㄕㄨˇ。

「福氣啊，能睡。像我，每天晚上躺下去，兩蕊目睭像門環金骷骷[4]，到了半暝三更，連螞蟻放個屁都聽見。」

「我還不是一樣。怪的是，坐在椅子上並不想睡，不一時久[5]卻啄龜[6]，啄啊啄啊，啄到跌落椅腳……。」

「一樣一樣，不用講，都老了！」

「……」

十三個老人，你一句，我一句，有關老化現象的經驗，每個人都表示頗有同感。

「好！有沒有人帶報紙？」現此時把攤在腿上的舊報紙，用雙手向外側輕輕抹平。「到外頭多少帶一點回來。這一份是金毛的孫子給我的那一批，這是最後的一張了。」

省內有幾家發行上百萬份的報紙，卻不曾派報到這個小山村，好在這些老年人不愛計較慣了，報紙的日期算不了什麼。他們的舊報紙的來源，不是從山下雜

4 兩蕊目睭像門環金骷骷：閩南語之音譯，原指兩隻眼睛睜得像門環一樣的大，意指失眠。
5 不一時久：指過不了多久。
6 啄龜：閩南語tok-ku之音譯，指打瞌睡。

貨鋪子包東西回來的，就是上城的人，順便到車站撿回來的。

多少年來，三山國王廟的老人，除了和其他鄉下的老人一樣，大家喜歡聚在一起，古今中外，天南地北地閒聊之外，他們多了別地方少有的日課節目，那就是現此時唸報紙給大家聽。實際上並沒有人要求他，強迫他，也沒有人利誘他叫他這麼做。只是在他中年患了嚴重的氣喘性心臟病，有了充分的休息時間後，爲了排遣無聊，唸唸報紙給當時父執輩的老年人聽。那知道，這麼一唸，一直唸到今天，自己也有七十五、六歲了，還唸給村子裡僅有的這些老友聽，只是人數大不如前了。經過這麼長久的時間，久而久之，就變得唸的人不唸給人家聽也不舒服，聽的人不聽人家唸也不對勁的這種內部濃厚，外表平淡的關係了。就因爲如此現此時這個名字，也扎扎實實地活在小山村這個社會了，至於他的本名已不重要，也沒有人會有興趣，恐怕知道的人不多，也不會有人想知道。因爲現此時的由來，與他頭一次唸報紙給人家聽的那一天就開始取代了他的本名。

當時，雖然他在日據時代的小學當過小使[7]，是村子裡唯一認識一些字的人，但是開始時爲了要緩和心裡的緊張，以現此時當著唸報紙的開場，接著以後，幾乎沒有一次是例外的，第一句就是「現此時啊」，沒有講「現此時」就沒

7 小使：校工、工友。

辦法接下去唸，甚至於每一小則，每一段落的開頭，也是「現此時啊」地才能接。並且在唸報的過程中，把國語的文字譯成閩南話，是一件不是很容易的事，常常會卡在腦子裡，但是他嘴巴卻不想停，所以在腦子裡還沒把話翻過來或是找出出路之前，嘴巴就不停的說著「現此時——，現此時——，現此時啊……」，像是唱片跳針，一直要等到把話翻出來。有時字看不清楚，或是遇到不懂的字，也一樣會發生跳針的現象。可見現此時取代了他的本名，這完全是同樣是名字，在同一個人的身上，所表現的生命力的不同，而見存亡。

「現此時，棉被松的兒子邀福州仔的兒子斬雞頭發誓[8]，現在怎麼樣了？」

「你們又沒有新的報紙給我，我怎麼會知道。」現此時把才戴上去的老花眼鏡摘下來望著大家說。

「後來聽說斬了，在城隍廟斬了。」

「又沒怎麼樣。選舉過了那麼久了，……」

「說眞的，什麼誓都可以發，雞頭可不能亂斬啊！」年紀最大的阿草，深怕

8 斬雞頭發誓：是臺灣民間流行的發毒誓方式。當雙方立場不同，或有所爭執時，會到廟裡（經常是代表掌管神界司法系統的廟，如城隍廟），斬下公雞的頭，對著神明立誓。此儀式意指，若未如誓言所示，則將如斬下的雞頭一樣死去。

土龍忽視斬雞頭的嚴重性，他強調著說：「我就看過。我那時還小，下庄有個媳婦想毒死婆婆，證據被捉到了，還是死不肯認。婆婆當天跪地頭髮打散，燒香責告天地邀媳婦斬雞頭。媳婦硬到底，雞頭落地，第二天就死了。屍體的兩隻眼珠子不見了，是被雞啄的，臉上和全身的傷痕，全是雞爪抓的，更奇怪的是，眼窩和爪痕，才隔天就長滿了屍蛆蠕動。」

雖然天上還可以見到太陽，在舊廟和濃濃的榕蔭的包圍之下，適時吹來的陣風，一時帶著一股陰氣掠過，有幾個關節有毛病的，卻同時覺得一陣痠麻。屏息間，金毛囁嚅[9]一下問：

「阿草，雞頭斬掉以後，雞拿到那裡去了？」

「愛人罵，……」

大家的哄笑聲，大嗓子坤山回金毛的下半句話，就沒人聽清楚。榕蔭外的太陽的輻射，又開始溫暖老人，他們的身體，他們的舌頭又化軟，話也滑溜。

「不過現在斬雞頭確實不應驗了。所以那些候選人，才敢動不動邀人斬雞。要是我，我也敢！」

「你們知道為什麼現此時斬雞頭不應驗嗎？」現此時把報紙捲成筒狀，拿在

9 囁嚅：吞吞吐吐的樣子。音ㄋㄧㄝˋ ㄖㄨˊ。

手裡當指揮棒似的問。

「你知道？」

現此時定著詹阿發看：「你想考我？我現此時當假的！」他心裡有一股禁不住的喜悅：昨晚苦苦想了一個晚上，發現了爲什麼現在斬雞頭不應驗的道理，方才一路往廟裡來的路上，就急著想逮住機會發表。現在機會來了。「以我思想起來，現此時斬雞頭無應效的原因，就是斬來斬去，怎麼斬，斬的通通都是美國生蛋雞、飼料雞。現此時你們誰敢斬土雞看看，」他想一口氣說完，但氣喘中氣顯然不足，剩下的一句也得停下來喘幾口氣，才慢慢的，「現、現，現此時，那、那就有戲看了。」他用右手用力的壓著左胸，裡頭心臟不怎麼尋常的撞動，叫他提醒自己，不能過分激動。

「嗯，有點道理。」

「那，那，……」金毛憋不住心裡的話，才開口，坐在旁邊的坤山岔開他的話。

「你又要問那些雞是不是？」

「是啊——！那……」

金毛的話又引來大家的大笑給衝了。老人家笑得有的流淚，有的忙著舉手拂去嘴角淌不住的口水。

唯一沒笑的是金毛。他覺得十分冤枉，問問雞哪裡去，爲什麼有這麼好笑？他絕對沒有想吃雞肉的意思。只是一直想不通，那些人斬雞頭之後，把斬完了的雞拿到哪裡去了。因爲說到斬雞，他可以想像到雞被按在地上，但是一斬了之後，雞哪裡去了？誰拿去？吃了？丟了？丟到哪裡？這一連串的疑問，一開始就叫過去窮怕了的他，執拗在那裡轉不過來。

「金毛我問你，現此時你是多久沒吃過雞肉？我現此時眞正把『雞』[10]放在你的面前，看你還行嗎？」現此時把後頭的「雞」字，用國語說。

這一夥老友，在短短幾分鐘之內大笑三次，笑得有點累，心裡卻覺得很有收穫似的愉快。

「金毛，你做個好心，讓現此時講完再問好嗎？」

本來金毛只懊惱無語，經阿發這麼一叮嚀，一股冤氣又升到喉頭，他才開口，聲音還沒發，阿發搶先開口了。

「擋，擋，擋下！」他看金毛嘴合攏了，就對現此時說：「現此時輪到你。」

「現此時啊！剛才說到哪裡了？」

10 雞：民間俚俗用語也將「雞」做為妓女的代稱。「現此時」在此所謂的「雞」即運用此雙關意涵。

「斬美國生蛋雞，……」

「對！現此時你們想想看，雞頭一被斬斷，雞鬼一下子就闖入枉死城[11]告狀，地藏王[12]聽不懂阿啄仔[13]美國雞在說什麼，地藏王問美國雞，美國雞也聽不懂，當然就得不到地藏王的討命符。所以斬美國雞仔無應效。這是一說。」他眼望著金毛，怕他又開口引爆出大家的笑聲，而打斷了他的演說。他大聲而急著說：「我還有一說，現此時美國雞仔都是生蛋的白雞，斬雞發誓的雞是要公的才行啊，公雞變鬼，討起命來才凶惡，現此時母雞？」

對於這個論點，現此時看到大多數的人都露出懷疑的眼神時，他重新大聲一點地說：

「報紙說的，報紙。……」當他又覺得心跳踉蹌時，自然的就把右手放在左胸上用點力。

從他長久唸報紙給老人家聽的經驗，只要說是報紙說的，他們就無條件的相信，所以他也常常把自己的看法，夾報紙說的權威來建立他的地位。這一點，最

11 枉死城：民間神話傳說中地藏王菩薩為枉死之人的鬼魂於陰間所創之居所。

12 地藏王：佛教菩薩之一。因發願救度地獄眾生，被尊稱為「幽冥教主」，後來民間即將之視為地府主宰。

13 阿啄仔：即外國人，臺灣民間閩南語俗稱。

明顯的地方是，他愛發表意見，愛批評，感覺上他是最講道理。爭論間，也最愛提醒別人要講道理。

「話要說得有道理。現此時我再舉一個例子。我家文龍的老大，他要轉大人，我媳婦用公雞燉九層塔，結果吃了兩隻公雞，一根毛都沒長出來。後來才發現，吃飼料的公雞沒作用，就改燉土雞的公雞。呵！現此時才吃完一隻，聲音馬上裂叉，變成小大人。現此時啊，這不是很好的證明，斬雞頭不斬土雞仔怎麼會應驗？」

現此時從他的生活經驗，和他認識的知識、民俗信仰，用常識上的邏輯把它組織起來，再加上出自於他常說報紙說的口，說出來之後，不管是什麼，在三山國王廟的圈子裡的人聽來，確實有個道理的模樣。

「嘿！這麼說來，斬雞頭發誓還是會應驗。」

「最好還是不要試。」

旁人這樣的話，無非都是在服應現此時的話。這種氣氛對現此時而言，是很舒服的一種滿足。金毛趁大家不備，把忍了幾次的話，說了出來。

「眞的沒人知道？」他的意思還是離不開斬過的雞，拿到哪裡去。

這下連現此時也笑了，因爲他要講的話講完了。

「這個金毛也眞是的！現此時看誰知道那沒頭雞拿到哪裡去的，快告訴他。不然，我看他現此時心也不會甘願。」

金毛並沒領會到話中有話，他反而覺得現此時終於替他說出他的心聲了：「對對對，就是這麼意思嘛！」金毛的那種舒暢的樣子，好像一直憋得快悶出來的一泡尿，終於找到地方放出來了。

金毛的緊張一解除，大夥似乎顯得更融洽。這時候現此時的個性，很自然的有個慾望，要他拿起報紙來唸，而成為大家的中心。剛才捲成筒形的報紙重新攤開抹平，然後戴起圓鏡片的老花眼鏡，乾咳了幾聲：

「現此時啊！」發現還有人沒注意，他又咳了一下，「現此時啊，」看到大家都聽他之後，他低下頭唸起來了。「現此時，福谷村黃姓村民，就是說福谷村那個所在，有一個姓黃的人，其所飼養的母牛，日昨生下一頭狀似小象的小牛。知道嗎？唷！現此時，這位姓黃的人，他所飼的牛母，昨天生一隻牛仔子，不像牛，像一隻小隻象。大家不要說話，下面還有。現此時小牛經過飼主小心照料，可惜隔日即告死亡。……」

這一則原來只佔邊角補白的小消息，引起這些老人家莫大的興趣。

「福谷村？」

「福谷村不就是我們蚊仔坑嗎？」

「對啊！蚊仔坑就是福谷村嘛！」

「還會有別地方也叫福谷村不成？」

「是！是我們這裡沒錯。現此時我差點就忘了，剛才明明大家都沒注意到。」

他們作夢也沒想到，這麼偏僻的地方也會上報。這對他們來說，是小消息，大事件哩。他們受寵若驚地叫他們難以置信。

「蚊仔坑？」最年長的阿草說：「蚊仔坑？別的地方我不知道，要是蚊仔坑，不要說我，我們這裡面有誰不知道。那是什麼時候的新聞？」

現此時也愣了，如果說是福谷村的事，他跟大家一樣十分清楚的啊。印象中絕沒有這樣的事情發生過，但是他一向代表報紙說慣了，他也對自己的認識有點懷疑。他看報紙的日期說：

「十月二十一日。」

「今天是幾號了？」

沒有人一下子能說出幾號來。

「今天農曆是初三，那麼，那麼？……」

「好像是不久的事，雙十節才過了不久嘛。」

「管他多久，管他今天是幾號。」坤山說：「我一步都沒離開過蚊仔坑，假如蚊仔坑有這樣的事，我不可能不知道。再說，其他人也不知道。這不就奇怪嗎？」

現此時望到那裡，那裡就有一雙疑惑的眼睛望著他。

「慢著，蚊仔坑最大姓的是廟口姓詹仔底，再來就是埤仔口姓張的，苦楝腳的姓林仔。剩下來坑頂的住家，沒有一户是姓黃的。」阿草瞪著現此時看。「母牛，誰不知道全村子只剩下三頭母牛，兩頭在我們姓詹仔底，還有一頭是在坑頂。還有哪裡有母牛的？」

現此時也知道，但是大家帶著懷疑的眼神逼視他時，本想跳出來表示同樣的懷疑的他，卻又退回報紙的一邊拿不定主張。自從他二、三十年來唸報紙給人家聽，只有增加他在這小山村的社會地位和聲望，向來就沒碰過這麼尷尬的情形，另方面他錯估了大家的反應，以爲大家已站在對決的一方，而使他緊張了起來，心跳也加速，呼吸間的不順暢，隱約令他意識到氣喘要發作。他的右手更用力地抓著左胸的衣服。

「騙瘋子！蚊仔坑的母牛生小象？」金毛的話像迸出來。這一次大家沒笑了，認爲金毛的話就是他們的話。

現此時看是金毛，覺得不該讓像金毛這種沒什麼知識的人喊喝他。所以他用力地彈一下報紙，大聲叫嚷著說：

「報紙說的啦！你們不信？！」

不知道是現此時的聲音大，或是重新意識到是「報紙說」的，大家原來採取攻勢的懷疑態度，一下子又畏縮到無聲無息的疑惑的神情。

片刻的靜止間，只有那一張被彈裂的報紙，有一半隨著現此時垂下來的左手，垂到地上隨風翻了一下。

在場的人都注意到現此時的氣喘有點發作了。有關這一則小消息的爭論，大家本來就想如此收場作罷。但是，現此時有所堅持。

「列位，現此時啊，趁太陽還沒下山，我們一起到坑頂去看看，到底母牛生了小象沒有？」

大家並沒表示什麼。

「現此時啊，居然報紙這麼說，我們就上去看看嘛。」現此時看著大家，露出疲憊的笑容：「報紙說的嘛！」

太陽將要從坑頂的那一邊往下墜，由現此時帶隊的老年人，從這一邊沿著相思林的小徑往坑頂爬。

太陽越墜越大，老年人已散落不成群。

太陽越低越紅，現此時落在最後頭，抱著一棵相思樹喘息。金毛停下來關心地俯視他，想說什麼，卻說不出話來。現此時的身體抽了一下，金毛焦急地跑近他的同時，他鬆抱而慢慢的滑倒在地上。現此時最後一眼的印象，覺得金毛的身影竟是那麼地巨大。

大嗓門的坤山最先爬上坑頂。他望一下已失去大部分光芒的落日，回頭向下面叫嚷：

「到了——。」

下面從不開玩笑的金毛的回音：

「現此時死了——。」

一片很清楚的幽靜。

「現此時死了——。」

導引與賞析

黃春明（一九三五年～），是臺灣國寶級文學大師，曾獲國家文藝獎、總統文化獎等大獎。創作領域橫跨小說、詩歌、戲劇、散文、童話繪本等。作品曾被翻譯爲多國語言，現爲《九彎十八拐》雜誌發行人、黃大魚兒童劇團團長。

〈現此時先生〉是黃春明於一九八六年發表的作品，於一九九九年被收於《放生》一書。故事描寫山村蚊仔坑的「現此時先生」總是唸讀著「過期報紙」給其他老人聽，藉以消磨時間。不料某日一則當地的新聞引發眾人的質疑。爲了證實其所言不虛，「現此時先生」力邀大家前往報紙所載的現場一探虛實，最後卻在抵達前病發死去。

黃春明巧妙地將主角命名爲「現此時」先生，並以此爲小說的題目，張顯出深刻的象徵意涵。「現此時」是主角在唸讀報紙時，習慣性用來緩解緊張，引發眾人注意力的發語詞；也是他在將國語翻譯成閩南語，不小心卡住時，或看不懂內文，嘴巴停不了時的過渡用語。久而久之，「現此時」這句話取代了原有的本名，成爲他的代稱。然而讀者若細部觀察全文相關意象的描寫，以及情節內容的安排，則將發現「現此時」做爲閩南語「此時」、「現在」之意，同時也映襯了全文的旨意，突顯出鄉間老人跳針般不斷重覆地唸著、強調著的「現此時」（現在），事實上並不存在於他們的世界。

就意象的經營來看，黃春明藉由一系列老舊意象刻劃出一個猶如被現實世界遺忘的山村。這山村雖看似悠閒，但「省內有幾家發行上百萬份的報紙，卻不曾派報到」。村裡盡是老、舊、破敗的光景（破舊廟、舊農舍、老貓老狗和老年人）。眾人談論的話題常是「老了無用論」，老化現象的經驗（夜裡如何失眠，「兩蕊目睭像門環金骷骷」；午時不該睡覺時，卻又如何嗜睡，「啄到跌落椅腳」）。或是無從驗證的民間誓約（斬雞頭立誓，到底斬了沒？靈不靈驗？斬什麼雞頭比較靈驗…等）。讀的也是商店包東西，或城裡車站撿來的舊報紙。種種過期的、老舊的、脫節的、不合時宜的、不具即時性的意象描寫，突顯了這是個活在「現此時」時空之外的世界。

從情節的安排來看，故事主要的衝突點也是來自於眾人質疑著報紙所述的村子裡發生的「新聞」（舊聞）的眞實性。總是以「報紙說的」來強化地位與聲望的「現此時」先生，雖然內心也有所懷疑，卻錯估了大家的反應，以爲大家已站在與他對決的一方，只能尷尬且緊張的堅持要證實他所唸讀的新聞無誤，所以才會邀集大家一起前往新聞事件現場一探究竟。故事的結局看似突兀，卻鏗鏘有力。黃春明藉由人物之口呼喊著：「現此時死了——。」「現此時死了——。」猶如對著幽谷呼救並形成餘音迴響。既表述了做爲故事主角的「現此時」死了，又清楚且殘忍的道出「現此時」所隱喻的「現在」在老人們的世界裡

「死了」。

善於說故事的黃春明以其匠心之筆，層層鋪陳，讓主角的命名與結局透顯出言外之意，呼應了全文的旨意，突顯出臺灣社會在時代巨輪的滾動下，面臨了社會生態與家庭結構的改變。日漸高齡化的社會，留在鄉村裡的老人們其「過期」也似的人生，猶如被「現此時」時代遺棄（死了）一般。文中人物的呼救似乎也表達出黃春明對於高齡化老人社會所面臨的問題與境況的關心與不捨。

黃春明自稱以腳讀地理，作品總是深刻地體現出對臺灣土地的認同與社會關懷，本文是他在停筆數年後，再度發表的一系列老人作品之首。一直以來他總是敏銳地覺察到臺灣社會的問題，以其溫厚之筆，提出了省思與關懷。《放生》一書裡，除了〈現此時先生〉，還有〈售票口〉裡爲了子女返鄉，頂著寒流排隊買票的老人。〈打蒼蠅〉裡努力消磨時光，練就打蒼蠅神技，等候兒女消息的老人。〈死去活來〉中尷尬於沒有及時死去，拖累了子女的老人。或是〈呷鬼的來了〉裡藉老人之口道出「現在連鬼也沒了」、「現在什麼都沒了」，這塊土地正面臨著人口、文化與傳統的嚴重流失……。黃春明爲這一個個在傳統與現代的衝突中，努力生存卻無力回天，日漸凋零的身影，勾勒出鮮明且令人動容的形象。爲這塊土地上的人文景觀提供了更多值得讓人省思與重視的生命課題。

【問題與表達】

一、「現此時先生」總是對老人們唸讀舊報紙裡的新聞，你覺得他所唸的算是「新聞」還是「故事」？這兩者的意義有何不同？試分析之。

二、文中老人們曾討論到「斬雞頭」立毒誓的相關新聞，何以金毛所好奇的：「雞頭斬掉以後，雞拿到那裡去了」

的問題會引起眾人的訕笑？金毛所象徵的角色意義為何？另，請試著分析此立誓儀式所運用的思維模式與象徵意義，並舉出民間流傳的相關事例討論之。

三、面對高齡化社會的來臨，在資源、人力有限的狀況下，是否僅能將老人「放生」於鄉村，或「棄老」於孤單的世界？如果你是負責家庭經濟的年輕人，你的因應之道為何？如果你是老人，你會如何規劃下半場的人生？

四、請閱讀黃春明《放生》一書中所描寫的老人系列故事，選擇其中一個老人為對象，將自己置入故事中，融入老人所處的世界與其所面臨的困境，編寫一個你與老人之間可能發生的故事。

賴素玫老師　編撰

十殿閻君

阿盛

正文

——周成[1]聽人說起臺灣地，到處都有好時機，四季如春美光景，有魚有肉又有米。鄉親回來，形容是個金錢淹到腳目的富貴島，加上帶返財銀不計其數，起大厝造大庭，看著不免動起心情。想我周成，人高手長，不去臺灣，欲向何方？……當其時，四鄉農作欠收，天公照顧不周，有人典妻做婢，有人賣子做

1 周成：為清末臺北大稻埕傳說〈周成過臺灣〉的主角。該故事敘述中國泉州人周成暫別妻兒渡海來臺謀生，致富後卻另娶娼妓為妻，並在妻子來臺尋夫時，聽從娼妓惡僕之言，殺妻毀屍。周成妻冤魂不散，附身於周成身上，讓他殺死娼妓及惡僕後自盡。故事反映了清末以來，中國沿海地區漢人為求生計，無視禁令，冒險移民；卻因單身男子的身分，往往在賺來錢財後，沉迷於嫖賭，待身無分文時，思鄉卻無法返鄉的社會背景。〈周成過臺灣〉也被歸類為負心漢故事類型，是臺灣民間傳統說唱藝術中常見的故事，與另一負心漢故事「林投姐」於流傳中有複合的現象。參文化部：臺灣大百科全書網站。https://nrch.culture.tw/twpedia.aspx?id=2151

奴。講起那一年——

那一年，我九歲，第一次見到鹿港婆。她在我鄉太子爺廟前彈月琴，身旁一盞電土燈[2]，不很亮，卻足夠讓她看清楚琴弦及大碗裡有多少銀角紙幣，而且，也許她要藉著燈光隨時看清楚躺在地上的小女兒是否入眠。

鹿港婆還有個兒子，我從他的校服學號得知，他與我同年同校，因爲這一層關係，我們互相認識，很快就有了交情。林秋田，他的名是眞的，姓林則有點疑問，鄉人說，鹿港婆原是番薯市出身的，番薯市，我鄉特定代稱娼寮妓館。

我不常與林秋田談及他的父母。像我這種在小鄉長大的孩子，差不多都是學會走路就同時開始學會看人家臉色，鄉鄙村野麼，訓教孩子不講究文禮，看對了臉色可以少挨棍子少挨罵。

所以，我未曾在林秋田面前炫耀什麼，他也骨硬，未曾向我借錢。

——那一年，周成四處去借錢，東撞西走碰無邊，萬分無奈用心機，賣去最後一塊田……周成妻月裡，明白伊心意，稟報了公婆，決定讓伊去……周成隻

2 電土燈：早期用電不便或電力不足時的照明設備之一，老一輩又稱之為「瓦斯燈」。電土燈通常是以鉛片或銅皮鑄造，上層裝水，下層放電石。其發光的原理是透過電石（又稱電土，主要成分為碳化鈣CaC_2）與水混合，產生乙炔氣體（C_2H_2）。當乙炔從燈口孔噴出時，於燈口引燃即可發光。

身搭上靠岸船，歷盡風浪來到了臺灣——

臺灣有句俗諺，大意是說，瞎子的手如仙人的麈拂。鹿港婆正是如此，她的雙眼爛紅半瞎，彈月琴可眞有一手，學腔學調，恰合故事中人的性別身分，學女人說話像女人，周成說話永遠像周成。

——周成踏上淡水港，才知道富貴島上有短長……站在淡水街頭，舉目但見人來人往，不覺珠淚雙行落……噫，千辛萬苦過海來，未料有心花不開，唐山娘爹在盼望，叫我周成怎安排？……碼頭邊來了一人，彼人招手大叫，奇怪，叫的正是伊周成——

周成到底遇見何人、其後有何事蹟，我只有模糊的概念，因爲我沒有聽鹿港婆唱完整段故事，正在故事進入主要情節的時候，父親發現我的月考成績簡直是「有辱你太祖！」我太祖，父親的祖父，其實該是我稱呼祖太，阿祖阿太，我鄉人是不分的。父親說過千百遍了，我祖太是有大清功名的能人，父親每次氣極了，往往會平白將祖太升一輩，大概是「太祖」二字發音較順口，罵人時會顯得語氣更重。所以，挨打一頓之後，周成與我的關係告一段落。

不過，我仍然相當關心周成，我問過林秋田，他含含糊糊告訴我，周成遇見鄉親，找到工作，有了錢卻迷上藝妲，吃喝玩樂，後來錢花光了，被藝妲趕走，想投水自盡，不料碰上貴人，救他一命，周成從此奮發努力，成了巨富，後來又娶一妻，拋棄故鄉髮妻，月裡過海尋夫……結局如何，林秋田也不清楚。

林秋田在學校的成績不好。他有唱歌的天分，可惜生錯了時代，我讀小學那時代，會背誦國語課文的，會演算雞兔同籠算術題的，才是經常被老師摸頭拍肩的好學生，至於只會唱歌的，那是老師經常用籐條敲頭打手的壞學生。林秋田當然是壞學生。

我天生五音不全，但我也是壞學生。小學六年之中，後三年裡，我和林秋田正似弄獅陣的弄獅人與敲鑼人，有此就有彼。

那三年，過得很快樂，也很不快樂的過了。我與林秋田一同逃學，一同偷果子，一同玩任何想得出來的遊戲。差別在於，我逃學被父親處罰，鹿港婆卻管不了她兒子；我偷果子被逮到，父親得賠償，鹿港婆連賠罪都不必；我玩過頭誤了回家時間，父親一定不饒我，鹿港婆則不一定知道兒子在何時放學。

我考上初中，算是異數，父親認爲，像我這樣的人都考得上新營中學初中部，一半要歸因於我祖父的福地風水好，這話當然有點誇張，但是，當年能考上省立新中，算是不容易的，當年，新中的高中畢生多少還有幾個考得上大學，不比如今。

林秋田沒有升學，他到食油廠當學徒去了。我依故經常找他，他母親早就唱完「周成過臺灣」，據林秋田說，周成這一段故事結束，鹿港婆就唱「雪梅教子」[3]，接著是「林投姊」[4]，接著是「大舜耕田」[5]，最後是「十殿閻君」[6]，然後，回到「周成過臺灣」。鹿港婆就靠這幾段念唱故事維持一家生活。

念唱故事是有轉調轉韻的，念白並不多，有時候，念白與唱詞分不出來，往往似唱似念，而不論唱念，月琴不能停，唱一小段，轉個韻，月琴即時跟著轉韻；念一小段，語氣間歇，月琴即時撥動三兩下。大人們說，撥弦轉調，適韻合詞，聽著容易，實際是有相當技巧的。

可能就是因爲念唱故事有技巧，或是因爲收音機逐漸普及，或是因爲鄉村人直喜歡民謠彈唱，鹿港婆居然帶著月琴到廣播電臺去念唱，並且很得聽眾稱讚。

3 雪梅教子：故事敘述秦雪梅為商家守節，刻苦教子，但商輅好玩，無心向學，致使雪梅痛斷機杼，藉以訓誨；商輅乃悔悟奮發，求得功名。

4 林投姊：為臺灣流傳甚廣的民間故事，相傳是清代臺灣四大奇案之一。故事敘述一女子因男子負心而在林投樹上吊身亡；其冤魂經常出現於林投樹叢間，故稱為「林投姐」。故事結局因流傳版本不同，略有不同，主要有二：其一為林投姊死後冤魂化為厲鬼作祟，村人因不堪其擾，乃立祠供養；其二為林投姐冤魂化為厲鬼，並找到負心漢復仇。

5 大舜耕田：故事敘述大舜因孝順、善良，在後母有意的虐待與傷害時，皆能化險為夷，平安無事；在曆山耕田時，連動物都來幫忙，最後成為一個好皇帝。

6 十殿閻君：在民間想像中，閻羅王為地獄的主宰，負責賞善罰惡。人死後由閻羅王判決，為善者得以重生人道，為惡者則墮入地獄，不得超生。十殿閻君也稱十殿閻王、十府冥君等，即十位閻羅王，負責掌管地獄的十大殿。基此，「十殿閻君」相關的歌謠故事旨在藉地府各殿的的懲戒，勸人行善。

轉韻囉，轉運囉，我鄉人這麼說。

鹿港婆轉運，林秋田的運命也轉了，他厭惡食油廠的工作。彼時的食油廠，設備只有一個半自動大炒鍋和幾部半自動榨油機。大炒鍋用來炒芝麻或花生豆，炒熟了，一鏟一鏟取出來，平鋪地上，將涼未涼，鏟入預先準備好的圓模中，圓模有兩個圓鐵箍，置稻草爲底爲邊，豆麻鏟入，箍邊稻草折起覆蓋，可以拿去榨油了。榨油機上有一溝槽，將裝有豆麻的圓模立起排列充滿，人用手轉動榨油機，使機上大圓鐵盤貼緊圓模，電源開放，圓鐵盤推著圓模一分一寸的推動，油逐漸滲出圓模，先是一點一滴，當圓模被推擠到溝槽長度的三分之一處時，油大量的流出，落入溝槽底部，溝槽底部稍有傾斜，油順勢流向溝槽一端，油桶就在彼端。待到油榨乾了，轉退圓鐵盤，取下圓模，圓模中的豆麻渣已然乾硬，除掉鐵箍，剩下的就是圓豆餅。

光是搬置圓豆餅，就夠累人了，一個個直徑兩尺，厚如兩包新樂園香菸平疊，其餘諸般作業更不說了。林秋田曾經向我訴苦幾次，我原想勸勸他，好好做，莫要對不起辛勞賺錢的母親，後來思量了一下，說不得，其一，提及他母親等於傷他自尊心，其二，我自己都已經被父親視作不良少年了，偶爾還打架扯破船形帽與制服，沒那個臉皮訓勸他。

倒是鹿港婆不時在廣播節目中勸人爲善。她的念唱故事似乎多了幾段，斷斷斷續續聽過一些，例如「萬金乞者」、「義賊廖添丁」[7]、「勸世歌」等等。不知她是怎麼編出來的，尤其是勸世歌，詞韻清明，婦孺皆懂。通常，節目開始，接續前日故事之前，她先唱一曲，起頭大致是這樣的：「我來念歌哦——，給臺南縣人聽哩——不收銀角哦——免心驚哩——，勸汝做人要端正，人間到處好步行，子孫自有子孫福，這世爲善萬世名——」

鹿港婆大概沒想到，她天天勸人爲善，反倒自己兒子不走正路。林秋田加入新營大道公[8]廟幫，時在我升上初三那一年。

此後，我們在火車驛頭跟林秋田一夥人對打過一次，那是爲了雙方都有人爭著向同一個女生示好。林秋田的勇狠，我眞正見識了，他不肯打我，卻揮舞棍子擊傷許多人。

父親揮舞的棍子更大，打得更狠，我被他痛擊了整整一頓飯的時間，另外在祖太的神主牌前跪了半天。

說來也怪，我下決心不當小太保，竟是鹿港婆感化我的。就在即將考高中

7 義賊廖添丁：廖添丁為日據時期臺中人，因出身貧困卻劫富濟貧，多次與日本警方對抗等做為，使其事蹟流傳於民間傳說、歌仔冊中，並發展出傳奇性，成為臺灣民間家喻戶曉的「義賊」、「抗日英雄」人物。

8 大道公：保生大帝俗稱「大道公」，因精通醫術，救人無數，被民間奉為醫神。

那一陣子，我被禁足，只好聽收音機解悶，聽到鹿港婆彈唱廖添丁故事，時日一久，愈聽愈有味，也觸發了讀武俠小說的念頭。於是，沒閒工夫結黨遊蕩了，我鄉立時少了一個小流氓。

幾乎就在我變成乖孩子，而且考上高中的同時，大道公廟幫產生了一個大流氓，此人，缺一足一耳，曾經被關過七、八次，最後一次出獄後，他重整大道公廟幫，自命頭人，立規矩向商家收保護費，向客車收抽頭金，向賭場收地盤錢……並且向鹿港婆恐嚇，要她每個月拿出一筆錢，否則要拉斷她那支月琴上的每一根弦。

大流氓是賣冰棒油條出身的，他顯然沒讀過《水滸傳》、《七俠五義》之類的書，江湖道上最忌諱欺負女人，再且，他太藐視林秋田。

林秋田雖是乞婦之子，可從不接受羞辱，這一點，我比誰都清楚，可惜，大流氓不認識我，不知該向我打探，要不然，他不會傷得那麼慘，他的另一足被林秋田砍斷，活是還活著，可是活得有點回頭，他失了威風，沒錢過日子，只好重操舊業賣油條。

高中三年，我只見過林秋田一面。他犯科逃亡，忽一日，來到我家，父親應他要求，不說一句多餘話，遞給他一萬元，我附加自己的儲蓄，他全收下了。臨別我與他閉門談了許久，他沒表示是否接受我的告勸，只請我多看顧他老母和妹妹。

林秋芬是林秋田的妹妹，她是個有志氣的少女，長相完全不似其母。林秋芬的功課成績很好，鹿港婆頗以此爲傲。對於女兒立志將來考大學，鹿港婆既得意又擔憂，她根本沒什麼錢，更糟的是，就在林秋芬讀高一那年，突然冒出一個中年男人，自云是林秋芬的生父，逼鹿港婆認帳，他打算帶走林秋芬。

依照我鄉人的猜測，中年男人與鹿港婆有關係，他可能有所用計，林秋芬若是落在他手裡，遲早會被送進番薯市去。

鹿港婆氣病了，廣播電臺的節目空了下來。她這一病卻救了女兒，林秋田無聲無息的出現在新營。

根據事後的查問，林秋田並沒有忘記老母小妹，他躲此藏彼，不離廣播電臺的電波發射範圍，數日接連聽不到彈唱，他心知有異，深夜趕回家中。結果，中年男子於大腿挨刺一刀之後，坦承騙局，倉皇逃離。

林秋田則來不及再逃離，兩案併發，他被判刑六年。

我好不容易考上大學，已是二十四歲，父親這才收拾起「太祖」二字，雖說他認爲我與小我四歲的林秋芬同年考上，多少有點失顏面，不過，他總算沒再歸因於我祖太的福地好風水。我撿回了自尊，眞正努力向學。特別是臺灣民俗歌謠，接觸了古代文學，我愈發深入感悟到民間謠唱是有著長遠的淵源。

我終於又聽到鹿港婆的彈唱，在臺北的廣播電臺深夜節目中，那是錄音帶播放。我從頭到尾聽完一段「十殿閻君」，並且將之與唐朝變文[9]作比較，擴及鼓詞[10]，彈詞[11]。我不免心弦撥動，鹿港婆，一個以彈唱故事維生的不識字女人，她的手口彈唱出來的，竟是足以讓文學博士研究的大學問呢。

——學問二字不敢講，世間無人通千章，有人不信神鬼事，不信的人總受殃……今日要唱地獄府，男女請你聽十足，孔子不敢談怪力，吾人不文但從俗……聽倌，這第一殿算來是頭一關——

關了三年六個月，林秋田出獄了。陸陸續續自故鄉傳來的音訊，我得知他正式統領大廟幫，他專吃賭場酒家，他置產造屋，奉養老母。鹿港婆自病倒後未再念唱故事，雙眼全瞎了。

林秋田結婚那天，我特地趕回故鄉，一見面，他不說一句多餘話，遞給與我同往道賀的父親三萬元，多出的是利息，他堅持。老友相見，我不看他臉色，狠

9 唐朝變文：唐朝受佛教影響下盛行的一種講唱文學，以韻文與散文交錯組成，內容多為佛經故事，後來漸漸增加歷史故事、民間傳說等。變文之「變」字，一說為變更佛經文本，將佛經通俗化；一說是以韻散方式講講唱唱呈現佛經中神變的故事，因而得名。

10 鼓詞：以鼓、板擊節，邊敲邊說唱的說唱藝術形式，主要流行在中國北方。

11 彈詞：以三弦和琵琶等為伴奏的說唱藝術形式。文字含散體說白與韻文唱詞，盛行於清朝，主要流行於中國南方的民間曲藝。

狠數說他，並刻意提醒他有天生的音樂才能，可又我心裡有數，即使林秋田當年確實想在唱歌方面發展，那一份夢想恐怕早就被老師的籐條打碎了。

——這關冥王是秦廣，威嚴令人心打碎，在世不守家中規，到此祖先受連累……二殿冥王是楚江，糞尿池中多骯髒，陽間拐誘良民婦，墮入其中罪應當……三殿冥王是宋帝，專設挖眼小地獄，有錢仗勢欺侮人，陰法報應失雙目……講起第四殿，冥王是五官，這殿毒蜂沸湯齊準備，對付流氓騙子和奸僞，聽倌，且問世人忙什麼？都爲三餐忙不休；想什麼？都爲妄念昏了頭；等什麼？回頭是岸向道修——

肯定林秋田沒有回頭。我讀大三時，他又在新營殺了一個人，這次用的是槍。消息傳來，他已別母拋妻棄子，重又出亡，警察要抓他，黑道要追他，他卻來找我了。

在我租住的小屋子裡，我們徹夜長談。面對這麼一個幼年玩伴，我慨嘆萬千，幾度掉淚。他痛哭流涕，由於敬重我是個讀書人，他以近乎向兄長訴說的語氣，道出以前從未說過的心思，他恨生他的父親，那個連長相都沒見過的父親，他恨貧窮，恨自己的母親手上那支月琴，恨老師徹底摧毀他的自尊心，恨人世的勢利，恨刻薄嘲笑他的小學同學，恨食油廠老闆的寡情壓榨……恨一切，包括當年那些站在電土燈前聽故事的人，還有老天，老天瞎了雙眼。

我無法附和他說得全對，我曾眼見林秋芬躺在冰涼的地上，眼見她用小手持扇搧灶口，眼見她被小孩笑罵，眼見她在燭前念書……也眼見她排除一切困難讀大學。

林秋田走了，他在晨光中倉皇走路，我想道再見，卻開不了口。

——修道免開口，只看風吹與水流……五殿是森羅……下城王在第六殿，……七殿有個泰山王……八殿是平等……都市占在九殿上……最後一殿轉輪王……聽倌，人生總有不如意，萬事看破免憂愁，善惡全憑一念生，天堂地獄在心頭——

我心頭上牽掛的大事畢竟發生了。林秋田來不及參加我的畢業典禮，他的仇家追殺他，在三重市，他開槍打殺一人，打傷一人；隨即，在嘉義市，警察圍捕時，他開槍打傷一人，之後被捕。

我進入一家大報社服務，上班第三天，報上刊出林秋田被判處極刑定讞的新聞。

我多方打探，設法會同林秋芬面見獄中的林秋田。三人相望，一時不知從何說起，我想起過往的諸多事情，百感交集。童稚歲月裡的影像，霎時紛紛湧入心頭……我站在鹿港婆面前，林秋田很不自在，我故意站遠點，他的眼睛不時斜望我一眼……我掏出銀角子，輕輕放入大碗裡，林秋田轉過臉去……我故意將蛋肉偷偷塞在他的餐盒中，他憤怒的夾出丟掉……我出拳毆打嘲笑他的同學，他推開我，努力撲打……我們去偷甘薯，他挑出碩大的包起來，說是給母親和妹妹……他到我家玩，進門先掏出所有的衣袋褲袋，出門一樣動作……他從來不曾打過偶爾不小心冒犯他的好學生……

我們三人只說了幾句話，時限將屆，林秋田問起老母，他要求一件事，他很想從頭到尾聽一遍「周成過臺灣」的故事，在閻王爺催命符到來之前。我答應他，日後帶錄音帶和錄音機給他。

林秋田終究沒有再聽到鹿港婆沙啞的語音。鹿港婆過世的消息突然傳來，我火速回鄉，送她上山頭，處理事情結束，在北上的列車上，我看到了短短一則新聞——

那一年，林秋田二十九歲。距離我第一次見到鹿港婆，恰是整二十年。

導引與賞析

阿盛（一九五〇年～）本名楊敏盛，臺南新營人，曾於《中國時報》、《時報周刊》擔任記者、編輯、主編等職務，後成立出版社，並開設「文學小鎮——寫作私淑班」。自一九七七年發表〈廁所的故事〉揚名於文壇以來，「阿盛的筆一直圍繞著島物島事」（向陽語），是臺灣鄉土散文代表作家之一。

〈十殿閻君〉是阿盛於一九八六年發表在《聯合報》副刊的作品，後被收入《十殿閻君》一書。阿盛於書前自序〈食百家米，寫百姓事〉提及《十殿閻君》是他最鍾愛的一本書，該書原名《春秋麻黃》，收錄了許多他對故鄉臺南新營的鄉土記憶書寫。

〈十殿閻君〉一文描寫了「我」與童年一起成長的好友林秋田的故事。故事從「我」與林秋田初識、小學時一起逃學、偷果子、玩遊戲，如弄獅人與敲鑼人般如影隨形的情誼，到後來卻因不同的家庭背景與人生際遇，兩人有了截然不同的命運。「我」進入初中、大學，邁向記者、文人之路。林秋田卻遊走於社會邊緣，力圖掙脫原生家庭籠罩的貧苦、卑微與不堪，在掙扎浮沈間，一步步走向刀光劍影，廝殺械鬥的太保世界，最後在極刑定讞中結束了二十九歲的短暫人生。

阿盛巧妙地運用雙線並進，兩種聲調並行的複調敘述：以我與林秋田的人生故事爲主線，穿插著林秋田的母親鹿港婆——這位雙眼近盲的民間念唱藝人口中吟唱出來的歌謠故事爲副線，讓兩條敘事線巧妙地產生連結，牽引、融攝、映襯著彼此間故事的發展。當鹿港婆唱起「周成過臺灣」那一年，「我」認識了廟前彈月琴的鹿港婆，也漸漸熟識了擁有唱歌天分，但因成績不佳，被老師視爲壞學生的林秋田。當鹿港婆轉運，從廟前轉到廣播電臺彈唱著「義賊廖添丁」、「勸世歌」時，「我」被父親禁足於家中。在收音機中聽了鹿港婆吟唱的廖添丁故事，漸漸聽出了興味，觸發讀武俠小說的念頭，也結束了遊蕩的歲月，與林秋田的妹妹林秋芬同年考上了大學，變成社會期待的「乖孩子」。對比之下，當鹿港婆吟唱著勸世歌謠，勸人爲善時，自己的兒子林秋田卻加入幫派，犯科逃亡。當鹿港婆彈唱著「十殿閻君」，唱到了：「聽倌，且問世人忙什麼？都爲三餐忙不休；想什麼？都爲妄念昏了頭；等什麼？回頭是岸向道修——」，林秋田卻沒有回頭，反而因爲殺人而拋妻、棄子、別母，步上了末路。

「我」與林秋田在鹿港婆吟唱的歌謠節奏中，分別演示了截然不同的命運曲調。「我」在父親嚴格的管教與鹿港婆歌謠的感化下，回歸到勸世歌謠中忠孝節義的正道音軌裡。但林秋田卻在貧苦環境的逼迫下，帶著對卑微的母親、貧困的環境、僵化的教育體制，與寡情社會下的種種不滿與恨意，譜出一首浮沉於人間煉獄不得掙脫的悲愴曲。

本文對人物描寫也深富特色，例如描寫鹿港婆：「雙眼爛紅半瞎，彈月琴可眞有一手，學腔學調，恰合故事中人的性別身分，學女人說話像女人，周成說話永遠像周成」，顯示鹿港婆雖然具生理上的殘缺且出身卑微，但卻是個渾然天成，不可多得的民間唸唱藝術家。又如描寫主角林秋田，「雖是乞婦之子，可從不接受羞辱」，對外雖然逞凶鬥狠，但置產造屋，奉養老母。對家人重情，對朋友重義，性格十足鮮明、動人。

阿盛散文的特色在於文字簡樸、平實，敘述對象大多是社會底層人物，敘事語言經常融入本土的俚俗諺語或方言，十分道地的體現出臺灣鄉土庶民的眞實風貌。本文更是匠心獨具地融入了民間「歌仔」[12]的故事與唱詞，從「周成過臺灣」，到「義賊廖添丁」、「勸世歌」再到「十殿閻君」。這些「歌仔」流行於早期的臺灣社會，伴隨著臺灣人民走過艱辛的墾殖歲月，撫慰了人們苦悶與乏味的日常，猶如臺灣鄉土民情的縮影。阿盛將這個承載著地方民情風俗的民間藝術融入林秋田短暫卻充滿起伏的人生故事裡，既間接紀錄了傳統歌謠藝術的歷史與文化，側寫了臺灣鄉土生活風貌，也讓林秋田的故事，猶如另一段民間傳唱的曲調，演示了臺灣社會底層人物，如何在困苦不堪的命運與環境中，奮力譜寫著獨富生命韻致的傳奇

12 歌仔：是臺灣民間盛行的說唱藝術之一，講唱者以閩南語為主要語言，用唱唸的方式講述故事或表情達意。後經識字者將原本以口語傳播的「歌仔」以文字書寫的方式記錄收集，刊印發行為書冊，被稱為「歌冊」、「歌仔冊」或「歌仔簿」。文中鹿港婆所唱唸的故事即是在臺灣流傳甚廣的歌仔、歌仔冊的故事。

曲調。

【問題與表達】

一、文中敘述了「我」與「林秋田」兩人如弄獅人與敲鑼人般令人印象深刻的情誼，請舉出其他藝文作品或生活中曾聽聞的友情故事呼應之。

二、除了本文提及的「周成過臺灣」、「義賊廖添丁」等流傳於早期臺灣社會的「歌仔」、「歌仔冊」裡的故事。請分享臺灣歌仔冊的故事或著名的民間傳說故事，並分析其中寄寓的文化意涵。

三、在我們的成長歷程中，可能曾經有那麼一個人、一段往事或一首歌（謠）深深地影響著我們，令人記憶深刻。請寫下這個人、這段往事或歌謠的故事並分享之。

賴素玫老師　編撰

進階I書房

1. **沈從文《邊城》**
以優美筆觸，描寫湘西特有的風土民情。一個老人、一隻黃狗，一個女孩，以及她的純愛故事。

2. **王禎和〈嫁粧一牛車〉**
「生命裡總也有甚至修伯特都會無聲以對底時候」。以妻子換牛車。臺灣鄉土小人物生存的辛酸故事。

3. **李昂〈殺夫〉**
鹿城故事。關於鹿城的傳說與傳統女性受迫於男性暴力下的反撲。

4. **陳列《永遠的山》**
關於玉山的生態自然、山林地理的書寫。

5. **莫言《紅高粱家族》**
以山東省高密東北鄉爲背景。最英雄好漢，也最野性的抗戰傳奇與愛情故事。

6. **夏曼・藍波安《冷海情深》**
關於達悟族人重返祖靈的懷抱，尋找海洋的記憶、失傳的技藝的故事。

7. **田雅各〈最後的獵人〉**
關於布農族獵人的狩獵文化，以及原、漢族群間文化的衝突。

8. **鍾理和《笠山農場》**
美濃尖山客家族群的墾荒與同姓婚戀的故事。

9. 王拓〈金水嫂〉
以基隆八斗子漁村為背景，描寫社會變遷中家庭結構的崩解，倫常的悖逆。
10. 楊索〈這些人與那些人〉
「我是一個沒有家的雲林人，也是一個失去家鄉的台北人。」（頁二十二）。從雲林到台北討生活的插枝人生。

延伸閱讀地圖

1. 清・郁永河《裨海紀遊》
2. 清・陳夢林〈望玉山記〉
3. 李德和〈震災吟〉
4. 林海音《城南舊事》
5. 向陽〈暖暖山居〉
6. 郝譽翔〈溫泉洗去我們的憂傷〉
7. 舒國治〈我在嘉義散步〉
8. 賴香吟〈熱蘭遮〉
9. 蕭蕭《放一座山在心中》
10. 阿盛〈急水溪事件〉
11. 吳鈞堯〈尚饗〉

12. 陳冠學〈田園之秋・十月一日〉
13. 陳黎〈醇厚的人情驕傲的山水—寫我的家鄉花蓮〉
14. 李永平〈拉子婦〉
15. 社團法人高雄縣橋頭鄉橋仔頭文史協會《書寫中衝崎—橋仔頭公共空間藝術再造》
16. 電影：陳懷恩《練習曲》
17. 電影：王孟喬《殤曲1898》（紀錄片）
18. 電影：巴沃邱寧多傑《不丹是教室》
19. 王家祥〈我住在哈瑪星的漁人碼頭〉 https://www.youtube.com/watch?v=LZTinsCg2fE
20. 走讀台灣》全台文學地圖大搜查：https://www.openbook.org.tw/article/p-51190

賴素玫老師 編撰

寫作攻略：專題報告

一般書面形式的課堂專題報告，大抵可分為三種：其一，是分析或整合型報告，乃選擇課程部分範圍作為主題，進行分析、統整與歸納；其二，是以文本或作品為研究對象，針對特定文本、藝術或演出等作品，進行個殊而深入的探究；其三，即是所謂的專題報告寫作，指的是在某學術領域或學科範圍內進行問題發掘，並提出創見、質疑或建議等，再透過必要的文獻資料支持、理論推演、邏輯論述，滿足對此專題提問、質疑與意見上的嚴謹檢證。本攻略的寫作方向，即試圖對上述的「專題報告」，提出一些具體實用的寫作建議。

一、「專題」的界定

進行專題研究，首先面對的就是該專題「題目」的界定。要在某一學術領域中析出「題目」，常有宏觀及微觀兩種思考方式：前者，在相關專業領域的背景脈絡中，分析出一具該專業重要且核心的擬題切入，尋繹該題目研究在此學術領域中的意義、價值，此類研究當可站在一個更寬廣的範圍基礎上，清楚評估所擇題目的學術定位；後者，則是從某學術領域中擇一關鍵未明細節著手深入研究，聚焦主題、縮小範圍，並依研究時程規劃與專業能力等實際條件進行評估，自可得出一較爲適宜的題目方向。

舉例來說，在金庸武俠小說《神雕俠侶》中，設定了一則人盡皆知的江湖傳言「武林至尊，寶刀屠龍，號令天下，莫敢不從！倚天不出，誰與爭鋒？」如果我們想要探究眾武俠小說中「江湖傳言」的意義，是不是可以由此擬題切入，從個別文本延伸至武俠小說這更大範圍的文類，來思索與界定「江湖傳言」在武俠小說文類脈絡中的可能意義？此近宏觀思維！至於聚焦關鍵主題的微觀思考，操作上也不難；比方預計進行小說的相關專題研究，我們可以在時間與學力的前提考慮下逐步縮小範圍，在「小說」大類中析出「武俠小說」，接著又在「武俠小說」大類中析出「金庸武俠小說」，再逐步聚焦出《笑傲江湖》、《笑傲江湖》中的角色、《笑傲江湖》中的角色岳不群自殘心理探究，諸如此類關鍵細節，適宜的「專題」界定即可大致明朗！

二、資料的蒐集

研究題目清晰界定之後，報告還必須在論述過程中依靠相關資料的引用予以輔證。以現今網路技術的普及性、便利性，以及一般人對網路與時俱增的慣性依賴，從網際網路上搜尋出來的資料，往往成爲很多課堂報告最主要的資料來源；但如果對研究主題的專業範圍不夠精熟，以「關鍵字」作爲主要手段的入口網站搜尋，即使相對的模糊搜尋技術不斷升級，仍會有很多機會與「關鍵字」設定相違的篇名或書名文獻資料失之交臂。

更何況，網路上的資料還存在有斷章取義、原始來源不易確定、張冠李戴、存在時間不定致難以核實等諸多問題，不妨只先當成初步的資料蒐集方向即可！如需參考？還是建議盡量謹慎，可與紙本專業書籍、相關期刊所載內容比對後再行引用，則可更好符合要求嚴謹的學術標準。

但其實也無須因噎廢食，透過網路我們也可以更有效率的利用圖書館藏書，或者查詢各種中西文的文獻資料庫，除了方便瞭解或借閱圖書館所能提供的學術資料外，也有部分圖書館或資料庫擁有符合學術要求的期刊論文電子檔搜尋、下載與列印服務，對於專題報告的文獻支持，都是極爲有效的！

此外，與專題內容相關的職掌機構或研究單位的網站上，往往會也有很多即時的第一手資料可以參考；一些與專題方向類似的專著、論文，在翻閱過程中，也可以發現有許多相關引文出處及書目可以參考，這些應該都可以一定程度地滿足在專題的寫作中，關於資料蒐集上可能發生的一些問題。

三、專題寫作的架構及形式要求

專題研究，是經過嚴謹思考、界定而逐步生成論題，再進行合理且符合邏輯推演的論述，過程中還必須尋求相關的文獻資料證成。因此一般的專題報告循此思維，常在前言部分，對所提出的論題予以詳細的解釋說明，並且宜明確釐清論題在相關研究背景脈絡上的定位；而接續的正文部分，則應緊扣論題進行思辨及論述，在符合邏輯的推演過程中，盡可能地善用相關文獻資料、各種研究數據證成論點，自然對於該專題所發掘出來的問題、所提出的質疑、創見或修訂建議等，都能更爲完足的呈現出來，且予以應對的解決。最後再安排結論的部分，總結與歸納本論述的重點、解決了哪些問題，以及在相關學術領域中的定位、意義與價值等。

如果報告完成後，需要更進一步的參與學術會議分享與討論，或者投稿學術性期刊發表，還會被要求遵循符合學術規範裡某些論文撰寫格式規範，包括提要的撰寫、關鍵詞的提出、引用資料以及參考書目的格式等，在各種常見的論文寫作格式要求上，都存在著多細節上的差異，因此也很必要花一些時間熟悉，在專題報告撰寫的最後一個階段，才能更好的完成！

陳猷青老師　編撰

國家圖書館出版品預行編目資料

中文悅學堂：閱讀寫作雙導引／賴素玫 主編；
林于盛，高美芸，陳猷青，蔡文彥，賴素玫
編著. -- 三版. -- 臺北市：五南圖書出版
股份有限公司，2022.09
面； 公分
ISBN 978-626-343-096-9(平裝)

1.漢語教學 2.閱讀指導 3.寫作法

802.3 111011365

1X1M 國文系列

中文悅學堂

閱讀寫作雙導引

編　　撰 — 高雄大學中文教材編輯委員會
主　　編 — 賴素玫
編 著 者 — 林于盛、高美芸、陳猷青、蔡文彥、賴素玫
（依姓氏筆畫順序）
發 行 人 — 楊榮川
總 經 理 — 楊士清
總 編 輯 — 楊秀麗
副總編輯 — 黃惠娟
責任編輯 — 羅國蓮
封面設計 — 韓衣非
出 版 者 — 五南圖書出版股份有限公司
地　　址：106台北市大安區和平東路二段339號4樓
電　　話：(02)2705-5066　傳　　真：(02)2706-6100
網　　址：https://www.wunan.com.tw
電子郵件：wunan@wunan.com.tw
劃撥帳號：01068953
戶　　名：五南圖書出版股份有限公司

法律顧問　林勝安律師事務所　林勝安律師

出版日期　2009年9月初版一刷
2012年9月二版一刷
2022年9月三版一刷
定　　價　新臺幣420元